D1917818

Erscheinungsjahr 2023
Alle Rechte am Text liegen bei der Autorin.

Autorin_ Manu Wicher
Autorinnenfotos_ Herr und Frau Nolle Fotografie
Layout, Satz & Reinzeichnung_ Lisa Rodin
Druck_ PROOF Druck- und Medienproduktion

PROOF Verlag Erfurt
Inhaber_ Maik Stock
Zum Kornfeld 12
99098 Erfurt

ISBN_ 978-3-949178-26-9

Weitere Informationen unter:
www.proof-verlag.de

Manu ***Wicher_***

SECHZEHN

DAS LEBEN IST SO. ODER ANDERS.

PROOF Verlag Erfurt

VIER STUNDEN

„Mir nach, Leute.“ Eine leichte Wellenbewegung ging durchs Foyer. „Auf in den Kampf.“

Ich drehte mich um und konzentrierte mich beim Laufen darauf, nicht mit meinen mörderisch hohen Absätzen umzuknicken. Das mittellange enge Kleid, das ich trug, ließ nur kleine Schritte zu und ich musste mich zwingen, nicht zu schnell zu laufen.

Einen Schritt nach dem anderen, redete ich mir zu. Bis zur Aula sind es nur noch ein paar Meter und dann kannst du vier Stunden rumsitzen. Irgendjemand pfiff anerkennend durch die Zähne.

„Sie sehen heute aber heiß aus.“ Albernes Klassenjohlen.

„Lass das Einschleimen, Toni. Das rettet dir auch nicht mehr deine Deutschnote.“ Ich fummelte den Schlüssel ins Schlüsselloch und schloss auf. „Los geht’s. Setzt euch, wohin ihr wollt, aber der Stuhl hier vorne ist für mich reserviert.“

Die Klasse tröpfelte in den Raum und verteilte sich in den Reihen. Ich hatte die Aula bereits gestern nach dem Unterricht für die heutige Prüfung vorbereitet und vorhin die Fenster sperrangelweit aufgerissen, um den Geruch des Schulessens von gestern zu vertreiben. Wer kann sich schon mit dem Geruch von Hackbällchen in der Nase auf Lessing konzentrieren? Ein Glockenschlag, der sich vom Dorffriedhof hierher verirrte. Halb acht. Alles lief, wie es zu laufen hatte. Etwas ruhiger geworden, schaute ich mich im Raum um. Suchte in den Reihen, um festzustellen, ob alle da waren.

„Philipp, hast du eine Ahnung, wo Matze abgeblieben ist? Der stand doch vorhin noch bei euch rum?"

„Keine Ahnung. Warum fragen Sie ausgerechnet mich das?"

Schroffe Zurückweisung. Philipp war wohl nicht in bester Stimmung. *Alter Knasterbart,* dachte ich etwas verärgert. Er wirkte irgendwie aufgeladen, so dass sich meine Nackenhaare aufzurichten und imaginäre kleine Funken zwischen uns zu sprühen schienen. Ich ertappte mich bei dem Gedanken, dass dieser Missklang Unheil bringen könnte. Vielleicht haben die Leute recht, die meinen, es gäbe keinen Zusammenhang zwischen Ahnung und Verstand. Immerhin gab es keinen wissenschaftlichen

Beweis für solche Phänomene, jedoch auch nicht dagegen. Ich versuchte, das unangenehme Gefühl zu ignorieren und war erleichtert, als sich Philipp umdrehte und einen Platz in der vorderen Reihe ansteuerte.

„Der ist noch mal kacken gegangen“, brüllte Toni von hinten. Seine riesigen Augenringe waren mir vorhin schon aufgefallen und ich hoffte, dass er trotz offensichtlich wenig Schlafs fit genug für die heutige Prüfung war. In dem Moment trödelte Matze herein und das Feixen ging los. Dick grinsend zog er die Tür hinter sich zu, in offensichtlicher Erwartung, in das gemeinschaftliche Lachen einzustimmen. Matze war der einzige Mensch auf der Welt, der nie kapierte, wenn die Klasse sich auf seine Kosten amüsierte. Falls aber doch, so schien es ihm nichts auszumachen oder er hatte es im nächsten Moment schon wieder vergessen.

„Such dir einen Platz, Matze und bereite dich vor. Und der Rest, hebt euch eure Witze einfach bis nach der Prüfung auf.“ Messerscharf sah ich meine Klasse an. „Okay, wer auch noch mal schnell raus muss, beeilt sich bitte. Wir wollen anfangen.“ Elsa schoss aus der Aula wie ein geölter Blitz und

Philipp zuckelte gemächlich hinterdrein. Auf dem Weg stolperte er, sehr zur Erheiterung von Matze, über Charlies Rucksack.

„Vielleicht wäre es hilfreich, wenn du die Kapuze absetzt", rief Charlie ihm hinterher. „Leck mich", knurrte Philipp.

Draußen bellte ein Hund auf der Straße und ein merkwürdiger Wind war aufgekommen, der durch die offenen Fenster fuhr und die Seiten der Prüfungsexemplare zum Rascheln brachte. Mich fröstelte, trotz der steigenden Temperaturen. Ich hob die Stimme, um alle zu erreichen. Sie klang ungewohnt piepsig, sogar in meinen Ohren.

„Beruhigt euch. Sobald die beiden zurück sind, fangen wir an. Ich wünsche euch viel Glück. Und glaubt mir, egal wie, die Welt wird sich weiterdrehen."

Die Tür öffnete sich leise. Die zwei kamen zurück in die Aula. Erst Elsa, die auf Samtpfoten zu ihrem Platz huschte, dann Philipp, betont lässig schlendernd. Ich sah, wie Charlie versuchte, ein Lächeln zu unterdrücken. Es kehrte Ruhe ein. Gespannte Aufmerksamkeit. Die Klasse war bei meinen Ausführungen zum Prüfungsablauf still wie nur selten. Ich war stolz auf sie.

Mit den ersten Minuten in denen meine Klasse zu arbeiten begann, fiel auch von mir die Nervosität ab. So viele Prüfungen hatte ich schon abgenommen und doch hörte es wohl nie auf, dass ich mindestens ebenso aufgeregt wie meine Schüler war. Ich konnte es nur besser verbergen. Hoffte ich. Aber trotz zunehmender Gelöstheit fühlte ich mich heute früh wie hundert. Ich hatte nur ein paar Stunden geschlafen und diese waren mit wirren Träumen und einem beginnenden Kater überkleistert. Mein Kopf fühlte sich wie ein Riesenballon auf dünnem Stängel an und es pochte leise, aber gleichmäßig hinter meiner rechten Schläfe. Dazu taten jetzt schon meine Füße weh und ich fühlte mich etwas fremd in meinem schicken Kleid, den hellen Riemensandalen und dem geflochtenen Haar. Normalerweise war ich lässig angezogen. Jeans, Turnschuhe, Sweatshirt. Diesem Kleidungsstil war ich fünfundzwanzig Jahre in der Schule treu geblieben. Es war ein unkalkulierbares Risiko, sich als Lehrerin anders als sonst zu kleiden. Sofort wurde man mit Fragen, „Sie tragen ja heute gar kein Schwarz. Ist was passiert?“ und Styling-Tipps, „Steht Ihnen aber voll gut, Frau Sund. Könn’se wirklich öfters anziehen“, bombardiert und in Gespräche über Stil, Klamotten und Aussehen verwickelt. Meine Klasse nahm alles sehr genau zur Kenntnis und scheute sich nicht, ihre Meinung kundzutun.

Heute war ein besonderer Tag. Besondere Tage bedürfen Besonderheiten. Auch visuell. Ich erinnerte mich an die Diskussion vor ein paar Tagen. Nachdem wir in Deutsch noch einmal einige prüfungsrelevante Aufgaben durchgenommen hatten, sagte ich eher nebenher und kurz vorm Klingelzeichen den folgenschweren Satz: „Natürlich gibt es keine Kleiderordnung in der schriftlichen Prüfung, aber wenn ihr vielleicht nicht gerade in Jogginghose und Schlabber-Shirt kämt, wäre das super.“

Gemeinschaftliches Aufjaulen, Mundwinkel nach unten verziehen, entsetztes Kopfschütteln.
„Bin ich etwa schlauer, wenn ich mich aufrüsche?“

„Nein, Mile. Leider ist mir da kein Zusammenhang bekannt. Aber ich bin mir sicher, dass die Klamotten, die man trägt, immer auch ein Ausdruck für was sind. So will ich wahrgenommen werden, schaut mich an. Oder das Gegenteil davon. Ist doch grade in der Punkszene sehr auffällig, oder?“

„Genau das mein’ ich. Punks ist es total egal, wie sie rumlaufen. Sie halten sich nicht an Konventionen.“

Ich nickte. „Und doch, Mile, schätz’ ich, dass du zum Stylen deines Iros länger brauchst als Lilli, die sich in Sekundenschnelle einen Pferdeschwanz macht. Ist schon klar, dass ihr natürlich anziehen könnt, was ihr wollt. Aber für mich wird eure erste schriftliche Prüfung ein besonderer Tag sein und da werde ich mich auf jeden Fall in Schale schmeißen. Ende der Diskussion.“

„Wie cool, Frau Sund. Wenn Sie ein Kleid anziehen, ziehe ich auch eins an.“ Annies Augen leuchteten vor Begeisterung.

„Also ein Kleid ziehe ich auf gar keinen Fall an“, erklärte Nik in ernsthaftem Ton, aber in seinen Augen glitzerte der Schalk. Zum Glück klingelte es und aufgeregt stoben sie aus dem Raum. Und heute? Ich hatte mein Versprechen gehalten. Und meine Klasse sah aus wie immer, aber wenn man genau hinsah, fielen die kleinen Unterschiede auf. Mein Mund verzog sich zu einem Lächeln.

FRAU SUND

Ich blätterte in meinem Kalender. Noch fünf Wochen. 35 Tage. Ernstzunehmender Unterricht war in dieser Zeit eine Illusion. Mit Beginn der Prüfungszeit war das Schuljahr eigentlich für alle gelaufen. Mit Ausnahme der Absolventen und der Lehrer.

Ich hatte gekündigt.

Ich würde ein halbes Leben hinter mir lassen und hatte noch keine Ahnung, was ich mit dem, was dann noch übrigblieb, anfangen würde. So war es eigentlich kein Wunder, dass ich zu spät einschlief und zu früh aufwachte. Ich wünschte mir Ruhe. Abends ins Bett gehen und einschlafen können. Das Gedankenkarussell abstellen, das übervoll mit all den Dingen war, die noch erledigt werden mussten. Einmal das Gefühl haben, fertig geworden zu sein. Keine Träume träumen, die ich nicht mehr träumen wollte. Alles sofort hinwerfen und die sich zäh schleichenden Gedanken über *Wie geht es weiter* ignorieren. Denn es würde weiter gehen. So wie es immer weiterging. Es würde besser weitergehen, weil ich selbst bestimmen konnte, wohin ich gehen würde. Mein Seelendruck war ein großer Motivator.

Ich wühlte mir eine Kopfschmerztablette inmitten des Durcheinanders meiner abgewetzten Lehrertasche raus. Haftnotizblöcke, Büroklammern, Klebestift, Zigaretten, zerknautschte Streichholzschachteln, Papiertaschentücher, Deo, Lippenstift, irgendwo dazwischen. Ich versuchte sie möglichst geräuschlos aus dem Blister zu drücken. Trotzdem schauten ein paar Köpfe hoch. Noch war es etwas verschwommen diesig draußen und in den Scheiben spiegelten sich die Bänke. Warum eigentlich setzte man schriftliche Prüfungen so zeitig an? Die meisten Teenagerhirne beginnen doch eh' erst so gegen elf anzuspringen. Kein Geheimnis. Studien hatten das längst belegt, ebenso den Fakt, dass unser menschliches Reaktionsvermögen in den frühen Morgenstunden und in den späteren Abendstunden allgemein verzögert ist. Was fängt man nun damit an? Offensichtlich nicht viel.

Ich hörte den Gedanken, die in meinem übermüdeten Kopf hin- und hersausten, nur mit halbem Ohr zu. Goldfische können sich länger konzentrieren als Menschen. Zumindest eine Sekunde mehr. Witzig, dass genau dieser Vergleich aufmerksamkeitsfördernd war und im Gedächtnis blieb. Zumindest bei meinen Schülern, die ihn oft heranzogen, um sich herauszuwinden, wenn sie etwas verpeilt hatten. „Ich bin doch kein Goldfisch, Frau Sund."

„Offensichtlich nicht, Charlie. Aber du bist auch keine Seeanemone. Glaub mir, dein Gehirn kann sich anpassen."

Schwindende menschliche Aufmerksamkeitsspanne. Ich hatte die Tablette so lange in der Hand behalten, dass sie sich bereits etwas auflöste. Beim Versuch, sie unbemerkt ohne Wasser zu schlucken, bekam ich sofort einen Würgereiz. Um mich von diesem Gefühl abzulenken, schaute ich konzentriert in den Raum. Fokus.

Die Tische waren in Reih und Glied und vorgegebenem Abstand ausgerichtet, auf jedem lagen ein Duden und Traubenzucker. Mit Traubenzucker fing es an und mit Traubenzucker hörte es auf. Erinnerungsplopp. Aaron vor fünf Jahren. Wie er den Traubenzucker mit großer Akribie und Geduld mit seinem Lineal in weißes Pulver verwandelte. So tat, als würde er es sich genüsslich durch die Nase ziehen. Seine erste Präsentation in Klasse 5: Koks schnupfen. Sein Fünftklässlerhirn überladen und überfordert mit einem trostlosen Durcheinander von digitalen Aufputschmitteln. Diese Szene irgendwo gesehen und abgespeichert. Zu seiner gemacht. Ich sah zu Aaron und begann zu grinsen. Wenn er diese Show jetzt noch mal abziehen würde, wäre der Effekt größer. Aber Aaron saß ergeben hinter dem Tisch, eingezwängt auf einem Stuhl, der für seine schlaksigen Jungenbeine viel zu niedrig war und kaute nachdenklich an seinem Bleistift.

Stifte kauen. Auch das hatte sich nicht geändert. Warum zur Hölle kaute man an Stiften herum und ließ sie dann irgendwo liegen? Mit Geduld und Beharrlichkeit eine Stunde daran rumgekaut, genagt, gezupscht und gebissen und dann einfach fallengelassen. Seltsame Kinder. Ich entwickelte im Laufe der Jahre einen eigenartigen Ehrgeiz darin, anhand der Bissspuren den gefundenen Stift zu identifizieren. Aber selbst, wenn es mir gelang, musste ich mit entschiedener Leugnung rechnen. Immer.

„Nein, das ist ganz bestimmt nicht meiner.“

„Aber ich dachte wohl, du hättest diesen Bleistift heute in Deutsch auf der Bank liegen.“

„Echt jetzt?“

„Was, echt jetzt?“

„Echt jetzt, dass Sie die ganze Stunde nichts Besseres zu tun haben, als zu kontrollieren, was ich auf meiner Bank liegen habe?“

„Werd' Lehrer. Du wirst erstaunt sein, wofür ich alles noch so in der ganzen Stunde Zeit habe.“

„Sie mal wieder.“

„Du mal wieder.“

Ich hatte schon immer sehr ausgeprägte Vorlieben und Abneigungen. Seit ich mich erinnern kann, wollte ich Lehrerin sein. Tatsächlich hatte ich nie darüber nachgedacht, etwas anderes zu werden. Eigentlich war es fast ein bisschen komisch, denn ich war eine eigenwillige Mischung aus Menschenfreund und Misanthrop. Aber mit meiner Liebe zu Kindern schien es, als wollte mein Geist einen Ausgleich schaffen. Mit ihnen fühlte ich mich am wohlsten. Vielleicht, weil sie mit meiner Natur übereinstimmten. Ich mochte ihre Echtheit, ihre gedankliche Freiheit. Ihr Leben in seiner Einfachheit war schön, bis es unter den Einfluss der Welt kam. Vielleicht war tief in meinem Innern eine unbewusste Macht, ein Wollen, diese Gedanken zu beschützen, sie zu beschützen, mich selbst zu beschützen. Es gab kaum einen Beruf, in dem man mehr Freiheit hatte. Ich spürte, wie mir bei diesem Gedanken das Blut in den Kopf stieg. Mein ganzes Leben hatte ich mich bemüht, meine Freiheit zu bewahren und dann war sie mir, fast unmerklich, Stück für Stück abhandengekommen. Wäre in den letzten Monaten nicht so viel passiert, wer weiß, vielleicht wäre es mir gar nicht aufgefallen. Erst, als ich mit der Katastrophe konfrontiert wurde, entdeckte ich eine Möglichkeit zur Umkehr. Ich begann, mir wieder Fragen zu stellen. So war das wohl. Man musste im Leben höllisch aufpassen, damit man sich nicht abhandenkam. Sonst war man irgendwann nur noch eine Projektion und man selbst einfach wisch und weg.

Viele Dinge hatten sich mit den Jahren verändert, aber meine Liebe zu Kindern war nicht abgeflacht. Die meisten Menschen waren davon überrascht. Ich manchmal auch. Aber aus der Liebe zu dem *Was* war eine mittlerweile unüberwindbare Abneigung gegen das *Wie* gekommen. Schleichend, aber unaufhaltsam. Mit jeder vergeudeten Arbeitsstunde für neue Konzepte, die nie umgesetzt wurden, mit jeder vertanen Stunde in den Dienstberatungen, in denen neue Verordnungen und Anweisungen verlesen wurden, aber für das wirklich Wichtige keine Zeit mehr blieb. *Weisung von oben* wurde die Legitimation für alles. Damit wurde jedes Hinterfragen auf mögliche Sinnhaftigkeit und Umsetzbarkeit umgangen. Kontrolle statt Vertrauen. Und alle taten, als sei das unausweichlich und richtig. Meine Abneigung gegen unsere neue Direktorin könnte nicht größer sein.

Heute Morgen sah ich beim Joggen eine Herde Enten grasen. Sie liefen auf der flachen Böschung am Flussufer hin und her und schnäbelten eifrig am Boden herum. Als hinge eine Welt davon ab. Dann flog eine Ente aufs Wasser und eine zweite flog hinterher. Kurz danach eine dritte, vierte und fünfte, fast alle. Mich überkam eine überschäumende Lust, eine Ente zu sein. Das zu tun, was ich gerade brauchte. Unbeeindruckt von allem ausschließlich dem Instinkt und meiner Prägung vertrauen. Wir taten am meisten Dinge, die von uns erwartet wurden und am seltensten Dinge, die wir wirklich wollten. Wir hörten nicht mehr auf unsere Instinkte, sondern nur noch auf unseren Verstand. Jetzt zweifelte ich keine Sekunde mehr daran, dass dieser Umstand dazu führte, dass wir uns alle auf die eine oder andere Weise verloren fühlten.

Ich war mürbe geworden. Nicht ausgebrannt, wie dieses allumfassende Wort für allumfassende menschliche Überforderung. Einfach mürbe. Wie ein Teig, der zu lange gegangen ist.

Ein plötzlicher Knall schreckte mich aus meinen Gedanken auf. Ein Donnerschlag aus dem Nichts. Fast alle Köpfe schnellten ruckartig nach oben und schauten in die Richtung, aus der das Geräusch gekommen war. Ohrenbetäubend in absoluter Stille. Nein. Keine absolute Stille. Die gab es hier nie. Vielleicht gab es sie nirgendwo. Weil sie nicht zu ertragen wäre. Windstille, Abendstille, Totenstille.
In der Schule war es immer laut. Lärm bestimmte den Alltag. Permanent, aufdringlich. Je älter ich wurde, umso mehr wuchs ein Bedürfnis nach Ruhe in mir. Weil nur sie konzentriertes Arbeiten möglich machte. Weil ich in stillen Momenten ganz bei mir sein konnte. Bei mir und nicht bei der Außenwelt. Meine Schüler verweigerten die Stille. Der ständige Blick aufs Handy, Spiele, Filme, Verschwö-

rungstheorien, Nachrichten, Musik hören, sich der Welt mitteilen, war ihre Strategie, sich selbst aus dem Weg zu gehen. Zwischen meinen sechzehn halbwüchsigen Schülern hatte ich gerade die Vorstellung, ich müsste im Sommer in ein Kloster fahren. Den letzten Drachenkopf noch abschlagen.

Silla bückte sich und hob ihre Federtasche auf, die heruntergefallen war. Ich konnte ihr Gesicht nicht sehen, weil es fast gänzlich von ihren langen Haaren verdeckt war. Hastig beugte sie sich wieder über ihr Papier und schrieb weiter. Kein Blick nach links oder nach rechts, es schien, als wäre sie in ihre Geschichte eingesponnen. Konzentriert auf ein Einziges. Jetzt, in genau diesem Moment, war sie vielleicht am nächsten bei sich selbst. Nur wer sich selbst nah sein kann, kann auch anderen nah sein. Diesen Gedanken habe ich mal gelesen oder gehört und für wahr befunden. Und gedacht, dass das vielleicht die Lösung war.

Weckruf. Ich sah auf die Uhr. Dreieinhalb Stunden. Dann würde ich nach Hause fahren, mir einen Tee kochen, heiß und würzig, und mich mit dem Stapel Aufsätze auf den Balkon setzen. Jeden einmal lesen. So, wie man ein Buch las. Dann beiseitelegen und ein Mittagsschläfchen machen. Am Nachmittag beginnen, nochmal zu lesen. Meist las ich jeden Aufsatz dreimal, mindestens, es gab so vieles zu verstehen. Auch das, was hinter den Zeilen und den Rechtschreibfehlern steckte. Ich versuchte, mich in die Geschichten hineinzudenken, sie zu verstehen. Oft hatte ich gedacht, dass es besser wäre, wenn die Aufsätze anonym geschrieben werden würden. Man ließe sich weniger verführen, weder in die eine noch in die andere Richtung.

Verführung. Ein weiches Kissen, ein ganz kurzes Nickerchen. Ich wusste gar nicht, warum es mir meistens etwas peinlich war, wenn ich an Mittagsschlaf dachte. Vielleicht, weil Mittagsschlaf immer etwas nach Faulheit klang. Ich war zugegebenermaßen eine leidenschaftliche Mittagsschläferin. Einen Tag ohne kleine Siesta empfand ich anstrengend. Ich brauchte diese Stunde zum Rumtrödeln und Nichtstun genauso wie meine Zigarette vorm Schlafengehen. Ich könnte das alles auch Meditation nennen, aber ehrlich, wem wollte ich noch was beweisen?

Sollte ich den Mut fassen, werde ich den Sommer tatsächlich in einem Kloster verbringen. Den

Schock der Stille aushalten. Mich selbst aushalten. Denn wer würde ich ohne meine Arbeit, ohne die Schule sein? Sie war mir immer das Wichtigste gewesen, das Allumfassendste in meinem Leben. Aber ich war entschlossen. Allen Mut zusammenkratzen. Stille, ich komme.

Ich schaute auf meine Klasse. Jeder gerade in seinem eigenen, selbst erschaffenen Universum. Noch ein paar Wochen. Mein Abschied würde fulminant werden. Ein knallendes Feuerwerk, ähnlich wie das der Weasley-Zwillinge in „Harry Potter." Zugegeben, diese Vorstellung war etwas übereifrig. Aber sie brachte mich zum Lachen. Zum Weinen auch.

25 Jahre Lehrerin. Meine Kündigung war freiwillig unfreiwillig, aber sie verschaffte mir das Allerwichtigste: Freiheit. Ungeduldig nestelte ich den Zopf auf. Erleichtert spürte ich, wie meine Haare weich über meine Schultern fielen. Ein klitzekleiner Teil meines Gehirns dachte über die Zeitverschwendung des mühevollen Flechtens und Hochsteckens heute Morgen nach. Es störte mich erstaunlich wenig. Immerhin.

„Ihr habt noch dreieinhalb Stunden."

SILLA

Ein leises Rascheln ließ Silla aufblicken. Sie schaute nach vorn und sah, wie Frau Sund etwas aus ihrer Tasche hervorwühlte. Merkwürdig beruhigt von dieser normalvertrauten Kramerei beugte sie sich wieder über ihre Arbeit. Die Deutschprüfung war der Auftakt der Prüfungszeit und Silla wusste, wenn sie gut lief, würden auch alle anderen gut laufen. Sie war in vielen Dingen oft irrational abergläubisch.

Nachdem sie die Themen durchgelesen hatte, war sie erleichtert. Es war eine Schilderung dabei. Sie dachte an die Worte ihrer Lehrerin.

„Eine Schilderung wird das Können der Vielschreiber, Fantasievollen und Worteliebhaber unter euch zum Strahlen bringen.“ Silla wusste, dass Frau Sund von ihrem Talent zum Schreiben überzeugt war und hoffte inständig, dass ihr Glaube in sie nicht fehlinvestiert war.

Ihr „Ideen-Kreativ-Zettel“ lag schräg auf der Bank vor ihr. Gedankenversunken rollte sie die rechte Ecke unablässig hin und her und schien das gleichmäßige Raschelgeräusch, das dabei entstand, nicht zu bemerken. Angestrengt überlegte sie, wie sie ihren Aufsatz beginnen sollte. Dabei glitt ihr Blick durch die Aula und blieb bei Charlie hängen, der schräg links vor ihr saß. Eine dunkelblonde Haarsträhne verdeckte sein Profil und doch wusste Silla genau, wie er aussah. Es durchströmte sie leicht. Sie merkte, wie eine Röte über ihre Wangen glitt und war froh, dass es niemand sah. War sie verliebt? Vielleicht. Bestimmt. Doch. Sie war in ihn verliebt, seit er im letzten Jahr neu in ihre Klasse gekommen ist. Gesehen und umgefallen. So sprichwörtlich. Er sah *atemberaubend* aus. Nie hatte sie einen Jungen vorher so attraktiv gefunden. Es war klar, dass sie nie in sein offensichtlich perfektes Leben passen würde, aber sie verspürte einen Drang nach so 'ner Art Pseudoverliebtheit. Verknallt sein, aber sich auf nichts einlassen. Schmetterlinge im Bauch haben, aber auf keinen Fall frei lassen. Bereits bei der Vorstellung, dass sie eine ernsthafte Beziehung mit Charlie haben könnte, traten ihr Schweißperlen auf die Stirn. Weil sie keine Ahnung hatte, wie es ausgehen würde. Oder doch eine Ahnung. Die machte ihr noch mehr Angst. Sie riskierte wieder einen schnellen Blick zu ihm. Seit der Enttäuschung mit ihren Eltern fällte sie leicht Urteile. Sie hatte ihr Herz verschlossen und es hatte funktioniert. Der Schmerz war erträglich geworden. Doch dann kam Charlie an ihre Schule, mit seinem hübschen Gesicht, den aufmerksamen Augen, die zum Schreien blau waren und verwundete sie mit Liebe.

Eigentlich wäre er eine Klasse über ihr, aber da er mitten im Jahr die Schule wechselte, hielten es wohl alle für schlauer, ihn nicht gleich in die Abschlussklasse zu stecken. Alle, außer Charlie selber. Er ließ sehr deutlich spüren, was er von den meisten in ihrer Klasse hielt: *Was für Kinder*. Im Vergleich zu Charlie waren sie es auch. Zumindest die meisten Jungs. Immer noch kindische Idioten, die versaute Witze machten und wie kleine Kinder maulten, wenn ihnen etwas nicht passte. Charlie war reifer, klüger, witziger. Er hatte diese Art von trockenem Humor, den die meisten Blödmänner in ihrer Klasse gar nicht verstanden. Silla durchschaute Charlie. Eigentlich belächelte er sie alle, die kleine Dorf-Trottel-Schule am Rande der Stadt, die Lehrer, seine Mitschüler. Aber gleichzeitig war sie fasziniert von dieser Missachtung, ja Arroganz. Es reizte sie, forderte sie heraus.

Dass Charlie ihre Nähe suchte und offensichtlich Interesse an ihr hatte, fand sie immer noch seltsam. Wenn sie an den Zeitpunkt dachte, an dem

Charlie aufhören würde, mit ihr zu reden, ihr vorm Schlafengehen eine Nachricht zu schicken oder sie anzulächeln, bekam sie Panik. Eine Welt ohne seinen Glauben in sie war für Silla jetzt schon nicht mehr vorstellbar. Sie schämte sich für ihre Illusionen und fürchtete ihre Schwäche. Aber Charlie hatte Gefühle in ihr geweckt, die sie eigentlich nicht fühlen wollte, zumindest nicht gleich, aber nun musste sie sich eingestehen, dass diese Gefühle sie glücklich machten. Sie war sie nur nicht gewohnt.

In der Klasse war Silla eine Außenseiterin. So wie ihre Familie im Ort. Mitgefangen, mitgehangen. Ihre Eltern waren mit ihr und den fünf Geschwistern aus der Stadt aufs Dorf gezogen, um dort ein *naturbewusstes* und *entschleunigtes* Leben zu führen. Sie hatten einen alten Bauernhof gekauft und lebten, so gut wie es ging, völlig autonom. Ihre Mutter buk Brot und siedete Seife und nähte ihnen seltsam anmutende Sachen. Bis zur 7. Klasse trug sie die weiten Pluderhosen und bunten Kleider, dann änderte sie ihren Kleidungsstil. Sie wollte sich nicht mehr zum Gespött ihrer Mitschüler machen. Sprüche wie: „Na, habt ihr wieder in der Altkleidertonne gefischt?“ oder „Echt grungig. Gibt’s das auch in neu?“, waren noch die harmlosesten.

Wahrscheinlich wäre sie auf einer alternativen Schule in der Stadt gar nicht groß aufgefallen, aber hier auf dem Dorf, wo selbst ein fremdes Gesicht im Dorfladen Aufsehen erregte, blieb Sillas Familie die „besonderen Exemplare aus der Stadt“.

Sie hasste es, hier zu wohnen. Denn hier war alles beschränkt, klein in klein, unendlich spießig und fade. Sobald sie mit der Schule fertig war, würde sie von hier verschwinden. Das stand für sie fest. Sie träumte von ihrer eigenen kleinen Bude und malte sich bereits aus, wie sie diese einrichten würde. Hell sollte sie sein, hell und klar. Mit vielen Pflanzen, überall, in jedem Raum, aber ansonsten ohne jeden großen Schnickschnack. Grün in Weiß. Sie konnte es sich so gut vorstellen, jede Einzelheit. Wenn sie nicht schlafen konnte, stand sie nachts auf und setzte sich ans Fenster. Träumte sich weg vom *Jetzt* in ein *Bald*. Das gab ihr ein sehr befriedigendes Gefühl. Ihre Fantasie zeichnete ihr eine herrliche nahe Zukunft. Dann war sie sich sicher, dass Charlie und sie von Anfang an dazu bestimmt waren, zusammenzufinden und dass alles, was in ihren Leben bisher passiert war, ihre Lebensfäden schicksalhaft hier im Dorf zusammengeführt hatte. Mit diesen Gedanken konnte sie beruhigt einschlafen.

Als sie klein war, liebte sie alles an Zuhause. Sie mochte ihre schwingenden Kleider, in denen sie sich wie eine Waldfee vorkam, den Geruch von frischgebackenem Dinkelbrot und die knarrenden Dielen in dem immer etwas schummrigen Flur. Silla fühlte sich beschützt und sicher in dieser verzauberten magischen Welt. Ihre Mutter las ihr abends Märchen und gemeinsam mit ihrem Vater saßen sie an der Feuerstelle im Garten und sangen Lieder. Leise und zart. Alles war gut. Sogar besser als gut. Aber die Dinge blieben nicht, wie sie waren. Wahrscheinlich taten sie das ohnehin nie. Das verriet ihnen nur niemand, man musste wohl selbst draufkommen. Wie im Märchen. Wenn der Held nach zahlreich bestandenen Herausforderungen seinen Lohn erhielt. Aber dafür musste er kämpfen. Fakt war, dass irgendwann alles anders geworden war. Möglicherweise ab da, als sie erfuhr, dass ihr Vater nicht ihr leiblicher Vater war. Vielleicht wäre diese Tatsache allein für sich nicht so schlimm für Silla gewesen, aber sie erahnte sein dunkles Geheimnis. Wieso sah es ihre Mutter nicht? Oder wollte sie es nicht sehen? In ihren wallenden Röcken, die langen Haare zu einem Zopf über den Rücken geflochten, passte sie eher in eine Mittelaltersage als ins Hier und Jetzt. Belegt mit einem Fluch der Unwissenheit.

Je älter sie wurde, umso deutlicher nahm Silla das Draußen wahr. Das Tuscheln und die mitleidigen Blicke, wenn sie mit ihren jüngeren Geschwistern einkaufte. Das Schluchzen von Mutter, das nachts leise aus der Küche in ihr Zimmer schlich und die vom Weinen geschwollenen Augen am Frühstückstisch. Wenn Silla sie dann in den Arm nehmen wollte, wehrte diese sie sanft ab.

„Es ist alles in Ordnung, mein Schatz. Du musst in die Schule."

Hielt ihre Mutter sie für eine Idiotin? Nahm sie wirklich an, Silla würde nicht mitkriegen, was hier, direkt vor ihren Augen passierte? Nie würde Silla sanft sein, das hatte sie sich geschworen. Genauso, wie sie nie unannehmbare Dinge hinnehmen würde. Ihr Vater betrog ihre Mutter. Genauso betrog er seine Kinder. Seine leiblichen und Silla. Er war immer länger unterwegs mit seinem mobilen Verkaufsstand, an dem er die gebackenen Brezeln ihrer Mutter verkaufte und kam immer seltener nach Hause. In einem kalten Januar zog er aus, das Weihnachtsfest hatten sie noch durchgehalten.

„Für die Kleinen“, hatte Mama ihn gebeten. Wie erbärmlich. Lügen über Lügen. Es stand außer Frage, dass sie ihre Mutter liebte, aber sie wollte, dass die sich endlich zusammenreißen würde, sich nicht so komplett aufgab. Es enttäuschte sie, wie klein sich Mama machte. Wie sie dasaß und weinte und Räucherstäbchen anzündete. Was in aller Welt. Vor ihren Augen löste sich ihre Mutter auf.

In der achten Klasse hatte Silla versucht, ihren leiblichen Vater ausfindig zu machen. Sie erinnerte sich an das rauschende Herzklopfen und die lächerliche Hoffnung. Solange er sich nicht meldete, konnte sie noch an ein gutes Ende glauben. Es zerschlug sich, als er ihr unmissverständlich klar machte, dass er keinen Kontakt wünschte. Na und, du Arschloch.
Langsam, aber unaufhaltsam, kippte sie aus ihrer kleinen Welt in die große Welt. Sie wusste nicht mehr, auf wen sie sich noch verlassen konnte. Außerdem schlich sich eine Art Verachtung in ihr Denken. Verachtung für ihre Mutter, die ungekrönte Königin der Duldung. Verachtung und Abneigung gegenüber ihrem Vater, dem Lügensack und Heuchler. Ihr Erzeuger? Wertlos für sie. Obendrein entwickelte sie auch eine Art von Geringschätzigkeit für ihre Mitschüler, die ihr lächerlich und dumm

erschienen in ihrer oberflächlich naiven Weltsicht. Werdet erwachsen, ihr Ahnungslosen!

Wenn Silla früher eine Außenseiterrolle aufgrund des ungewöhnlichen Lebensstils ihrer Familie hatte, so grenzte sie sich ab einem gewissen Zeitpunkt bewusst selbst ab. In der Mittelstufe hatte sie noch verzweifelt Anschluss an die Mädchenclique gesucht. Brachte kleine Geschenke mit und selbstgebackene Kekse, versuchte mit aller Kraft dazuzugehören. Aber sie blieb eine Kuriosität, der alternative Freak. Jetzt winselte sie nicht mehr um Freundschaften, ertrank nicht mehr in ihren Tränen. Denn irgendwann hatte sie den Entschluss gefasst, nicht mehr das Opfer zu sein. Ab da wurden die Dinge besser. Silla war über den Riss getreten und hatte, ohne weiter zurückzublicken, ihre eigene Zukunft betreten.

In den Pausen verschanzte sie sich nun meist hinter einem Buch. Verbarg ihr Gesicht unter der Kapuze und kam erst wieder zum Vorschein, wenn es zur Stunde klingelte. Das Eintauchen in ihre Bücherwelten rettete sie. Frau Sund hatte ihre Leidenschaft noch vorangetrieben, indem sie ihr jede Menge Bücher lieh. Sie machte das auf eine sehr unaufdringliche Art und Weise.

„Silla, liest du gerade was Spannendes? Das hier habe ich gestern ausgelesen. Hab's verschlungen. Bin gespannt, wie du es findest. Hast du auch 'ne Empfehlung für mich?"

Ihre Lehrerin ließ sich nicht so leicht abwimmeln. Blieb beharrlich. Denn sie sah die Verletztheit hinter Sillas Distanzmauer. Und ihr Bedürfnis, sich zu verbinden. Echt und aufrichtig. Aber hat man in einer Klasse erst einmal seinen Ruf, ist es wahrscheinlicher, dass sich die Erde aufhört zu drehen, als dass man ihn bis zum Ende der Schulzeit wieder loswird. Jeder ist in seiner eigenen Haut gefangen und obendrauf legt sich das Klassengeflecht. Endgültig und unveränderlich. Sie alle waren eingesponnen in einen zähflüssigen unkaputtbaren Klassenkokon.

Silla war nie unfreundlich, aber immer leicht spöttisch, wenn man sie ansprach, ja, herablassend. Oft ließ man sie dann einfach in Ruhe. Und das war genau das, was sie wollte. In Frieden gelassen werden.

Sie schrak aus ihren Gedanken hoch. Frau Sund hatte ihr die Hand auf die Schulter gelegt und versuchte, einen Blick auf ihr bisher Geschriebenes zu erhaschen.

„Viel Glück, Silla."

Dann ging sie zur nächsten Bank. Silla blickte ihrer Lehrerin hinterher. Wie alt mochte sie wohl sein? Sie wirkte irgendwie immer krass lebendig und energiegeladen. Vielleicht altern Lehrer langsamer als andere Menschen, weil sie ihr Leben lang mit pubertierenden Jugendlichen zu tun hatten?

Auf ihrem Gedankenblatt war ein Herz entstanden. Anfangs klein, fast nur eine Ahnung, hatte es sich zu einem unübersehbarem doppelt und hundertfach gestrichelten und schattierten Herz entwickelt. Silla strich es mit einer entschlossenen Handbewegung durch. Nahm ein neues Blatt und starrte auf das Weiß. Silla musste kritzeln. Immer. Es half ihr, ihre Gedanken zu ordnen, sich zu konzentrieren. Wie oft hatten entnervte Lehrer ihre Blätter weggenommen und in den Papierkorb geschmissen. Dann hatte sie sich unauffällig ein neues genommen und war wieder beim Kritzeln.

Muster, Formen, Linien, Spiralen – es war ihre Art, nachzudenken.

„Herr Schmidt, Silla kritzelt wieder."

„Her damit, Silla." Schmidti mit diesem Ich-kanns-nicht-mehr-hören-Seufzer.

Klar auch. Echt nette Klasse. Störte sie irgendjemanden mit ihrer Kritzelei? Störte sie überhaupt irgendjemanden? Wem nahm sie die Luft zum Atmen weg und wen hinderte sie am Leben? Sollten die doch erst mal mit sich selbst klarkommen. Aber wahrscheinlich war genau das das Problem.

Sie hatte versucht sich unsichtbar zu machen, so wie das eben möglich war in einer Klasse von sechzehn Teenagern. Aber die Sprüche und Abfuhren saßen wie kleine Giftpfeile mit Widerhaken in ihrem Fleisch und Silla ahnte, dass, wie sehr sie sich auch bemühen würde, diese Kränkungen zu vergessen, auszumerzen, aus ihrem Kopf zu löschen, bereits eine unbedeutende Nichtigkeit wieder an ihre Niederlagen erinnern würde. Wahrscheinlich würde es nie zu Ende sein.

Zum Glück hatte sie Roxy. Eigentlich hieß Roxy Roxana, aber nur ihre Eltern riefen sie beim vollen Namen. Roxana. Silla liebte den Klang des Namens und doch wusste sie, dass ihre beste Freundin immer eine Roxy bleiben würde. Eine Rocky-Roxy.

Deren Lieblingsspruch „Du und ich – und auch sonst keiner – kann so hart zuschlagen wie das Leben! Aber der Punkt ist nicht der, wie hart einer zuschlagen kann… Es zählt bloß, wie viele Schläge man einstecken kann und ob man trotzdem weitermacht", stand in flammendroten Buchstaben auf der Vorderseite ihres Hausaufgabenheftes. Warnung, Aufmunterung und Orakel in einem. Rocky Balboa, die Box-Ikone, und Roxy Schneider, die Mut-Ikone. Das war ihre Roxy. Cool und unerschrocken. Sie hatte sich als erste in der Klasse ein Nasenpiercing stechen lassen und alle beneideten sie darum. Kurze Zeit später ließ sich Silla ein Bauchnabel – Piercing machen. Immer wenn sie es spürte, dachte sie an Roxy. Es war das Zeichen ihrer Zusammengehörigkeit.

Silla schaute kurz zu ihr rüber. Roxy schrieb schnell und hastig, als hätte sie Angst, ihr Gedanke könnte sich auf dem Weg von ihrem Kopf zum Blatt verlieren. Sie saß tief vornübergebeugt, so, dass man zwischen ihrer hochgeschnittenen Jeans und dem weißen Top die nackte Haut sehen konnte.

Nackt. Wie anders sich ein Jungenkörper im Vergleich zu ihrem anfühlte. Der Oberkörper war viel härter, es gab wenig weiche Stellen, mit Ausnahme des weichen Flaumes auf dem Dekolleté. Dekolleté bei Jungs. Das hieß bestimmt ganz anders. Aber wie? Gab es dafür eine neuzeitliche Bezeichnung? Woher kamen immer diese Gedanken in ihren Kopf? Sie konnte einfach nichts dagegen tun, ihr Gehirn schien irgendwie vollgestopft mit unnützen Fragen und verrückten Gedanken zu sein, die scheinbar nur darauf lauerten, endlich ans Tageslicht zu kommen. Hinter allem stand eine Geschichte. Sie war süchtig nach Geschichten, nach wahren oder ausgedachten. Und seit einiger Zeit verbrachte ihr Kopf den größten Teil seiner Zeit damit, sich Geschichten über Charlie auszudenken. Und sich. Also, Charlie und sie? Sie und Charlie? Silla und Charlie. Verstohlen schaute sie zu ihm rüber. Irgendwie wollte sie Charlie immer nur ansehen, von Kopf bis Fuß. Ja, sie musste sich zwingen, ihn nicht ständig anzustarren. Und die wirkliche schonungslose endgültige Wahrheit war, dass sie niemals in ihrem Leben einen Jungen gesehen hatte, der hübscher war als er. Silla schätzte, dass die meisten der Jungs aus ihrer Klasse morgens länger vor dem Spiegel standen als sie selbst. Charlie unter Garantie. Er sah immer, wirklich immer, total gut aus und roch unglaublich. Es war so eine Mischung aus Meer, grünem Moos und Sonne. Offenbar nahm er dafür sogar in Kauf, sich zur ersten Stunde zu verspäten. Manchmal regte sich in ihr das Gefühl, dass sie ihm genauso Unrecht tat, wie ihr die anderen. Denn jeder sah nur das, was er sehen wollte. Das war die ganze Wahrheit. Und, so sehr sie sich wünschte, mit Charlie zusammen zu sein, so sehr ängstigte sie diese Vorstellung auch. Noch war sie nicht bereit, diese Risikozone ganz und gar zu betreten, obwohl alles in ihr „Ich will auch" schrie. Sie hatte noch nie mit einem Jungen geschlafen. Zusammen mit Roxy hatte sie sich Pornos angeschaut, mit rot glühenden Wangen und voller Scham. Sie hatte nicht verstanden, um was es ging. Eigentlich hatte sie gedacht, dass Sexualität mit Liebe und Vertrauen zu tun hatte. Jetzt machte es ihr Angst. Was sie sahen, war aggressiv und furchteinflößend und die Frauen ließen sich von den Männern wie Dinge benutzen. Es ekelte sie. Sie wollte um jeden Preis ihre Autonomie bewahren und würde sich niemals vereinnahmen lassen. Roxy verstand das. Frauen würden einander nie so wehtun, darin waren sie sich einig.

Wieder schaute Silla zu Charlie hinüber. In diesem Augenblick sah auch er zu ihr und ihre Blicke trafen sich. Ihr Atem ging wieder schneller und etwas unmutig spürte sie, dass sich alle ihre Nervenzellen anfühlten, als würden sie unter Strom stehen. Sie musste sich daran erinnern, dass sie in einer Prüfung saß.

„Vertrau mir“, hatte er gesagt. „Du musst mir vertrauen.“

Aber ihr Vertrauen musste er sich erst mal verdienen. Vielleicht würde sie ihm ja die Chance dazu geben. Auch wenn er sich darauf bloß nichts einbilden sollte. Sie errötete. Verlegen schob sie ihr abgeschranztes Federtäschchen nach vorn und strich ihre Haare hinter die Ohren. Dann begann sie zu schreiben.

CHARLIE

Charlie hatte Sillas Blick gespürt. Ihre Augen waren groß vor Erwartung und ihr Blick war von einer merkwürdigen Dringlichkeit. Sie schaute ihn an, fast bis in sein Herz und wendete sich dann ab. Tat, als wäre nichts gewesen und schob ihre Federmappe in die Mitte des Tisches. Es rührte ihn, dieses bunte zerbeulte Federtäschchen, das aussah wie ein Relikt aus sehr vergangenen Zeiten. Aus irgendeinem Grund hatte sich Silla offensichtlich nie davon trennen können und schien trotz seiner offensichtlichen Schäbigkeit an ihm zu hängen.

In seiner alten Schule waren keine eigenen Federmappen bei den Prüfungen erlaubt. Charlie erinnerte sich an eine Episode vor einigen Monaten während der Deutschstunde, sie nahmen gerade Textinterpretation durch.

„Dürfen wir eigentlich unsere Federmappe mit in die Prüfung nehmen?“

Toni, der Spacko. Als ob ihn das gerade wirklich interessierte. Bestimmt wollte er nur wieder eine seiner sinnlosen Diskussionen mit den Lehrern im Unterricht anfangen. So wie er es häufig machte, wenn ihm langweilig war oder er das Thema nicht verstand. Ablenkung durch Geschwafel. Obwohl Charlie genervt davon war, war er gespannt, was Frau Sund sagen würde.

„Ich sehe keinen Grund, warum du das nicht dürftest, Toni."

„Na, ich könnte darin Spicker verstecken."

„Vielleicht könntest du das sogar, obwohl ich da ernsthafte Zweifel habe. Deal: Wenn du es schaffst, einen wirklich brauchbaren Spicker für eine Deutschprüfung anzufertigen, bist du bis zum Schuljahresende von Hausaufgaben befreit. Das gilt übrigens auch für alle anderen. Deadline diese Woche Freitag."

In der Klasse machte sich Aufregung breit. Als es kurz danach zur Pause klingelte, gab es kein anderes Gesprächsthema als den *Ultimativen Spickzettel*. Clever eingefädelt, Frau Sund. Seine Mitschüler hatten den Köder geschluckt und tüftelten und bastelten, wurden erfindungsreich und gewitzt. Alles Relevante für die Prüfung wurde so präzise wie möglich aufgeschrieben. Die hohe Kunst bestand darin, den Spickzettel so klein und unauffällig, aber auch so informativ wie möglich zu basteln. Charlie beteiligte sich nicht, aber verfolgte interessiert die Geschehnisse. Würde es einen „Master of Spick“ geben? Alle fieberten der Deutschstunde am Freitag entgegen. Unter großem Gejohle und allgemeiner Heiterkeit wurden skurrile und echt witzige Kreationen präsentiert. So viel Einfallsreichtum hatte er den meisten Hasenhirnen gar nicht zugetraut. Platz 1 belegte Nik mit seinem Wickel-Stift-Spicker. Er hatte mit unendlicher Geduld und Akribie gearbeitet. In winzigkleiner Schrift standen auf einem superkleinem Zettelchen akkurat platziert die Handlungsschritte zum Schreiben eines Aufsatzes, Formulierungen für Übergänge und Varianten für Satzanfänge, Textsortenunterschiede und sogar Frau Sunds fortwährendes Mantra: „Der Duden ist dein Freund, nicht dein Feind.“ Den Zettel hatte er zusammengerollt an seinen Kugelschreiber befestigt. Cool war auch der Trinkflaschenspicker von Aaron, aber Trinkflasche hatte ja nichts mit der Federmappe zu tun. Ebenso wenig wie Tajas Strumpfhosenspicker oder Roxy, die Irre, die sich ihren Spicker in den Ausschnitt ihres T-Shirts eingenäht hatte. Er musste grinsen. Roxy hatte mit Abstand die größten Hupen und setzte die natürlich ständig in Szene.

Hatte er wirklich gerade *Hupen* gedacht? Nahm er etwa langsam diesen immer etwas prollig wirkenden Dorf-Slang an? Nee, Roxy war echt in Ordnung. Sie war geradeheraus und sagte, was sie dachte. Das fand er voll ok. Außerdem war sie die beste Freundin von Silla und jeder wusste, dass man als Kerl gegen beste Freundinnen wenig Chancen hatte. Findet die dich blöd, hast du verloren. Er und Roxy hatten irgendwie ’nen Draht zueinander, so ’ne komisch unerklärbare und damit unnennbare Verbindung. Nach außen wirkte sie ständig leicht aggressiv, war laut und immer etwas anstößig, aber wer sie näher kannte, wusste, dass hinter dieser coolen Fassade ein großes Herz schlug. Eigentlich war Roxy der erste wirklich menschliche Kontakt an dieser Schule gewesen. Unaufgefordert und unaufdringlich gab sie ihm Hilfestellung als „Neuer“ an der Schule. Damals begriff er, dass Roxy eigentlich nett war, aber null Wert darauflegte, es zu zeigen.

War es gut, dass er gewechselt hatte? Noch war ihm das nicht so richtig klar. Aber er hatte begriffen, dass es gut war, weg zu sein. Weg von seiner alten Schule, von seinem Zuhause, von den Menschen, die ihn kannten oder zu kennen glaubten, weg von der ganzen verfickten Geschichte, weg von den Erinnerungen. Den Tod übersehen, den Schmerz überspielen. Die Angst zurücklassen und auch die Wut. Das konnte nur gelingen, wenn niemand davon wusste. Hier glotzte ihn niemand verstohlen oder mitleidig an, hier wurde er genauso behandelt, wie er behandelt werden wollte, nämlich normal. Ihm war bewusst, dass sein Leben in den letzten Monaten alles andere als ‚normal' verlaufen war, aber sollte es nun für alle Zeiten ‚unnormal' bleiben?

Charlie war klar, dass ihm seine Freunde nur helfen wollten, auch die Lehrer, eigentlich alle, aber das konnte eben niemand wirklich. Was wollten sie ihm erzählen, was er nicht selbst schon wusste? Ihn traf keine Schuld. Auch nicht seinen Vater. Sagten die anderen, manchmal sagte das auch sein Kopf. Und trotzdem schleppte er wie eine Schubkarre mit Ziegelsteinen diese Frage mit sich rum: Was wäre, wenn? Wenn er weniger mit seinem eigenen Leben beschäftigt gewesen wäre, aufmerksamer, genauer hinschauend?

Und: Warum hat sie nicht wenigstens uns zuliebe, ihm zuliebe weiter gemacht? Mit diesem einzigen, doch wirklich idiotisch kurzem Leben? Das konnte doch nicht so schwer sein: Aufstehen, leben? Mit ihnen oder ohne sie, aber leben. Charlie spürte wieder Wut aufsteigen. Wut auf seine Mutter, die ihm seine Fragen nicht mehr beantworten würde und ja, auch Wut auf das *Draußen*. Diese lausige Unsicherheit, die jedem anzumerken war, der mit ihm redete. Will er drüber reden, will er nicht drüber reden, kann man Witze machen, Musik hören, rumblödeln, Bier trinken, labern, tiefsinnig sein? Keiner wusste es und aus Angst, das Falsche zu machen, taten die meisten gar nichts. Zogen sich zurück, luden ihn nicht mehr ein, setzten betretene Mienen auf, wenn sie ihn sahen. Und das war noch viel erbärmlicher.

So kam es, dass er wortlos zustimmte, als sein Vater den Vorschlag machte, er solle doch für eine Weile zu seiner Oma ziehen. Es schien gut für ihn zu sein. Seine Oma lebte seit 15 Jahren allein. Sein Opa, an den er gar keine Erinnerung hatte, war ganz plötzlich an einem Herzinfarkt gestorben. *Für den einen gut, für den anderen schlecht.* Charlie teilte diese Meinung nicht. Ein plötzlicher Tod war für keinen gut. Aber anders als Geld war Lebenszeit eben nicht planbar. In der Regel. Es sei denn …

Er selbst würde nicht so plötzlich sterben wollen. Manchmal versuchte er sich vorzustellen, wie es wäre, wenn er tot sei – keine Chance. Und er hatte auch keine Idee, wie man sich jemals daran gewöhnen könnte. Eigentlich versuchte er konsequent, den Gedanken an seine eigene Sterblichkeit zu verdrängen. Mit derselben Beharrlichkeit, wie er versuchte, die Bilder der Beerdigung seiner Mutter zu verdrängen. Es war schrecklich. Alles. Als sie in die Erde versenkt wurde und jeder eine Handvoll schwarze schwere Erde auf sie warf, musste er die Augen schließen. Am liebsten hätte er sie nie wieder geöffnet. Er konnte bis zum nächsten Morgen nicht mehr sprechen, es war, als wäre seine Stimme mitbegraben worden. Seine Oma hatte ihm zum Frühstück Grießbrei gemacht. Heißer süßer Grießbrei mit Erdbeeren. Obendrauf noch zentimeterdick Zimt und Zucker. Wortlos löffelte er den Teller leer. Auch seine Oma sagte nichts. Sie saß ihm gegenüber und schaute ihm beim Essen zu. Als er aufstand, erhob sie sich auch. Charlie war fast zwei Köpfe größer als sie. Sie legte ihre kleine weiche Hand an seine Wange und sah ihm ins Gesicht. „Du bist nie allein, vergiss das nicht.“ Er hatte genickt und ihr geglaubt.

Als Kind war er oft bei seiner Oma. Sie wohnte damals ganz in der Nähe und gehörte so selbstverständlich zu seinem Leben wie seine Ma und sein Vater. Als er zwölf wurde, zog sie weg. Nicht, dass hier irgendein Zusammenhang bestände, es war einfach so. Charlie wurde zwölf und Oma zog auf irgendein Kaff in den Osten.

„Ich freue mich so, nochmal neu anzufangen, mein Charlie“, hatte sie froh gelacht. „Mein neues Zuhause und ich, wir sind so.“ Dabei hatte sie ihre Finger so eigenartig verschränkt, dass nun auch Charlie lachen musste. „Es gibt sie, die Kraftorte. Aber die kann man nur finden, wenn man auch mal die alten Pfade verlässt. Besuch mich, mein Kind. Besuch mich so oft, wie es nur geht.“

Tatsächlich hatte er sie nicht oft besucht. Mit zwölf findet man wohl fast alle Sachen spannender als seine Oma. Aber Charlie mochte sie sehr. Sie war auf eine seelenruhige Art lässig und auch in der ganzen Albtraumzeit für ihn und seinen Vater eine große Stütze gewesen. Es musste katastrophal sein, wenn man alle, die man liebt, überlebt, dachte er manchmal.

Nun also war er hier. Irgendein Kreis hatte sich offenbar geschlossen. Sein Vater hatte das Dachgeschoss für ihn ausbauen lassen und ließ gleich noch ein paar Neuerungen am Haus vornehmen. Er selbst war ihn Würzburg geblieben und auch das war für Charlie kein Problem. Charlie wusste, dass sein Vater ein Workaholic war und ihm seine Arbeit als Staatsanwalt sehr wichtig war. ... Wichtiger als seine Mutter? Wichtiger als er? ... Reiß' dich zusammen, Charlie, bleib fair. Du weißt, dass er sie geliebt hat. Auch, dass er alles für dich machen würde. Du weißt, dass er ohne Zögern mit umgezogen wäre. Du hast auch noch gut im Kopf, dass du ihm eindringlich, ohne Widerspruch zu dulden, erklärt hast, dass das so die beste Lösung für alle ist. Denn wenn du ehrlich bist, brauchtest du den Abstand mehr als alles andere, auch zu deinem Vater.

Wie lernt man es auszuhalten, wenn man seine Mutter verliert? Wenn man mit sechzehn erfährt, dass sich seine Mutter das Leben genommen hat? Sie hat ihm das Leben gegeben und sich das Leben genommen. *Ein Geben und Nehmen.* Die Wahrheit war, je mehr er darüber nachdachte, umso leerer fühlte er sich. Verletzt und leer. Diese Sinnlosigkeit in all der Stille. Seine Ma hatte nicht nur ihr Leben gekappt, sondern auch seines.

Charlie hatte versucht, sie zu verstehen. Er hatte es wirklich versucht, wieder und wieder. Irgendwann hatte er aufgegeben. Er würde es nicht begreifen. Jetzt nicht, vielleicht nie. Den Brief, den sie ihm geschrieben hatte, hatte er mehrmals gelesen. Er war jedes Mal wieder abgrundtief bestürzt und tränenaufgelöst. Wollte es nicht sein, denn er wollte ja begreifen, warum, hinter ihren Worten vielleicht eine Wahrheit finden, eine Antwort. Aber es war vergeblich, immer wieder aufs Neue vergeblich. Er fand nichts und weinen musste er trotzdem. So hatte er beschlossen, den Brief in Würzburg zu lassen, bei seinem Vater. Damit sich sein Kopf beruhigen konnte und die ganzen irren Gedanken endlich aufhörten. Charlie war jung und er wollte glücklich sein. Mit Kraft und Wucht und Vehemenz, die keinen Zweifel zuließen und die eingebrannten Schmerzbilder überlagerten. Er schluckte seine Schreie runter und seine Wut und begann ein neues Leben, hier, in diesem gottverlassenen Kaff, wo keiner wusste, was ihm das Leben schon für einen brutalen Tritt zwischen die Beine versetzt hatte.

Bevor er zur Schule ging, joggte er. Er rannte schnell, kraftvoll und fand endlich wieder Zugang zu seinem Körper, der sich die letzten Monate matt und dumpf angefühlt hatte. Er lebte weiter, konnte das Leben wieder spüren. Es fühlte sich anders an, er fühlte sich anders an, aber er konnte endlich wieder atmen. So begann er auch, die Blicke von Silla wahrzunehmen. Missbilligend, wenn er zu spät in den Unterricht kam, die Haare noch feucht vom Duschen. Interessiert, wenn er sich in Unterrichtsdispute einbrachte und Dinge wusste, die niemand anders wusste, nicht mal das Superhirn Taja. Gefühle folgten keiner Logik. Irgendwann war er merkwürdig froh, sie zu sehen und eigenartig enttäuscht, wenn sie mal nicht da war. Die ganzen Monate über war er nie mehr froh gewesen und dass er es wieder sein konnte, erfüllte ihn mit Hoffnung. Vielleicht würde Silla sein Herz heilen, vielleicht würde sie es ihm aber auch brechen. Zweifel. Silla. Keine Zweifel. Silla. Charlie spürte, dass ihn und Silla etwas Besonderes verband. Beide hatten Verluste erlitten. Hier ging es nicht um ein verloren gegangenes Handy oder ein geklautes Fahrrad. Es war unverkennbar, dass sie sich zueinander hingezogen fühlten. Aber er war bereits hart konfrontiert worden mit der

Vergänglichkeit des Lebens und nicht bereit, weitere Verluste hinzunehmen. Deswegen wollte er unter allen Umständen und durch nichts aufzuhalten dem Leben abtrotzen, was es zu bieten hatte. Er würde seine Zeit nicht verschwenden, weder durch ödes Abhängen mit der „Dorfjugend", die ihren eh schon begrenzten Horizont durch Alk und Kiffen noch begrenzter machten, noch mit oberflächlichem Rumgemache mit Mädchen, denen es um nichts weiter ging, als ihr klitzekleines Selbstwertgefühl mit ihm aufzuwerten. Charlie wusste, dass er gut aussah und wie er auf die meisten Mädchen, ja, auf sein gesamtes Umfeld wirkte. Er war groß und durch sein jahrelanges Schwimmtraining durchtrainiert, hatte blonde Locken und klare blaue Augen. Obendrein war er nicht nur älter als die anderen in seiner neuen Klasse, er sah auch erheblich älter aus. Er begann zu grinsen. Frau Sund, die ihn bei ihrem ersten Treffen im Direktorenzimmer für den neuen Referendar hielt. Die versteckt neidvollen Blicke der Jungs, die Mädels unverhohlener in ihrer Resonanz. Ehrlich, es war ihm egal. Sein Aussehen war nicht sein Verdienst, er hatte einfach Glück bei der Mischung seiner Gene gehabt. Haare, Augen, die immer leicht gebräunte Haut, selbst er erkannte auf Bildern die Ähnlichkeit mit seiner

Mutter. Manchmal hatte er Angst zu vergessen, wie sie aussah, wie sie roch, wie sie lachte, dann sah er in den Spiegel und versuchte, sie hinter seinem Spiegelbild zu entdecken. Irgendwie lebten Eltern doch immer in ihren Kindern weiter, oder? Selbst wenn sie alles Glas zerbrochen und einen Scherbenhaufen hinterlassen hatten, so blitzten sie doch puzzleteilartig immer wieder mal hervor.

Charlie versuchte, sich zu konzentrieren. Während einer stillen Pause in seinem Kopf hatte er die Vorschrift seines Aufsatzes fast fertigbekommen. Sein Blick schweifte durch die Aula. Zu den meisten hatte er nur wenig Kontakt, aber er musste eingestehen, dass die Klasse ganz erträglich war. Es gab so ein unausgesprochenes *Zusammenhaltdingens* unter ihnen, das beeindruckte ihn mehr, als er zugeben wollte. Charlie war mit einer Mentalität groß geworden, ständig auf Konkurrenz zu gehen. Es gab an seiner alten Schule einen enormen Druck. Von außen, von innen, von überall her. Druck, cool zu sein, besser, am besten. Keiner wollte Mittelmaß sein, jeder war ja *einzigartig*. Das bekamen sie von ihren Eltern mit und von superschlauen Influencern. *Lebe dein Leben! Mach dein Ding!* Von diesem Denken war seine Jugend geprägt worden.

Sie waren alle Individualisten und stolz darauf. Ihr Leben eine große Performance. Jetzt, mit Abstand, begann Charlie die Dinge etwas anders zu sehen.

Er und Silla am See. Das Wasser war schwarz, genauso schwarz wie der Himmel. Eine schwarz ummantelte Welt.

Was willst du für ein Mensch sein, Charlie, das ist doch die einzige Frage, die wir uns stellen sollten. Geht es dir darum, die anderen zu ignorieren oder im Einklang mit ihnen zu sein?

Das fragst du mich, Silla? Gerade du?

Er wusste, dass ihre Frage auf mehr hinauszielte. Aber er kannte die Antwort darauf nicht. Nicht mehr. Vielleicht würde er sie irgendwann wieder wissen. Wenn die schreckliche Wunde, die der Tod seiner Ma geschlagen hatte, etwas verheilt sein würde.

Und jetzt? Vielleicht würden ihm ein paar der kleinen Honks sogar fehlen, wenn die Schule vorbei sein würde. Bestimmt nicht Aaron, mit seinen Assi-Sprüchen, und ganz sicher auch nicht Matze, der ihm in seiner ganzen Beschränktheit sowas von auf die Eier ging, aber die anderen? Mit Nik und Toni traf er sich manchmal zum Zocken und Quatschen. Vielleicht war ihm Nik von allen am liebsten. Er redete nicht viel, machte auch mehr so sein Ding, aber wenn's drauf ankam, konnte man sich auf ihn verlassen. Nik war ein Macher, das gefiel Charlie. Die Mädchen? Die waren so, wie 16-jährige Mädchen nur sein konnten, in erster Linie kompliziert, in zweiter Linie launisch. Silla war beides, aber auf eine andere Weise. Sie waren sich auf eine außergewöhnliche Art und Weise nähergekommen, aber Charlie wusste nicht, wie er es beschreiben sollte. Wenn sie zusammen waren, ging es ihm gut. Sein Herz schlug beruhigter, seine Gedanken trieben nicht mehr nur in eine Richtung. Und trotzdem war er beunruhigt, nervös, aufgeregt, aber es war eine herrliche Beunruhigung, Nervosität, Aufregung. So ähnlich wie es beim Schwimmen war oder wenn er lief. Erst musste er sich überwinden und dann wurde es einfach nur cool. Am Ende war eine große, wohltuende glücksmachende Mattheit in ihm, die ihn auf eine unerklärliche Weise stark machte. Es war, als würde es ihm all seine Energie abziehen und gleichermaßen massenhaft Energie geben. Irgendwie schräg, aber genauso fühlte er sich, wenn er mit Silla beisammen war. Am Anfang war es wirklich im wahrsten Sinne des Wortes Blickkontakt. Blickfeld, Blickwechsel, Blickrichtung, Blickfang. Er fand Silla schön. Besonders. Anders. Ihre schulterlangen roten Haare waren ihm als erstes aufgefallen und dass sie irgendwie *rein* wirkte. Unschuldig?

Sie selbst würde laut darüber lachen und ihm in die Rippen boxen. Aber nicht heftig, sondern schüchtern ungläubig.

„Wo bin ich denn schön? Maria ist schön, wie eine kleine Perle am Strand. Die süße Fiona, wie eine Barbiepuppe im Regal. Elsa, die mit ihrer Figur alle Jungs verrückt macht und Taja ist sexy, weil sie klug ist. Auch wenn das den meisten Jungs gar nicht auffällt. Lilli sieht aus wie ein verdammtes Model und Roxy ist sowieso eine Granate, aber ich?“

Silla machten Komplimente verlegen, man konnte ihr das Unbehagen darüber förmlich ansehen und so hatte er ihr nie gesagt, dass sie seine *Elfenkriegerin* war: sanft und kraftvoll, geheimnisvoll und ihm vertrauter, als ihm in seinem ganzen

17-jährigen Leben je ein Mensch gewesen war. Aber er hatte nie das Gefühl, dass es Silla ebenso ging. Vielleicht waren sie sich zu ähnlich? Noch hatte er einen Sommer, um das herauszufinden. Auch, ob das gut war oder schlecht. Und danach würde er seine *kleine Weltreise* machen. Die Route hatte er bereits genauestens geplant. Mit oder ohne Silla. Es erleichterte ihn, dass er so denken konnte. Aber er konnte sich nicht des Eindrucks erwehren, dass dieser Sommer ihr Sommer werden würde. Noch einmal schaute er demonstrativ zu ihr hinüber, aber sie ignorierte ihn. Sein Blick glitt zu Roxy. Die saß tief zusammengerutscht auf dem Stuhl, ihr linker Fuß baumelte nervös hin und her. Die beiden waren so krass unterschiedlich, dachte Charlie. Und doch schien keine Handbreit zwischen sie zu passen. Diese Freundschaft war echt verdreht und seltsam. Allein schon, wie Silla Roxys Namen aussprach. „Roxy." Bei jedem Vokal schürzte sie die Lippen, als würde sie jeden Laut besonders auskosten und sah dabei total süß aus. Bei diesem Gedanken spürte Charlie ein heißes Brennen im Hals. Roxy hatte Recht behalten. Silla war jeden Kampf wert.

ROXY

Roxy schwitzte. Der Schweiß perlte ihren Nacken herunter und sie spürte die Feuchtigkeit zwischen ihren Brüsten und unter den Achseln. Bloß gut, dass sie sich heute früh für ein ärmelloses Top entschieden hatte, es war ihre Rettung. Natürlich hatte ihre Mutter gemeckert. Sie nörgelte pausenlos. Ihr Tonfall war immer vorwurfsvoll, auch wenn sie ganz banale Dinge sagte. In allem schwang Missbilligung und Vorhaltung mit.

„So willst du wirklich zu einer Prüfung gehen? Zieh dir wenigstens noch die weiße Bluse drüber.“ Um Streit zu vermeiden, hatte sie die Bluse angezogen und auf dem Weg zum Bus wieder ausgezogen. Zusammengeknüllt lag sie nun in ihrem Rucksack, neben ihren Kopfhörern, Brotbüchse, einer Schachtel Kippen, mindestens drei Deos und einem zermatschten Apfel, den sie schon seit einigen Tagen durch die Gegend schleppte. Seit sie in der Pubertät war, schwitzte sie. Neben Pickeln nun auch noch Schweißflecken. Sie hasste ihr Leben. Heute ganz besonders. Ihre rechte Hand tat weh, weil sie zu fest beim Schreiben aufdrückte. Verkrampfte Finger, verkrampfter Nacken, verkrampfter Kopf. Spontan hatte sie sich für Thema 1 entschieden und steckte fest. Sackgasse. Sie kam nicht weiter. Kein Gedanke mehr, kein Satz, kein Wort. *„Zu flüchtig gelesen“, würde ihre Mutter sagen. „So, wie du immer alles machst. Flüchtig und oberflächlich, Roxana, das bist du nun mal.“*

Die Deutschprüfung sollte eigentlich ihre Rettung sein, ihr Anker, um noch einen halbwegs guten Abschluss hinzulegen. Sie wusste, Englisch würde sie ins Schwanken bringen und Mathe würde ihr Untergang sein. Deswegen musste sie in Deutsch abliefern, sie musste.

Nun also weg von Thema 1 zu Thema 3. Frustriert schob sie ihre Federmappe zur Seite. Sie würde keine Zeit mehr zum Vorschreiben haben, kaum Zeit zum Überarbeiten. Roxy war müde und schlapp und hatte das Gefühl, dass alles unendlich weit weg wäre. Wenn sie bloß nicht so schwitzen würde. Sie trank einen großen Schluck Wasser und dachte: Ein Bier wäre jetzt nicht schlecht. Es würde ihren Kopf antreiben, alles würde ihr leichter fallen, mit so ’nem kleinen Alkoholnebel im Kopf. *„Du bist wie dein Vater, Roxana. Genauso haltlos. Du solltest dich schämen.“*

Nein, sollte sie nicht. Sie schämte sich für viele Sachen. Sie schämte sich, dass sie schwer von Begriff war. Zumindest, was Schulkram betraf. Sie schämte sich für ihre großen Brüste, ihren fetten Hintern und ihre Pickel. Sie schämte sich, wenn sie merkte, dass sie roch, nach Schweiß und nach Weiblichkeit. Sie schämte sich für fast alles, was ihr Leben ausmachte, aber nicht dafür, wie ihr Vater zu sein. Denn so war sie nicht und würde nie so sein. Sie war auch nicht wie ihre Mutter. Oder ihre Oma, ihr Opa. Sie war wie niemand anders, weil sie ausschließlich sie selbst war. Sie selbst. Sie. Selbst. Silla sagte, ihr Selbstbild wäre total verzerrt. Selbstliebe, Selbstwertgefühl, Selbstbewusstsein, Selbstreflexion? Fehlanzeige.

Roxy schloss die Augen. Sie und Silla. Sie liegen nebeneinander auf Sillas megagemütlichem Bett, das bei jeder Bewegung knarzt. Es ist herbstdunkel, vor dem kleinen Fensterchen im Dachgeschoss beutelt der Sturm die Bäume.

„Manchmal habe ich überhaupt keine Lust zu leben. Es ist anstrengend. Es tut weh.“

„Spinnst du, Roxy? Noch ein halbes Jahr, dann sind wir frei. Dann beginnt unser Leben.“

„Und wenn ich es bis dahin nicht aushalte?“

„Dein Leben wegzuwerfen wäre erbärmlich. Mich allein zu lassen, noch erbärmlicher.“

„Aber ich krieg einfach nichts geregelt. Die Lehrer hassen mich und für meine Eltern bin ich ein einziger großer Fehltritt. Ich habe Riesenschiss, die Prüfungen zu vermasseln. Was dann, Silla? Dann kommt nichts. Eine ganze endlose Abfolge von nichts.“

Da hatte sich Silla aufgerichtet und ihr sehr ernst in die Augen geschaut.

„Schluss jetzt, ok? Woher nimmst du das Recht, so einen Scheiß zu reden? Bis jetzt hast du ja nicht mal versucht, was aus deinen Träumen zu machen. Du wirst die Prüfungen schaffen und wenn wir dafür zwanzig Stunden am Tag büffeln müssen. Wir schaffen das.“

„Ich hab‘ dich lieb, Silla.“

„Ich liebe dich auch, Roxana.“

Roxy öffnete die Augen und drehte sich zu Silla um. Was sollte sie nur machen, wenn? Wenn sie durch die Prüfungen flog und ihre bekloppte Mutter darauf bestehen würde, dass sie den Abschluss nachholt, wenn nötig, das Jahr wiederholen müsste? Oder wenn sie ohne Abschluss gehen müsste? Wenn sie deswegen nie eine Ausbildung machen könnte? Wenn sie ihre jammernde Mutter, ihren launischen Vater und ihre despotischen Großeltern immer immer immer ertragen müsste, weil sie nie aus ihrem Kaff, aus ihrem jämmerlichen Leben, aus ihrem Loser-Dasein rauskommen würde? Wenn sie für immer das „hohle Windei" bliebe, das „nichts auf die Reihe kriegt"? Sekunde. Was zur Hölle machte ihre Mutter in ihrem Kopf? Sie musste nachdenken. Über ihren Aufsatz. Nicht über ihre Mutter. Roxy stand auf und ging vor zu Frau Sund.

„Alles klar bei dir, Roxy? Kommst du voran?"

„Geht so. Ich müsste nur mal kurz eben aufs Klo."

„Mach mal. Und vor allem, atme durch. Ein und aus. Ein und aus. Dann kann dein Kopf auch wieder arbeiten, mit so 'ner Extraportion Sauerstoff."

„Mach ich."

Roxy musste ein bisschen grinsen. Die Sundi wieder. Einatmen, ausatmen. Seit der 5. Klasse versuchte sie ihnen so was wie ein *‚In sich reinhören'* beizubringen. Das Gekicher, als sie die erste Stille-Übung machten. 5. Klasse, Schule und Stillsein, das ist ein Widerspruch in sich. Oder auch nicht. Denn erstaunlicherweise begann sie es zu vermissen, wenn mal nicht die Zeit dafür blieb oder Vertretung war. Es war ein Runterkommen, ein Bei-sich-Sein, das ihr guttat.

Sie lief den Gang entlang. Der Schulflur war menschenleer und wirkte etwas gespenstisch. Normalerweise drangen aus den einzelnen Klassenräumen immer Stimmengemurmel, Lachen und Kichern, energische Lehrerstimmen oder hilfloses Brüllen. Einzelne Puzzleteile aus Geräuschen. Roxy konnte im Kopf alle zusammenlegen. Sie kannte die Räume wie ihre Westentasche, wusste, welcher Stuhl kippelte und unter welchen Tisch man besser nicht fassen sollte. Seit der ersten Klasse war sie hier zur Schule gegangen. Zehn Jahre hatte sie sich von Klasse zu Klasse durchgehangelt. Sie war nicht faul, wie ihre Mutter behauptete. Im Gegenteil. Sie lernte viel, versuchte zu begreifen, wollte verstehen, aber Fakt war, dass sie bestimmte Sachen einfach nicht kapierte. Es ging nicht in ihren Kopf rein, so sehr sie sich auch mühte. Vergebens. Sie konnte sich keine Zahlen vorstellen, hatte kein Gefühl für Mengen oder imaginäre Größen und je mehr sie lernte und trotzdem immer wieder nur schlechte Noten bekam, umso mehr wuchs ihr Frust. Mit dem Frust wuchs proportional ihre Angst. Erst vor Mathe, dann auch vor den Fächern, die ihr eigentlich Spaß machten. Lehrer steckten Schüler genauso gern in Schubladen wie andersrum. Für die meisten war sie bestimmt in der Schublade der Doofen. Sie hatte keine Motivation, sich weiter zu mühen und für ihre Mutter war sie eh das „Windei", da konnte sie es gleich bleiben lassen mit Lernen. Irgendwann hatte sie den Anschluss verloren und das erklärte Ziel ihrer Eltern und Großeltern, nämlich Gymnasium und Abitur, wurde erst mal nach hinten verschoben. Dass es nie dazu kommen würde, muss für sie ein harter Schlag gewesen sein, dachte Roxy zynisch. Ihre Tochter war ein glattes Minusgeschäft. Da hatten sich alle Investitionen in Nachhilfe und diverse Lernförderungen einfach nicht rentiert. Aber zumindest gab es, seit Frau Sund in der Mittelstufe ihre Klassenlehrerin geworden war, eine Erklärung für ihren Mathe-Stress. Ihr war aufgefallen, dass Roxy in Deutsch ausnehmend gute Leistungen brachte, also musste der Haken für ihre allgemein mittelmäßigen, in Mathe aber durchweg schlechten Lernergebnisse woanders liegen.

Test, Test, Test – Ergebnis. Sie litt nachweislich unter einer Dyskalkulie, im wahrsten Sinne des Wortes *leiden*. Das half ihr nicht wirklich weiter, aber damit hatten ihre Eltern endlich eine plausible ‚Entschuldigung'. Ihre Tochter hatte nun offiziell eine bestätigte Rechenschwäche. Fakt war jedoch, dass sie mittlerweile zu viel versäumt und den Anschluss an das Lernniveau der Klasse verloren hatte. Und Fakt war auch, dass sie trotz ihrer Dyskalkulie kaum Hilfe bekam. Sie hatte nun mehr Zeit zum Lösen der Aufgaben, aber ehrlich, was nützte ihr mehr Zeit, wenn sie nichts damit anzufangen wusste? Aber sie hatte es, allen Unkenrufen zum Trotz, bis hierhin geschafft. Bis in die Aula, zu ihrer ersten Abschlussprüfung. Herrje noch mal, sie musste diese verdammte Prüfung bestehen, wie sonst könnte sie jemals wieder Silla und Frau Sund in die Augen schauen? Denn beide hatten sie ohne Ende unterstützt, angetrieben und ermutigt. Der einzige wahre Grund, warum sie nicht schon längst aufgegeben hatte, war, weil Frau Sund an sie geglaubt und nie lockergelassen hatte. Eine echte Nervensäge vorm Herrn. Und weil es Silla gab. Für sie wollte Roxy klug sein, wegen ihr kämpfte sie sich durch jeden Vortrag, jede Klassenarbeit, jeden Test. Wie könnte sie ohne Silla sein, was würde sie ohne Silla sein? Ein fettes, schwitzendes Nichts. Immerhin war sie von der Schublade der Doofen in die Schublade der aufsässigen Doofen gewechselt. Denn ab der 8. Klasse ließ sie sich von keinem mehr was sagen, die meinten, sie wüssten über ihr Leben besser Bescheid als sie selbst. Mit Ausnahme von Silla, ihrer allerbesten Freundin.

Nichts. Kein Laut, kein Ton. Heute war Schulexkursionstag angeordnet und außer der Abschlussklasse waren alle unterwegs. Ihre Schritte und ihr Atmen waren das einzige Geräusch. Roxy hatte sich ans Fenster gestellt und die Augen geschlossen. Sie spürte den noch kühlen Wind auf ihren erhitzten Wangen und hatte den Wunsch, sich nackt auszuziehen. Raus aus der engen Jeans, dem knappen Top und sich in den Wind zu stellen. Die Arme ausbreiten und davonfliegen. Zusammen mit Silla oder allein. Aber auf keinen Fall mit jemand anderen. Missmutig dachte sie an gestern Abend. Was für ein Scheiß. Sie hatte viel getrunken, weil sie lächerlich aufgeregt wegen der bevorstehenden Prüfung war und hatte sich doch echt mit Toni eingelassen. Ihr Gesicht und ihr Hals wurden mit der Erinnerung an das gestrige Fiasko scharlachrot vor Scham. Erst hatten sie nur so rumgemacht, bissel geknutscht und gefummelt und dann lief es genauso wie mit allen anderen Kerlen ab. Es war immer dasselbe. Irgendwann wollten die alle mehr und fingen an sie zu bedrängen, kneteten an ihren Brüsten rum und begannen zu stöhnen. Da war Roxy meistens schon zu widerspruchslos, um aufzustehen und zu gehen. Entweder waren sie halb an- oder halb ausgezogen und manchmal murmelten sie dann noch so Dinge wie „Du willst es doch auch so sehr wie ich" oder „Du bist so heiß" oder einfach nur „Jajaja". Irgendwann stöhnten sie mit grotesk verzogenen Mienen noch lauter, bäumten sich auf, ein- zweimal und küssten sie ein letztes Mal. Dann war es vorbei und alles war wie vorher. Jungs waren derart simpel und so lächerlich in ihrer Lust. Sie ertappte sich bei dem Wunsch, die Zeit rückwärts laufen zu lassen und es ungeschehen zu machen. Denn, auch wenn sie es sich nicht eingestehen würden, so hatte diese Nacht doch alles verändert. Jetzt waren sie nicht mehr Toni und Roxy, sondern Toni und Roxy, die miteinander geschlafen hatten. Aber es hatte sich nicht mal gut angefühlt für sie und auf einmal hasste Roxy es total, sechzehn zu sein. Von wegen „Sweet Sixteen." Wenn sie in den Spiegel schaute, wusste sie gar nicht, wen sie da sah. Sie war kein Kind mehr, aber auch nicht erwachsen. Sie war irgendwo da mittendrin und fand es größtenteils deprimierend.

Toni hatte sie nicht noch einmal geküsst. Er hatte sich eine Kippe angesteckt und sein Bier ausgetrunken. Danach rülpste er laut und begann sich anzuziehen.

„Soll ich dich nach Hause bringen oder schaffst du es allein, Rox?"

„Nein, hau ab. Ich will eh noch mal zum Dorfplatz zurück. Vielleicht hängt da noch jemand rum."

Missbilligend hatte Toni sie angeschaut. „Du weißt schon, dass wir morgen Deutsch schreiben? Also ich hau mich jetzt hin. Das solltest du besser auch machen."

Roxy wusste das. Aber sie konnte einfach nicht nach Hause gehen. Sie konnte nicht. Über dem Dorf lag eine dunkle Ruhe, nicht mal ein Hund bellte, dabei kläfften doch immer irgendwelche Köter auf diesem Kaff, hatte sie gedacht. Roxy lebte seit sechzehn Jahren hier und noch nie hatte sie eine solche Ruhe gehört. Missmutig schüttelte sie den Kopf. *Ruhe hören, na klar auch.* Ihre Verdrossenheit nahm zu, als sie bemerkte, dass sie vor dem Haus ihrer Eltern stand. *Umnachtung in jedem Sinne.* Sie musste etwas widerstrebend grinsen. Verräterische Vertrautheit.

Die Gartentür öffnete sich mit einem leisen Quietschen. Roxy wusste, dass ihr Vater im Gartenschuppen immer Bier rumstehen hatte und ging leise um das Haus in den hinteren Garten. Zwei Bier. Zum Runterkommen, einschlafen. Die Büsche neben dem Gartenhäuschen waren üppig gewuchert, so dass sich Roxy darunter wie in einer kleinen Höhle verstecken konnte. Dann saß sie da, rauchte und trank und in ihr wuchs die Gewissheit, dass sich etwas ändern musste. Hoffnung oder Wille, sie wusste es nicht zu benennen. Aber als sie Stunden später ins Bett wankte, hatte sie diesen Gedanken schon wieder vergessen.

So hatte sie die letzte Nacht nur ein paar Stunden geschlafen und war heute mehr als mies gelaunt. Obendrauf dann noch Toni. Ist heute Morgen an ihr vorbeigelaufen als wäre sie Luft. Auch das noch. Kein Hallo, kein Blick. Stellte sich zu Aaron, Philipp und Matze und zündete sich eine Zigarette an. Irgendjemand hatte wohl einen Witz gemacht, sie lachten laut und Matze johlte auf wie ein Bekloppter.

Roxy war hingegangen. Ihre Beine hatten sich ein bisschen wie Watte angefühlt und ihr Magen drehte sich etwas, aber nie würde sie zulassen, dass man ihr ihre Unsicherheit anmerken würde. Ihre Coolness war ihr Panzer. Darunter versteckte sie ihre Unsicherheiten, ihre Ängste, ihre Schmach. So ist sie hingegangen und hatte Toni fest in die Augen geschaut.

„Ich habe mir das gestern nicht eingebildet, oder Toni? Gib mal 'ne Kippe."

Toni schüttelte den Kopf. „Sorry, Roxy, aber nicht jetzt." Er rückte eine Zigarette raus und gab ihr Feuer.

„Du Arsch“, sagte Roxy, drehte sich um und ging zu Silla. Spürte die Blicke der anderen, das Geflüster und Getuschel. Am liebsten würde sie weiterlaufen. Einfach weiterlaufen. Nie mehr anhalten. Nicht aufhalten lassen. Sie würde laufen, bis die Welt zu Ende wäre oder sie wissen würde, wohin.

Dieses arrogante Arschloch. Als ob Roxy mit ihm zusammen sein wollte, nur weil sie einmal miteinander gevögelt hatten. Sie wollte bloß nicht unsichtbar sein, schon gar nicht, wenn sie sich sichtbar gemacht hatte. Der ganze Abend war ein Fehler gewesen. Sie trank, weil sie sich dann besser fühlte. Auch wenn sie wusste, dass es ihr am nächsten Tag dafür beschissen gehen würde. Heute war der nächste Tag und es ging ihr bescheiden. Aber im Gegensatz zu den vielen anderen unbedeutenden langweiligen nichtssagenden Tagen in ihrem Leben war dieser heutige Tag entscheidend. Denn diese Prüfung war entscheidend. Wenn sie die verhauen würde, gäbe es keine Zukunft für sie. Zumindest keine glückliche. Ein Jahr wiederholen oder ein Leben als Aushilfskraft im Supermarkt.

War sie dramatisch? Könnte sein. Vielleicht aber war sie einfach nur realistisch.

Atmen. Freiraum schaffen. Im Kopf, im Herz.

Sie dachte an Silla, ihr weiches, duftendes, langes Haar, ihre weiße Haut, wie zartes Porzellan, die kleine Delle unterm Bauchnabel, das Muttermal unter ihrer linken Brust, das wie eine blasse Mondsichel aussah. *Ihr Mondenkind. Ihre unendliche Geschichte.* Sillas Lippen, die sich unendlich vertraut anfühlten, mit dem Geschmack von frischen Erdbeeren, ihre Berührungen, in stiller Übereinkunft, auf eine geheimnisvolle Art vollkommen, tief, genießend.

Lass uns zusammenziehen, Silla. Nach der Schule. Du und ich. Immer und immer wieder.

Lass es uns als etwas Einzigartiges in Erinnerung behalten, Roxy. Einmalig, unwiederholbar. Damit wird es zu etwas ganz Besonderem, was nur uns beiden gehört.

Nie hatte sich Roxy glücklicher gefühlt und nie verlorener.

Mit zügigen Schritten lief sie zum Mädchenklo. Warf sich drei Hände kalten Wassers ins Gesicht und versuchte, sich im Spiegel zuzulächeln. Sah eine rotfleckige Grimasse und drehte sich weg. Nervös kramte sie hastig eine zerdrückte Kippe aus ihrer Hosentasche, die sie in weiser Voraussicht heute früh noch heimlich dort platziert hatte. Es war nicht einfach, lose Kippen so zu verstauen, dass sie es auch überlebten. Beim Kramen spürte sie ein kleines, wohl schon hundertfach mitgewaschenes Papierzettelchen. Vorsichtig faltete sie es auf. Mit großen Druckbuchstaben stand darauf:

ICH FINDE DICH ECHT HÜPSCH!!!

Sie begann zu lachen. Irgendwie hatte dieser *Komplimentenzettel* drei Jahre in ihrer Hosentasche überlebt. Er wurde herumgetragen, gewaschen, gebügelt, gedrückt, zerknittert, immer mehr in eine Ecke geknautscht und plötzlich kam er wieder zum Vorschein.

ICH FINDE DICH ECHT HÜPSCH!!!

Zeitsprung in die 7. Klasse. Deutschstunde. An der Tafel stand in schwungvollen Großbuchstaben mit

Kreide ein Zitat von Mark Twain: „Von einem guten Kompliment kann ich zwei Monate leben."

Frau Sund damals so: „Ich möchte, dass jeder einen von diesen Zetteln aus der Box zieht. Darauf steht ein Name eurer Mitschüler. Schreibt ihm ein Kompliment auf die Rückseite des Zettelchens und gebt es ihm danach. Und denkt daran, ein Kompliment ist etwas, von dem man mindestens zwei Monate gut leben kann."

Erst war es merkwürdig. Sie hatte dagesessen und keine Ahnung, was sie schreiben sollte. Auf ihrem Zettel stand in schwungvollem Grün *MILE*. In ihrer Erinnerung sah sie sich Mile betrachtend, der damals sein Haar noch schulterlang trug. Sie erinnerte sich, wie sie panisch nach einem Kompliment in ihrem Kopf suchte. Als sie ihm dann ihren Zettel gab, hatte sie schweißnasse Hände und ihr Herz schlug lauter als ihre Stimme.

„Ich finde, du bist einzigartig."

Sie konnte seine Reaktion spüren, auch die der Klasse. Sie freuten sich. Es war, als ob sich mit jedem ausgesprochenen Kompliment der Raum mit

Freundlichkeit füllte. Eine warme Dusche Wohlbehagen. Sie erinnerte sich, wie sie ängstlich auf ihr Kompliment wartete, mitzählte, wer noch nicht dran war. Roxy für Mile, Mile für Fiona, Fiona: „Ich finde dich echt hübsch, Roxana.“ Es wurde leise, verlegen gekichert, auch etwas überrascht, wie ihr schien, und sie hatte versucht, einzustimmen, aber stattdessen hatte sich ein weiches Lächeln auf ihrem Gesicht ausgebreitet, das den ganzen Tag nicht mehr wegzugehen schien.

Roxy schaute in den Spiegel. Sechzehn Jahre. Sie hatte schon eine Vergangenheit. Einiges davon würde sie wahrscheinlich als böse Schatten einholen, aber in diesem Augenblick, mit dem zerknautschten, längst vergessenen Fitzelchen Papier in der Hand, war ein Kraftmoment aufgetaucht, den sie nicht übersehen konnte, so hell leuchtete er. Sie musste ihn nur nutzen.

Nachdem sie die nicht gerauchte Kippe in den Mülleimer geworfen hatte, schnürte sie entschlossen ihre Springerstiefel fest und ging zur Tür. Sorgfältig faltete sie das zerknitterte Zettelchen zusammen, steckte es in die Seitentasche ihrer Jeans und zog den Reißverschluss hoch.

2 STUNDEN UND 40 MINUTEN

Ich versuchte mir vorzustellen, was Roxana so lange draußen machte. Heute Morgen sah sie schrecklich fertig aus und das war noch untertrieben. Als ich sie fragte, hatte sie bloß was von *Prüfungsangst und so* genuschelt. Mit diesem Roxy-Drucksgesicht. Gerade als ich überlegte, ob ich nachsehen sollte, öffnete sich die Tür und sie stiefelte betont lässig zu ihrem Platz. Als sie an mir vorbeilief, sahen wir uns in die Augen.

Alles klar bei dir?

Alles klar, bin wieder hier.

Viel Glück!

Roxy wanderte oft durch meinen Kopf. Hinter ihrem immer etwas mürrischen Gesichtsausdruck und dem coolen Gehabe steckte ein zartes und unsicheres *Kristallmädchen*. Aus Angst vor Demütigung und Ablehnung hatte sie offenbar irgendwann beschlossen, von Vermeidungsstrategie auf Angriffsmodus überzugehen. Die Klasse schien anfangs etwas irritiert darüber gewesen zu sein, hatte sich aber schnell damit arrangiert. Man versuchte, Provokationen zu vermeiden und wusste, wann man

Roxy am besten in Ruhe lassen sollte. Selbst einige Lehrer schienen einen kleinen Bogen um sie zu machen. Auch das Verhältnis zu ihren Eltern war zunehmend komplizierter geworden. Der Druck, der von ihnen ausging, war unübersehbar, es zerriss mir das Herz. Ich kannte ihre Eltern nicht nur von den Elternabenden, sondern auch von zahlreichen Gesprächsterminen, die in regelmäßigen Abständen von ihnen eingefordert wurden. Ihr Vater, ein stiernackiger unangenehmer Mann, wirkte auf mich stets angetrunken oder restbetrunken und verfiel im Laufe des Gesprächs in stetigem Fortgang unweigerlich in eine unbeherrschte Schimpftirade. Die begann mit seiner Tochter und endete bei der Schule. Wir alle waren *Nichtskönner und Halunken. Faule Säcke mit 'nem Haufen Ferien und obendrein überbezahlte Staatsbedienstete.* Die ersten Male war ich entsetzt davon, mittlerweile langweilte und nervte es mich nur noch. Roxanas Mutter saß freudlos daneben und sagte keinen Ton. Dafür rief sie mich meist kurz darauf an und entschuldigte sich für das Verhalten ihres Mannes. Im selben Atemzug versuchte sie, ihre Tochter zu rechtfertigen.

… „Die Roxana ist eben ein wenig… Aber sie wird bestimmt… Kann man da nicht…" …

Ich hatte unbändige Lust, ihnen ins Gesicht zu schreien. All das Gute und Besondere, das in ihrem Mädchen war, sahen sie nicht. Sie sahen ausschließlich sich selbst und ihr eigenes zentnerschweres Unglück. Irgendwann hatten sie dieses Kind bekommen und projizierten all ihre eigenen Wünsche und Hoffnungen und Erwartungen hinein.

Werd' klug und schön und glücklich. Mach uns klüger und schöner und glücklicher.

Doch dann mussten sie feststellen, dass ihr Plan nicht aufging. Dass das Kind einen eigenen Kopf hatte. Noch dazu einen, der Mathe nicht verstand und partout nichts mit Zahlen, Formeln und Gleichungen anzufangen wusste. Und dann hatte das Kind immer noch Probleme beim Lernen, obwohl man doch alles tat, damit das nicht so war. Sie bezahlten Nachhilfelehrer und gaben viel Geld für Förderunterricht aus. Sie saßen bei Ärzten, die doch wissen mussten, warum sich ihr Kind nicht konzentrieren konnte. Sie redeten mit Lehrern, Schulleitern und Förderpädagogen. Buken Kuchen für den Schulbasar, brachten dem Lehrerkollegium zu Weihnachten Pralinen und schenkten mir zum Geburtstag Blumen. Anfangs verlegen, später verdrossen, drückte sie mir Roxana in die Hand und ich stellte sie ebenso ratlos auf den Lehrertisch, bis sie irgendwann verwelkten. Es spielte keine Rolle. Die schlechten Noten blieben. Dann wurde aus dem Kind ein Teenager. Der ließ sich bald gar nichts mehr sagen und zog sich an, wie ein Rinnsteig-Engel, na ja, ein Engel mit Springerstiefeln, und jetzt wuchs der Teenager zu einer jungen Frau heran, die die Blicke der Jungs und auch der Männer im Dorf anzog. Sie begann zu rauchen und zu trinken, trieb sich die Nächte herum und kümmerte sich einen Dreck um das, was die Leute über sie tratschten und schon gar nicht darum, was ihre Eltern wollten. So schnell war alles vorbei. Alles zu spät. Alles begraben.

Was konnte ich da machen? Das genaue Hinsehen nützte nichts. Ich hörte zu, wenn Roxy mit mir redete und versuchte, nicht zu werten oder zu urteilen. Sie wusste Dinge, von denen die meisten in ihrem Alter noch keine Ahnung hatten. Alles, was ich erhoffte, war, dass sich ihr Leben irgendwann in eine verheißungsvollere Richtung drehen würde. Sie wurde nicht von vielen in der Klasse gemocht, ich glaube, ihr ungezügeltes Wesen flößte den meisten etwas Angst ein. Und doch waren sie alle auf eine gewisse zittrige Art fasziniert von ihr. Ich war froh, dass sie Silla hatte und Silla sie. Sie waren sich gegenseitig Trost und Antrieb gleichermaßen. Silla sorgte dafür, dass Roxy den Hintern hochbekam und was für die Schule machte und Roxy war der Grund, dass Silla sich nicht komplett von den anderen abkoppelte. Ich wurde zögerlich, ja unsicher. Dachte an Charlie und Sillas Blicke, dachte an Silla und Roxys Blicke. Ehrlich? Ich war erleichtert, nicht mehr sechzehn zu sein.

Jetzt endlich hatte Roxy die Schule fast geschafft. Die Deutschprüfung würde sie in jedem Fall gut hinbekommen, davon war ich überzeugt. Ihre Texte waren leidenschaftlich und klug, was meine Kollegen erstaunte. Vielleicht schrieb sie deshalb so gut, weil sie es hasste, zu reden. Zumindest vor der Klasse.

Mathematik war das Problem. Selbstredend hatte Roxana einen Förderplan bekommen, aber die traurige Wahrheit war, dass die Förderpläne meistens gar nicht gelesen wurden. Die Fachlehrer nahmen sich zu Beginn des Schuljahres den umfangreichen Förderplanordner vor, setzten ihr Kürzel unter das betreffende Blatt und wiederholten diese Prozedur zum zweiten Schulhalbjahr. Die Sache war einfach so: Mindestens die Hälfte unserer Schüler hatten irgendein Gutachten und bekamen dementsprechend einen Förderplan. Für das Erstellen waren die Klassenlehrer verantwortlich. Für die Umsetzung die Fachlehrer. Jedes Schulhalbjahr mussten die Pläne aktualisiert werden und füllten mittlerweile dutzende Regale voller Schulordner. Wir bürokratisierten uns selbst unsere Zeit weg. Die Frage, die wir uns stellen sollten, hätte lauten müssen: Wenn das so ist, warum ziehen wir nicht daraus die Konsequenzen? Wir stellten sie nicht, weil wir die Antwort kannten. Also zog jeder von uns allein in den Kampf.

Als ich Mathe-Marlene auf Roxy ansprach, schaute sie mich klingenscharf an. „Rieke, ich weiß, was du meinst, aber ich unterrichte in acht Klassen Mathe, da kannst du dir selbst ausrechnen, wie viel einzelne Vorbereitungen ich machen müsste. Wir haben Migranten-Kinder, Schüler mit Förderbedarf, verhaltensauffällige Schüler, Überflieger, die ihr Abi machen wollen, welche mit Dyskalkulie und welche mit 'ner Lese-Recht-Schreibschwäche. Wem von denen kann ich wohl wirklich gerecht werden, was meinst du?" Mathematiklehrer. Ich mochte Mathe schon immer nicht. Differentialrechnungen und

Kurvendiskussionen. Es fiel mir wieder ein, ich hatte eine ausgesprochene Abneigung gegen dieses Fach. Aber ich verstand, was Mathe-Marlene meinte. Uns fehlte Zeit und Unterstützung. Eigentlich waren wir alle heillos überfordert. Wie Sardinen in einer Blechbüchse war uns längst die Luft zum Atmen ausgegangen.

In dem Moment fiel mir auf, dass mir all das gar nicht mehr wichtig war. Mein sinnloser Widerstand gegen die bürokratischen Strukturen hatte mich verlassen. Ich wollte lernen, keine Zeit mehr zu vergeuden. Dieser Wunsch bestimmte mein Denken. Der bloße Gedanke an meine Kündigung ließ mein Herz vor Freiheitsdrang und Lebenslust springen. Als ich mich Lieblingskollegin Eva anvertraute, hatte sie ungläubig den Kopf geschüttelt.

„Du wirst nicht gehen können, dafür bist du viel zu sehr Lehrer“, hatte sie gesagt. Ich hörte den hoffnungsvollen Unterton in ihrer Stimme und tat, als würde ich ihn nicht bemerken. Wir saßen auf meinem alten durchgesessenen Sofa, das ich vor ein paar Jahren auf die Veranda geschleppt hatte. Ich trennte mich ungern von Dingen, die ich mochte, denn in mir schlummerte eine furchtbare Angst, ohne sie könnte ich meine Erinnerungen vergessen. In kleinen zaghaften Schlucken tranken wir heißen Glühwein und schauten in den Abendhimmel. Er war weit an diesem Abend und mit Sternen übersät. Je genauer man hinsah, umso mehr entdeckte man. So müsste ich auch mein Leben anschauen, hatte ich gedacht.

„Du wirst die Schule vermissen, Rieke. Deine Schüler, die Kollegen, mich."

Es hatte mir einen Schlag versetzt. Denn tief in mir drinnen fühlte ich, wie sehr Eva recht hatte. Wir beide wussten, wie sehr ich die Schule liebte und deswegen auch, wie sehr ich sie vermissen würde. Aber ich hatte lange und sehr gründlich darüber nachgedacht. Ich wollte los. Auf in das Leben, das mir noch blieb. Wie eine Beschwörung raunte ich es Eva zu. Es würde nie den richtigen Zeitpunkt geben, nie den rechten Augenblick. So saßen wir schweigend beieinander, bis es dämmerte und die Vögel ihr Morgenlied anstimmten. Eng und doch unendlich weit entfernt. Später, unter der Dusche, fiel mir ein: Wer würde Vertrauenslehrer sein, wenn ich weg bin? Und dann dachte ich: Warum, um Himmels willen, ist es mir nicht egal?

Es konnte nicht egal sein, denn es waren zu viele Jahre meines Lebens gewesen, die ich Lehrerin war. Davon konnte man sich nicht einfach so trennen. Aber meine Uhr lief jetzt anders. Sie tickte, aber voll aufziehen ließ sie sich nicht mehr. Ab jetzt ging es nicht mehr darum, in die Vergangenheit zu schauen, sondern aus meinem bisherigen Leben etwas Neues entstehen zu lassen. Ich war knapp fünfzig und hatte zum ersten Mal in meinem Leben keinen Plan. Außer, dass ich mich bewegen wollte.

Die hämmernden Kopfschmerzen waren mittlerweile unter die rechte Augenbraue gewandert, aber sie wurden allmählich besser. Der gewaltige Presslufthammer war zu einem klitzekleinen emsig hin und her schwingenden Hämmerchen geworden. Klopf, klopf, klopf…

Ich schaute auf die Uhr. Noch 2 Stunden und 40 Minuten.

FIONA

Zwei Stunden und vierzig Minuten. Erst eine gute Stunde rum und sie war schon mit der Vorschrift fertig. Fiona jubelte innerlich. Es war ihr Tag heute, das hatte sie schon beim Aufstehen gemerkt. Sie hatte gut geschlafen, ohne wüste Träume, ohne diesen überfüllten und überfordernden Kopf der letzten Monate. Unter der heißen Dusche sang sie laut. Fiona hatte eine schöne und klare Stimme und sie füllte das Haus mit Morgenglück. Ihre Mutter bereitete unten in der Küche das Frühstück zu. Sie machte zu Ehren der ersten Prüfung köstliche Eierpfannkuchen, hatte Obstsalat geschnippelt und Orangen gepresst. ‚Wie gut, dass es ihr besser geht', dachte ihre Mutter erleichtert. ‚Wie gut, dass für Kinder schnell das Leben wie gewohnt weitergeht.' Aber sie hatte unrecht. Der Kummer über den Tod ihres geliebten Großvaters war für Fiona immer noch allgegenwärtig, doch machte sie ihn nun auf eine andere Weise sichtbar. Fiona hatte sich in den letzten Monaten, in denen Harrys Krebserkrankung das Leben ihrer Familie komplett umkrempelte, verändert. Sie war schweigsamer geworden, nachdenklicher. Es war ja auch so, dass niemand wirklich Worte hatte. Was konnte man einem tatkräftigen, vitalen und viel jünger aussehenden Mann sagen, der innerhalb von wenigen Monaten einfach zerfiel? Als ihr Großvater die Diagnose erfuhr, Darmkrebs im fortgeschrittenen Stadium, bestimmte er Folgendes: kein betretenes Gemurmel an seinem Bett, keine Heimlichtuerei. Bis zu seinem letzten Atemzug wollte er selbstbestimmt und in Würde leben, mit seiner Familie um sich, alles so wie immer. Genauso. Und doch so anders.

Zu einer Chemotherapie konnten ihn die Ärzte überreden, das war's aber auch. Ihr Opa vertrug die Behandlung überhaupt nicht. Ihm war so schlecht, dass er weder essen noch trinken konnte und auch nicht mehr sprach. Er lag einfach in diesem Krankenhausbett, bemüht, alles zu vermeiden, was die Übelkeit noch verschlimmern könnte. Seine Haare fielen aus, er wurde dünn, fast durchsichtig, der Krebs jedoch fraß sich dick und fett. Fiona bekam schlimmste Albträume, irgendwann ging sie nicht mehr ins Bett, weil sie Angst vorm Einschlafen hatte. Denn in der Nacht, wenn sie mit sich und ihren Gedanken allein war, begriff sie es: Sie würde den Menschen verlieren, ohne den sie sich ihr Leben nicht vorstellen konnte. Ihr Großvater starb.
Ihre unsägliche Angst und der Schock über die Erkrankung änderten sich, als ihr Großvater aus dem Krankenhaus nach Hause kam. Plötzlich

konnte sie wieder die tiefe innere Verbindung zu ihm fühlen. Wenn sie sich unterhielten, konnte Fiona an seinen Kommentaren erkennen, dass er immer noch ein aufmerksamer und guter Zuhörer war. Auch witzelte er wie üblich viel rum und wenn sie sein tiefes Lachen hörte, war es, als wäre die Krankheit ihres Opas einfach nur ein Irrtum gewesen und alles würde wieder wie immer sein. Aber es stellte sich als trügerischer Wunschtraum raus. Vergebliche Hoffnung, einstürzendes Wolkenkuckucksheim. Es war nicht zu übersehen, wie Harrys Energie zunehmend abnahm.

„Was kann ich für dich machen, Harry? Wie kann ich dir helfen?“, hatte sie ihn nachdrücklich gefragt. Die Miene ihres Großvaters hatte sich aufgehellt und er hatte gelächelt. „Allein, dass du da bist, Fine. Unsere Gespräche zeigen mir, dass ich immer noch mehr bin als eine Krankheit. Du hilfst mir, ich selbst zu bleiben.“

Im Nachhinein fand sie ihre irrationale Hoffnung, dass nun alles gut werden würde, naiv und töricht. Die Krebserkrankung ihres Großvaters war ein rasant fortschreitender Prozess. Ihre Mutter, die als Musiktherapeutin im Klinikum arbeitete, ließ sich für ein Jahr beurlauben. Ein Jahr. 12 Monate. Am Ende blieben ihnen noch zweieinhalb Monate zusammen. Gestundete Zeit.

Fionas Familie war nicht sehr groß, aber sie hielten schon immer wie eine Festung zusammen. Ihre Mutter, klein und zierlich, mit langem wippendem Pferdeschwanz und meerblauen Augen, übernahm das Kommando. Man konnte sie und Fiona für Schwestern halten. Ihr Vater hörte nie auf zu betonen, wie stolz er auf seine beiden *atemberaubenden unwiderstehlichen Frauenzimmer* war. Fiona lächelte. Ihr Vater war rührend lebensfremd, ein Musiker, eingesponnen in seiner eigenen Welt aus Tönen und Melodien. Mit dem Tod ihrer Großmutter und dem Einzug von Opa Harry wurde aus dem Trio ein Quartett und für Fiona schien es nie anders gewesen zu sein. Zwölf Jahre war Harry für sie Mentor, Ratgeber, Verteidiger und Anwalt. Fiona liebte ihre Eltern über alles, aber doch vertraute sie sich lieber ihrem Großvater an. Sie merkte, dass ihre Mutter immer in Unruhe schien, täglich irgendeine andere Welt retten musste und ihr Vater gedanklich oft nicht bei ihr, sondern bei seiner Musik war. Harry nahm sich Zeit für sie und auch fürs Zuhören. Wenn sie an seine Tür klopfte, wusste sie, dass er noch einmal einen tiefen Zug von seiner würzig dunkelbraunen Zigarillo ziehen und dann sein Buch weglegen würde, nicht ohne sorgsam, ja fast liebevoll ein Lesezeichen zwischen die Seiten zu legen. Er würde sich mit ihr für eine Runde Trost auf die riesige dunkelrote Ledercouch setzen, auf der Fiona wie ein Püppchen aussah. Über der ganzen Wohnung lag dieser besondere Duft, warm und würzig. Fiona gefiel die unkonventionelle Einrichtung, jedes Möbelstück schien seine eigene Geschichte zu erzählen. Ein alter riesiger Sekretär vorm Fenster, an dem ihr Großvater oft irgendetwas schrieb, silberne, etwas mondän wirkende Kerzenhalter auf dem braunen ovalen Couchtisch, auf dem sich Zeitschriften und Bücher häuften und meist ein übervoller Aschenbecher aus blauem Rauchglas stand und natürlich die bis zur Decke reichenden Bücherregale, die das gesamte Wohnzimmer zu beherrschen schienen.

Er hatte ihr oft vorgelesen. Märchen. Der süße Brei, Das kalte Herz, Hase und Igel, Sterntaler, Die sechs Schwäne, später dann Sagen und Heldenlieder. Die Argonauten, Nibelungen, Edda. Er las, bis Fiona die Augen zufielen und sie von Siegfried, dem Drachentöter und Odins Rabenvögeln träumte.

Wenn sie die Augen wieder aufschlug, waren alle Kümmernisse erzählbarer, jegliches Leid teilbarer geworden. Jeder Mensch hatte seine verwundbare Stelle, jeder. Es war ein Wissen, das ihr half, mit Roxys offener Feindseligkeit ihr gegenüber umzugehen und auch mit dem ersten Liebeskummer.

„Die Menschen sind so furchtbar, Harry. Ich hasse sie."

„Tu das nicht, Kleines, sie sind das Einzige, was zählt."

„Aber die bescheuerte Roxy. Sie ist so absolut egoistisch. Nimmt sich, was sie will. Schläft, mit wem sie will. Tritt mit ihren schwarzen Springerstiefeln einfach alles zur Seite, was ihr nicht in den Kram passt. Mich eingeschlossen."

„Wir haben oft eine ganz genaue Vorstellung, wie die Dinge sein sollen. Auch die Menschen. Aber glaub mir, Fine, der Ballast wird leichter, wenn du diese Vorstellungen über Bord wirfst." So warf Fiona als erstes die Vorstellung über Bord, dass sie und Nik jemals zusammenkommen würden.

Wochen nachdem Harry verstorben war und sie sein Arbeitszimmer ausräumten, fanden Fiona und ihre Eltern zahlreiche Manuskripte. Märchen, die sich ihr Großvater ausgedacht und aufgeschrieben hatte, Sagen, die von ihrem Dörfchen und der Gegend hier handelten, Illustrationen, mit Bleistift gezeichnet, auch Skizzen von ihr, ihrer Mutter, Harrys verstorbener Frau. In einer Schublade fanden sie die Ablehnungsschreiben zahlreicher Verlage: ‚Können wir Ihnen leider keine Vertretung anbieten …', müssen wir Ihnen leider mitteilen', passt nicht zu unserem Portfolio …'.

Er hat nie aufgeben, hatte Fiona gedacht. Er hat geschrieben, obwohl es keiner lesen wollte und gelebt, obwohl sich die kleinen Krebstierchen zu einem riesengroßen Krebsungetüm entwickelten, rasant und unaufhaltsam, mit zerstörerischen Greifarmen und messerscharfen Scheren. „Alles ist gut." Er hatte diesen Satz oft gesagt und es hatte sie immer beruhigt. Auch kurz bevor er starb, hatte er ihr diese Worte zugeflüstert. „Alles ist gut." Sein Blick lag mit solcher Zärtlichkeit und Güte auf ihr, dass ihr die Tränen in die Augen schossen. Sie hatte seine Hand gehalten, bis er einschlief, und sich dann leise aus dem Zimmer geschlichen. Es war seine Verabschiedung von Fiona. „Alles ist gut."

Es war für Fiona eine schräge Erfahrung. Auf der einen Seite starb ihr Opa in kleinen Zeitdosen und auf der anderen Seite ging das Leben einfach weiter. Die Welt blieb nicht einfach stehen, nur weil ein geliebter Mensch erkrankte. Sie drehte sich wie gewohnt um sich selbst. Ungerührt und unbeirrt. Fiona ging zur Schule, lernte für Tests, machte Hausaufgaben. Zog sich mit den Mädchen vorm Sportunterricht in der Umkleidekabine um und lästerte danach mit Taja über Roxys Megabrüste. Fühlte sich oberflächlich und mies, weil Roxy ja nichts dafürkonnte, immerhin hatte sie sich ja nicht absichtlich ihre Oberweite angefuttert, sondern auch, weil ein spitzzackiger Neidstachel wegen Roxanas Fraulichkeit in ihrem Kopf rumorte. Fionas Brüste waren winzig, eigentlich brauchte sie nicht mal einen BH. Und doch trug sie einen, um damit eine etwas größere Oberweite vorzugaukeln, immer in Unsicherheit, wenn sie sich nackt auszog. Als Nik an einem Abend versucht hatte, ihre Brüste zu berühren, hatte sie voller Scham seine Hand weggeschoben. Sie erinnerte sich an seinen verwirrten

Blick. Schnell hatte sie ihn noch heftiger geküsst und ihre Hand in seinen Hosenbund gesteckt. Anyway. Der Käse war gegessen. Aber eigenartigerweise, und vor allem blöderweise, vermisste sie ihn immer noch. Ihr fehlte ihr bester Freund aus Kindheitstagen, der sie verstand, mit dem sie klebrige Zitronenbonbons teilte und auf Bäume kletterte. Fiona schloss die Augen, damit diese Erinnerung vorüberging.

Eigentlich wollte sie damals am liebsten nur bei Opa Harry sein. Keine Zeit mit anderen Sachen verschwenden. Aber Harry schien jetzt viel zu schlafen oder zumindest zu dösen und man merkte, auch wenn er es zu verbergen versuchte, wie viel Kraft ihm die geringste Anstrengung kostete. Wenn er redete, dann so leise und schleppend, dass Fiona sich ganz nah zu ihm beugen musste, um ihn zu verstehen. Aber an seinen witzigen Kommentaren war zu merken, dass er, so wie immer, konzentriert zuhörte. Der verfluchte Krebs schaffte es bis zum Schluss nicht, sein Gehirn zu vernebeln.

„Tanzt du noch, Fine? Erzähl mir. Ein letztes Tänzchen, das würde ich dir schenken. Nun werde ich es bald an einem anderen Ort mit meiner lieben Frau wagen. Die wartet schon so lange.“

Wahrscheinlich hatte sie total schockiert oder so ausgesehen, denn Harry hatte schelmisch grinsend hinzugefügt: „Ein wenig wird sie sich schon noch gedulden müssen."

An diesem Nachmittag hatte sie eine Playlist mit Harrys Lieblingslieder zusammengestellt. Harrys Augen hatten vor Freude geleuchtet. Leidenschaftlich sangen sie mit Paul Anka „My way" und Fiona tanzte ausgelassen zu „Puttin' on the Ritz".

„Versprichst du, dass du weiter tanzt? Egal wo und wie und mit wem, aber tanze."

Immer noch etwas atemlos vom schnellen Tanzen hatte sie kichernd beide Hände gehoben. „Ich schwöre, so wahr wir Fiona und Harry sind."

Den Rest des Abends verbrachten sie mit Liederhören und zufriedenem Schweigen.

Fiona zwang sich also Harry zuliebe, wieder zweimal die Woche zum Gardetanz-Training zu gehen. Aber immer häufiger passierte es, dass sie, anstatt ins Tanzatelier abzubiegen, einfach weiterlief. Ziellos durch die Stadt trudelte und sich treiben ließ. In einem stummen Meer von Menschen. Früher konnte sie Stille nicht leiden. Ein Leben ohne Töne langweilte sie. Jetzt wünschte sie sich Stille. Wohltuendes Nichtssagenmüssen. Sich in irgendeinen Schoß vergraben und den Herzschlag des anderen spüren. Keine Worte. Sondern Berührungen. Sich an den Händen halten. Keine Erwartungen. Nur Dasein.

Sie bemühte sich, nicht Rede und Antwort stehen zu müssen. Immer, wenn sie jemand nach ihrem Opa fragte, wich sie aus und lenkte das Gespräch auf andere Themen. Selbst Taja konnte sie sich nicht anvertrauen. Wie auch? Irgendwie hatte doch jeder schon mal irgendwelche Omas oder Opas, Tanten oder Onkel verloren. Es war normal, dass alte Menschen sterben. Aber sie empfand einen besonderen, tiefen, einzigartigen, nicht erklärbaren Schmerz. Harry starb nicht einfach in einem Krankenhaus oder auf einer Palliativstation, er starb zu Hause. So natürlich, wie er dort gelebt hatte und doch so unnatürlich. So beängstigend, so nah. Und Harry war Harry war Harry. Verlust hatte für Fiona einen ganz neuen Sinn bekommen. Andere Dinge auch. Wie shoppen gehen, Nachmittage mit Zocken verschwenden oder Zeug auf Instagram posten. Der übliche Trott, der übliche Rhythmus – ein Trugbild.

Nichtssagender überflüssiger Scheiß, in dem es um nichts ging. Um nichts. Denn in Wirklichkeit ging es nur und ausschließlich um Leben und Tod.

Tot.

Man muss wissen, was man will, um es auch zu bekommen. Aber Fiona wusste es nicht. Sie wollte vergessen und auch wieder nicht. Es tat gut, das Leben wie gewohnt laufen zu lassen und auf der anderen Seite fühlte es sich so bescheuert falsch an. Sie wollte sich Taja öffnen, so wie früher, als sie sich noch alles erzählten und fürchtete sich vor ihrem Mitgefühl. Ihre Bindung war bedingungslos und hatte doch einen kleinen Riss bekommen. Aber Taja ließ nicht locker und das war ihre Rettung. Sie kannten sich seit dem Kindergarten, ihre Freundschaft war eine unverbrüchliche tiefe und innige Freundschaft, so tief und innig und unverbrüchlich, wie Mädchenfreundschaften nur sein konnten. Sie kannten sich wie zwei Schwestern, wussten, was der andere dachte und es gab Zeiten, da konnten sie sogar die Sätze des anderen beenden. Taja war intelligent genug, um zu sehen, was vor sich ging. Sie erkannte, dass Fiona an all dem Schmerz, den sie in ihrem Herzen verschloss, ersticken musste, es war nur eine Frage der Zeit. Taja fand, dass Fiona nach dem Tod von Harry alles Recht der Welt hatte, sich zurückzuziehen, zu weinen oder zu schreien, aber sie hatte nicht das Recht, ihre beste Freundin davon auszuschließen. So hatte sie Fiona in Chemie einen Zettel zugesteckt.

Heute, 20 Uhr, Treffpunkt Geheimplatz. Keine Ausrede geltend!!!

Treffpunkt am alten Geheimplatz, dort, wo sie sich Blutsbrüderschaft geschworen hatten und mit einem Küchenmesser so lange an ihren Handballen herumschabten, bis endlich ein paar Tropfen Blut zu sehen waren. Sie hatten ihre Hände aneinandergehalten und sich mit tiefster Überzeugung *Ewige Freundschaft* geschworen. Ganz gleich was die nächsten Jahre in ihren Leben geschehen sollte, sie hielten sich an den Händen und flüsterten sich *Beste Freundin* zu. Fiona spürte eine Welle von heftiger Zuneigung und gleichzeitig tiefer Traurigkeit und nickte Taja zu. Dabei formte sie mit ihren Lippen ein stummes „Ich komme."

Sie war spät dran, wie meistens. Als sie am Treffpunkt ankam, war ihr Pullover schweißgetränkt und ihre Füße fühlten sich glitschig in ihren ausgelatschten Sneaker an. Es war ein ungewohntes Gefühl, so als würde sie nicht mehr reinpassen. Taja saß auf einer Decke auf dem Rasen. Die Luft war bereits kühl und feucht, aber Taja saß, ungerührt dieser Tatsache, in einem langen weißen Kleid da und erwartete sie. Fiona beschleunigte ihre Schritte noch mehr. Dann hielt sie inne. Sah, wie Taja sich erhob und ihr entgegenkam. Nie würde Fiona den Blick ihrer Freundin vergessen. Verblüfft, erstaunt, verwirrt. Sie sah aus, als müsste sie ein Rätsel lösen und kam nicht auf die Lösung. Fionas ozeanblaue Augen, darüber die geschwungenen Brauen, der Schmollmund und die braungelben Sommersprossen auf der Stupsnase. Fiona hatte immer wie eine Barbiepuppe ausgesehen, unschuldig und süß. Jetzt erst schien Taja die Ernsthaftigkeit, die sich dahinter verbarg, zu sehen. „Ist das jetzt ein gutes Zeichen?“, hatte sie Fiona gefragt. Und die hatte ohne ein Zögern in der Stimme geantwortet:

„Vielleicht war das das einzig Sinnvolle, was ich bisher in meinem Leben gemacht habe."

Dann erzählte sie von den Aufenthalten mit ihrem Großvater auf der Onkologie, der Krebsstation im Krankenhaus, den anderen Krebspatienten, Männer, Frauen, und ja, auch Jugendliche und Kinder. Den meisten waren ebenso wie Opa Harry die Haare ausgefallen. Fiona erfuhr von einem Arzt, dass man sein Haar spenden kann. Echthaarperücken. Sie hatte sich ihr langes Haar abschneiden lassen.

Schnitt.

An diesem Abend tranken die beiden Mädchen eine Flasche Wein von Harrys Weinvorräten aus und Taja rauchte Harrys Zigarillos. Nach einem langen Schluck aus der Flasche entfuhr Taja ein kleiner Rülpser. Fiona kicherte.

„Fast wie Toni, Respekt."

Taja reichte ihr, schon etwas betrunken, die Flasche.

„Schätze, du musst ohne ihn weiterleben, Fi. Weil Harry das von dir erwartet. Jep. Weil sie das einfach von uns erwarten. Die Toten. Und die Nichttoten. Also, die noch am Lebenden. Mann, ich kann nicht mehr klar denken. Ich glaub, Harry schickt uns ein Zeichen."

„Auf das Zeichen", brüllte Fiona und nahm ebenfalls einen tiefen Schluck.

Dann saßen sie einfach nur rum, tranken und irgendwann kotzte Fiona genau vor ihre eigenen Füße. Mit jedem neuen Würgen näherte sie sich der Explosionsgrenze. Und plötzlich war er weg. Dieser innere Druck, diese Pressschraube um ihr Herz.

Der Kater, den sie am nächsten Tag hatten, war grauenhaft, aber trotzdem das beste Gefühl, dass sie seit langem hatte. Und Tajas trockener Kommentar: „Bloß gut, dass ich dir nicht die Haare halten musste."

Wie gut es tat, an ihre Freundin zu denken. Sie liebte sie wie verrückt. Am liebsten wäre Fiona aufgesprungen und hätte sie umarmt. Ob man das dürfte in einer Prüfung? Sie lächelte und streckte sich. Aus Gewohnheit wollte sie sich eine Haarsträhne hinter das Ohr streichen. Oben kahl. Der weiche Flaum auf ihrem Kopf fühlte sich gut an. So wie sich vieles wieder gut anfühlte. Befreit begann sie, ihren Aufsatz ins Reine zu schreiben.

NIK

In diesem Moment schaute Nik auf und sah die ihm vertraute Geste, die ohne das lange Haar immer noch ungewohnt wirkte. Fiona saß eine Reihe vor ihm und er hatte während der ganzen Zeit immer wieder zu ihr hingeschaut. Ihr schlanker Hals kam mit dem kurzen Haar besonders zur Geltung, er sah die kleinen Härchen auf ihrem gebräunten Nacken und hatte Lust darüber zu streichen. Nik wusste, wie gut sich ihre Haut anfühlte, weich und glatt und man konnte nicht aufhören, sie zu berühren. Blut schoss ihm ins Gesicht. Er löste seinen Blick und versuchte sich wieder auf seinen Aufsatz zu konzentrieren. Es gelang ihm schlecht. Zu viele Bilder in seinem Kopf, andockend an Erinnerungsstationen.

Fiona, wie sie lachte, wenn sie etwas lustig fand, perlend und prustend, wie kleine Wasserblasen. Wie sie übermütig den Kopf nach hinten warf und ihr langes Haar fast bis zu den Kniekehlen reichte. Überhaupt, ihr gigantisches Haar, um das sie von allen Mädchen beneidet wurde. Meist hatte sie es zu einem Pferdeschwanz gebunden oder zu einem undefinierbaren Etwas hochgezwirbelt und wenn sie es offen trug, verfingen sich die Sonnenstrahlen in den blonden Haarsträhnen und gaben ihnen einen goldenen Schimmer. Nik versuchte sich zu erinnern, wie ihr Haar roch. Es war ein grüner Duft, der ihn grundlos glücklich machte. Ihre Eltern waren eng befreundet und so hatten er und Fiona in ihrer Kindheit viel Zeit miteinander verbracht. Sie stromerten im nahegelegenen Wäldchen herum, kletterten auf Bäume, bolzten Fußball und teilten sich Eiscreme. Fiona war keine Zimperliese, auch keine Zicke, sie war so überhaupt ganz anders als die anderen Mädchen, die er kannte. Dazu kam, dass sie einen merkwürdigen Instinkt ihn ihm wachrief, sie zu beschützen. Vielleicht waren sie sich deshalb so nah.

Dann kam die Zeit, wo sich vieles veränderte. Eigentlich alles. Nik war zu jung, zu zurückhaltend und zu beschäftigt, um die Entfremdung zwischen ihnen aufhalten zu können. Sein Leben war, seit er zur Schule ging, in ein sehr enges Korsett geschnürt. Dreimal die Woche war er beim Fußballtraining, einmal die Woche beim Gitarrenunterricht. Seine Mutter fand, ein Musikinstrument zu lernen wäre ein guter Ausgleich zum Sport. Sein Vater fand, Sport zu treiben, wäre ein guter Ausgleich zum Rumhocken auf Schulbänken und vor Notenständern. Ihm selbst blieb wenig Zeit, um rauszufinden, wie er es fand. Das merkte er aber erst viel zu spät.

Die Wochenenden waren ausgefüllt mit Turnieren, Trainingslagern und Freundschaftsspielen. Sein Trainer erkannte sein Talent und förderte ihn noch mehr und am Ende nahm der Sport fast seine ganze Zeit ein. Fußball spielte er schon längst nicht mehr aus Leidenschaft, sondern betrieb es nun als ernsthafte Aufgabe.

„Geh doch einmal nicht hin. Was macht das schon? Wir könnten ins Wäldchen gehen und Bogenschießen, das haben wir schon so ewig nicht mehr gemacht.“ Aber gerade als Nik über Fionas Vorschlag nachdachte, rief seine Mutter aus der Küche hoch: „Du musst dich langsam fertig machen, Niklas, sonst versäumst du dein Training.“ Er hatte Fiona bedauernd in die Augen geschaut und sah, wie ihre Erwartung auch schon der Enttäuschung wich.

„Lass es uns auf Samstag verschieben. Bis dahin habe ich auch noch die richtig guten Pfeile besorgt.“ „Ach, wirklich“, hatte Fiona gesagt und gewusst, dass auch am Samstag was dazwischenkommen würde. Und so war es auch. Mittlerweile wichen sie beide diesen Situationen aus, als wollten sie sich nicht gegenseitig enttäuschen. Aber Nik tat es leid. Er wollte nicht, dass sein Leben einfach so an ihm vorbeirauschte. Schule, Training, Hausaufgaben, Schlafen. Ach ja, Gitarre üben. Aber das machte ihm meistens Spaß, glaubte er. Er schlief müde ein und wachte müde auf. Manchmal ertappte er sich bei dem Gedanken, mit Fiona wegzulaufen. Sie an die Hand zu nehmen und wegzurennen aus diesem festgefahrenen, vorgegebenen, dummen Hamsterrad, in das sie beide unversehens hineingeraten waren.

Aber Fiona hatte jetzt Taja an ihrer Seite. Die beiden gingen zusammen zum Gardetanz, machten so Mädchendinge wie shoppen und stundenlang reden, sie hatten ihre eigenen Geheimnisse, ihre ganz besondere Verbindung und Nik hörte missmutig, wie ihr Lachen laut über den ganzen Schulhof tönte. Er saß nun mit den Jungs zusammen und hörte sich ihre Geschichten an. Oft langweilte er sich dabei, fand ihre Witze öde und hohl und sehnte sich zurück. Zurück nach den Zeiten, in denen die Welt sehr einfach schien, weil es eine klare Unterscheidung zwischen gut und böse, schön und hässlich, interessant und langweilig gab. Wann war alles nur noch kompliziert geworden? Eigentlich sollte es doch besser werden, wenn man erwachsen wurde? Aber Nik verstand die Welt immer weniger, je mehr er davon wusste. Es war eine verwickelte und fragwürdige Welt, mit einer Komplexität, die ihm Unbehagen machte.

Dazu kam, dass zwischen ihm und Fiona noch etwas anderes getreten war. Er fühlte sich in ihrer Gegenwart seltsam befangen, starrte sie manchmal minutenlang an und war erschrocken darüber. Eigentlich war es ganz einfach. Fiona wurde schön und er bemerkte es. Das brachte ihn aus der Fassung. Seine Lässigkeit wich einem schwer zu beschreibenden Druck, wenn er mit ihr zusammen war. Herz. Schlag. Puls. Schlag. Es war ein beunruhigendes Gefühl, als würde er gleich explodieren oder implodieren. Das Schlimmste war, er konnte einfach überhaupt nichts dagegen ausrichten. So hatte er sie geküsst, in einer sehr dunklen Nacht, als sie beide auf dem alten Spielplatz neben der Grundschule Bier tranken und Musik hörten. Der Himmel war tief und sternenlos und auch ein wenig kitschig. Es war schön, sie zu küssen. Ihre Lippen waren weich und ihr Gesicht fühlte sich ebenso heiß wie seines an. Es schien, als würde die Welt stehenbleiben und mit ihr die Zeit. Alles, woran er denken konnte, war, dass er sich wünschte, dass die Berührungen nie aufhören würden. Er war eigenartig gekränkt, als Fiona seine Hand plötzlich festhielt.

„Bitte nicht“, hatte sie mit ratloser Stimme gesagt und dann angefangen, unsicher an seinem Hosenbund herumzubosseln, so, als wolle sie ihn ablenken. Es war wie in einem Film, aber wie in einem schlechten. Plötzlich hatte er sich nicht mehr so erwachsen gefühlt und das ganze Rumgemache, hier, auf einem Spielplatz, zwischen Bierflaschen und aufgeweichten Pizzakartons, wo sie früher Affenschaukel hingen und Verstecken und Haschen spielten, fand er plötzlich lächerlich und billig. Das hatte Fiona nicht verdient, fand er, das hatten sie beide nicht verdient. Frust machte sich in ihm breit.

„Lass uns nach Hause gehen. Ist schon ganz schön spät, deine Eltern springen bestimmt schon im Dreieck.“ Er zwang sich zu einem Lächeln, aber Fiona hob gerade ihren Rucksack auf. Hätten sie sich ins Gesicht sehen können, dann hätten sie vielleicht mehr verstanden. Sie hätten ihre Verlegenheit als Abenteuer empfunden und ihre Unsicherheit nicht als Schwäche. Allein für sich blieb die Bedrohung. Ihre Freundschaft stand auf dem Spiel und das zu verkraften, wäre nicht hinnehmbar.

„Wenn du meinst.“

Auf dem Heimweg redeten sie nicht viel. Belanglosigkeiten. Dann verabschiedeten sie sich unbeholfen. Er wollte ihr Gesicht berühren, aber sie zuckte zurück. Sie wussten beide so wenig über solche Dinge, aber mehr konnten sie nicht tun. Er hatte getan, was er glaubte, tun zu müssen und jetzt tat es ihm leid. Das Letzte, was er wollte, war, Fiona noch einmal zu enttäuschen.

„Wir sehen uns morgen in der Schule?“

„Sieht so aus. Schlaf gut, Niklas.“

Die Gartentür quietschte, als sie hineinging. Er hatte gewartet, bis das Licht in ihrem Zimmer aufflammte und dann die Augen geschlossen. Seine Gedanken kreisten um den Abend und Fiona. Sie war mit Abstand das unglaublichste und hübscheste Mädchen der Klasse, der ganzen Schule. Wie weich ihre Lippen waren. Sie hatte ihn beim Küssen angeschaut und er war sich unsicher gewesen und hatte auch die Augen offengelassen. Er fühlte sich elend. Dieser ganze Abend war ein Reinfall. Diese seltsame Küsserei, sein Versuch, ihre Brüste zu berühren, ihre Abwehr, die sie irgendwie übertrieben schräg zu überspielen versuchte. Wie sie sich voneinander lösten, voller Scham und Verwirrung. Mit einem Mal wünschte er sich, er wäre wieder zehn und könne unbefangen mit ihr zusammen sein, ohne Hintergedanken. Jetzt war alles zu spät. Er war verloren, als er sich eingestehen musste, dass er Fiona begehrte. Er begehrte sie so sehr, dass er in Gedanken mit ihr schlief, selbst, wenn er ganz andere Dinge machen musste, wie zum Beispiel den Fußball ins Tor zu kicken. Jede Faser seines Körpers war vor Begehren angespannt, wenn er sie nur sah und nun stand er hier, als würde er ihr seine Liebe eingestehen oder große Erklärungen abgeben wollen. Sein Gesicht fühlte sich immer noch heiß an, obwohl der Wind kühl durch die Bäume im Vorgarten wehte. Nik wusste nicht, was er tun sollte. Deswegen hoffte er nichts mehr, als dass am nächsten Tag alles normal sein würde, auch wenn er ahnte, dass es zwischen ihnen nie wieder wie vorher sein würde.

Das Wiedersehen mit Fiona am nächsten Tag war brutal. Beide hatten schlecht geschlafen, Fiona hatte dunkle Schatten unter den Augen und er selbst hatte bis zum Morgen irgendwelche Videos auf YouTube geschaut. Als er zur Schule lief, versuchte er unablässig, sich Worte zurechtzulegen. Unverfänglich, unbefangen, lässig. Doch dann kam Fiona mit Taja und Taja blieb an ihrer Seite, bis sie die Schule erreichten, wie ein Schutzschild, an dem jede Annäherung von außen abprallte. Bis zum Schulschluss schien Fiona seine Existenz überhaupt nicht zu bemerken. Nik war verwirrt und enttäuscht.

Am Nachmittag ploppte eine Nachricht auf seinem Handy auf.

Treffen wir uns nachher? Würde mich freuen. Fiona. Smiley mit roten Wangen. Smiley mit nachdenklichem Gesicht.

Frag mich nicht, warum Mädchen jedes Problem, sei es noch so groß oder noch so klein, über Handynachrichten klären. Mittlerweile gespickt mit Emoticons und Emojis. Tränenlachender Smiley, Herzchen und Affen. Was zur Hölle bedeutete dieser Affe?

Nik hasste diese Art von Kommunikation. Erst recht, wenn man den ganzen Tag zusammenhing. Schwachsinn und Idiotenkram für die, die offensichtlich nichts anderes mit ihrer Zeit anzufangen wussten.

Sry, hab Training. Vielleicht danach?

Ja, natürlich Training. Was bedeutet vielleicht? Liebgruß, Fiona. Smiley mit runtergezogen Mundwinkeln, Smiley mit erstaunten Augen.

Gegen neun?

Das ist mir zu spät. Bin total müde. Du nicht? Gähnender Smiley.

Ok. PS: Bin auch fertig.

…

…

…

Es war, als ob sie durch Sirup wateten. Unendlich langsam und zögernd und maßlos erschöpft. Sie kamen keinen Schritt weiter. Aber leider gab es auch kein Zurück mehr. Beide spürten in sich eine beunruhigende zitternde Erwartung, aber keiner von ihnen wagte einen nochmaligen letzten verzweifelten Versuch.

Nik seufzte und knallte seinen Stift härter als nötig auf den Tisch, um nach seiner Wasserflasche zu greifen. Er sah, dass auch Charlie den Verschluss seiner Trinkflasche aufdrehte und einen großen Schluck nahm. Nachdenklich hielt Nik inne. Es war ein Riesenglück, dass Charlie in ihre Klasse gekommen war. Vieles hatte sich verändert. Sie waren sich nähergekommen, waren Freunde geworden? Nik mochte seine überlegene, abgeklärte Art und die Ruhe, die von ihm ausging. Bei Charlie konnte er runterkommen. Der bohrte nicht in ihn rein, nervte ihn nicht. Seine andere Welt zermürbte ihn, sog ihm alle Energie ab, zerrte an ihm herum und schubste ihn von einer Ecke in die andere. Sein Vater, der ihn zu jedem Spiel begleitete und sich, ausgestattet mit der Vereinsfahne und Fan-Schal, anfeuernd am Spielrand die Seele aus dem Leib schrie. Da verstand Nik die Bedeutung des Wortes *Fremdschämen*. Seine Mutter, die wuselte, rotierte und antrieb, sie war die *Managerin ihres Familienunternehmens*. Sein Trainer, sein Gitarrenlehrer, überhaupt die Lehrer und Schule und der ganze Scheiß. Er konnte nicht mehr. Ihm fehlte Zeit, sich selbst auszurichten, seine innere Kompassnadel schlug in alle Richtungen aus, weil jeder an ihm herumzerrte. Nun auch noch Fiona. Er wusste es nicht, aber er nahm an, dass es so sein würde, nach dem, was vorgefallen war. Bestimmt würde sie *ihre Beziehung definieren* und ihn ändern wollen, denn so wie er war, war er offensichtlich nicht gut genug für sie. Zumindest nicht als *fester Freund. Fester Freund? Feste Freundin?* Dachte er das wirklich? Das sollte eigentlich keine Rolle spielen. Und jetzt? Vielleicht sollte er doch mal mit Charlie darüber quatschen. Ihm alles erzählen, na, vielleicht nicht alles, aber so viel, dass er es verstehen würde. Er sah noch einmal zu ihm rüber, mit schräg gelegtem Kopf und einem nachdenklichen leichten Grinsen im Gesicht. Heute Abend schon. Heute Abend würde er mit ihm reden. Na, also. Da hatte er doch schon mal was geklärt. Erleichtert stellte er seine Wasserflasche zur Seite und las den letzten Absatz, den er geschrieben hatte. Anderthalb Seiten hatte er schon geschafft, wer sagt's denn. War doch alles halb so wild.

Eigentlich hatte er Charlie am Anfang nicht besonders gemocht. Irgendwie fühlte er sich von ihm eingeschüchtert. Charlie wirkte krass erwachsen, städtisch, sicher. Aber er ließ nicht den großen Macker raushängen, wie Nik anfangs vermutet hatte. Im Gegensatz zu Aaron oder Matze, die echte Vollpfosten waren und ständig irgendjemanden piesackten, ließ Charlie die anderen in Ruhe, äußerte aber sehr bestimmt seinen Standpunkt, wenn ihm was gegen den Strich ging. Das beeindruckte Nik. Auch, dass Charlie in Sport echt was draufhatte. Endlich war einer in der Klasse, mit dem er sich messen konnte. Liegestütze, Klimmzüge, Hantel stemmen. Die anderen Luschen hatten längst aufgegeben, aber Charlie hielt mit. Nach der Stunde hatte er ihn angesprochen.

„Trainierst du irgendwo? Das war echt abgefahren."

„Schwimmverein Würzburg 05 e.V.", hatte Charlie geantwortet und lässig seine Sportsachen in die Tasche geworfen, „aber momentan mach' ich nur noch Krafttraining so für mich. Laufen, Gewichte und so was. Und du?"

„FC Union. Verrats niemanden weiter, aber mein Herz schlägt für den FC Liverpool."

Sie hatten sich angesehen und mussten beide lachen. Es war ein gutes Lachen, befreiend, erleichtert und ab diesen Tag entwickelte sich zwischen ihnen ein unausgesprochenes Bündnis. Manchmal verabredeten sie sich zum Laufen, dann rannten sie, ohne ein Wort zu wechseln, nebeneinanderher. Dieses gemeinsame Laufen, ohne Druck, ohne Zwang, an die physische Schmerzgrenze gehend, weil das *sein* Bedürfnis war, das machte ihn glücklich. Leider blieb dafür nicht viel Zeit, denn seine Tage blieben weiterhin geplant und durchgetaktet. Aber wenn er nach dem Training bei Charlie klingelte, wusste er, dass es nie zu spät oder unpassend war. Sie tranken ein Bierchen und saßen einfach nur rum. Ab und zu zockten sie oder schauten Champions League, aber meistens hockten sie nur so rum und hingen ihren Gedanken nach. Charlie nervte ihn nicht und er nervte Charlie nicht. Einmal hatte er ihn auf seine Eltern angesprochen.

„Dein Vater fährt ja ein megacooles Motorrad. Seht ihr euch oft?"

„Hm", hatte Charlie ausweichend gebrummt, „er versucht, jedes Wochenende vorbeizukommen."

Nik hatte das Unbehagen und Zögern gespürt und fragte nicht mehr nach Charlies Familie. Wahrscheinlich waren die Eltern geschieden und er wollte deswegen nicht darüber sprechen. Nik erinnerte sich an die Worte seiner Mutter: „Was in der Familie passiert, bleibt auch in der Familie." Er konnte in ihrer sonst so energischen Stimme einen leicht panischen Unterton hören. Das war, als sich seine Eltern häufig stritten und er es Fiona anvertraute. Die hatte es wohl ihren Eltern weitererzählt und die hatten dann wiederum seine Eltern darauf angesprochen. Das war das Dorf. Die Leute hier waren redselig und hatten zu allem eine Meinung. Wenn man nicht aufpasste, vergaß man seine eigene.

„Verstehst du das, Nik? Es geht niemanden was an, wenn sich Papa und ich streiten. Außerdem streiten wir uns ja nicht, wir reden nur manchmal etwas lauter."

„Alles klar." Nik hatte genickt und seine Eltern trugen ihre Dispute und Meinungsverschiedenheiten wahrscheinlich von da an irgendwo anders aus oder wenn er nicht da war, zumindest hörte er kein Rumschreien mehr.

Charlie und Nik erkannten ihre unsichtbaren Grenzen und respektierten diese ohne große Worte. Ab und zu kam Roxy vorbei, dann war es zwar anders, aber nicht unangenehm. Nik hatte nie viel mit Roxy zu tun. Die einzige Gemeinsamkeit zwischen ihnen war, dass sie beide in eine Klasse gingen, zumindest hatte er das bis dahin so empfunden. Manchmal hatte er gedacht, was in aller Welt stimmte nicht mit ihr, wenn sie die Lehrer provozierte, sich mitten im Unterricht die Lippen nachzog oder auf dem Schulklo rauchte. Fiona hatte sich ein paar Mal in seinem Beisein abfällig über Roxys Klamotten geäußert und auch über Silla gelästert.

„Die eine *strange*, die andere 'ne Bitch."

Niks Kommentare dazu beschränkten sich in der Regel auf ein undeutliches Gemurmel. Silla war hübsch, wenn man auf rote Haare stand, und schweigsam. Im Unterricht gab sie oft Sachen von sich, die den Lehrern gefielen und die er manchmal nicht verstand. Um ehrlich zu sein, vielleicht würde ihm gar nicht auffallen, wenn Silla nicht da wäre. Aber Charlie mochte sie, also war sie bestimmt in Ordnung. Roxy dagegen fiel umso mehr auf. Die beiden waren sehr unterschiedlich und doch offensichtlich beste Freundinnen. Zumindest hingen sie immer zusammen und wenn die eine nicht da war, blieb die andere allein. Das war bei Mädchen doch einigermaßen selten, fand Nik. Vielleicht hatten die beiden keine andere Wahl. Mit Silla wollte niemand zusammen sein und bei Roxy schien es genau andersrum zu sein. Sie gab einen Scheiß darauf, was andere wollten oder dachten. Vielleicht aber hatte sie auch einfach keine andere Wahl. Es musste scheußlich sein, wenn man nirgends richtig dazu gehörte. Oder aber total befreiend. Entscheide dich.

Für Nik gab es nie diesen Konflikt. Ihn mochten die Leute, egal ob im Verein, in der Klasse oder im Dorf. Dabei strengte er sich dafür gar nicht sonderlich an. Vielleicht eilte ihm der gute Ruf seiner Eltern und Großeltern einfach voraus, die hilfsbereit und freundlich waren und sich im Ortsverband engagierten. Selbst die Lehrer drückten bei ihm oft ein Auge zu, egal ob es Hausaufgaben oder verpatzte Tests waren.

„Da ist es bestimmt wieder spät beim Training geworden, oder Niklas? Reich sie einfach bis nächste Woche nach."

Zugegeben, nicht alle Lehrer ließen sich von den Vorschusslorbeeren seiner Familie beeindrucken.

Gerade Frau Sund, seine Klassenlehrerin, ließ ihm schludrig und in Eile ausgearbeitete Referate noch mal schreiben und drückte auch bei der Punktevergabe kein Auge bei ihm zu.

„Du bist ein Sportler, Nik. Da müsstest du mit den Begriff Fairness was anfangen können."

„Aber Matze haben sie auf seinen Vortrag ein „Befriedigend" gegeben. Der war doch im Vergleich zu meinem tausendmal schlechter."

„Im Vergleich zu dir fällt Matze das Lernen auch verdammt viel schwerer und ich wette mit dir, dass er tausendmal mehr Mühe und Zeit in diesen Vortrag gesteckt als du. Fühle dich von meinem Anspruch an dich nicht gekränkt, Niklas."

Frau Sund hatte ihn aus ihren hellen klaren Augen angeblickt. So'n intensiver Sund-Lehrerblick, bei dem man gleich das Gefühl bekam, irgendwas ausgefressen zu haben. Nik fühlte nur noch mehr Groll in sich aufsteigen. Keiner verstand, dass sich sein Kopf so übervoll anfühlte, dass es nur noch eine Frage der Zeit war, wann er endgültig platzen würde.

„Nun, vielleicht siehst du es ja, wenn du darüber nachdenkst.“ Die Worte seiner Lehrerin klangen leicht und einfach, aber er hörte den fordernden Unterton.

Er hatte sich umgedreht und war wortlos auf den Schulhof zur Jungs-Clique gegangen. Dort ging es um Videospiele und Roxys Ausraster in Chemie und er hatte nicht mehr über die Aussage seiner Lehrerin nachgedacht. Bis zu dem Abend, der sich wie ein Sprung in einen Wasserfall anfühlte.

Er wollte nicht zulassen, dass er immer wieder daran dachte und doch schnippten seine Erinnerungen unaufhörlich wie kleine Bälle, die an Gummibändern befestigt waren, in sein Gehirn zurück. Gedanken-Jojos.

Sie hatten es nicht darauf angelegt, es passierte einfach. Gemeinsam brachen sie von Charlie auf, Roxy war etwas angetrunken und zündete sich draußen eine Zigarette an.

„Mach's gut, Alter. Bis morgen." Sie winkte Charlie eine Kusshand zu und henkelte sich bei Nik ein. Eine erschöpfte Ruhe lag über den Häusern und Nik fühlte sich etwas benommen von dem Bier. Sie liefen los und irgendwo hörte er ein Auto einparken, aber verrückterweise kam ihm das nächtliche Dörfchen unbekannt und fremd vor. Roxy blies weiße Ringe in die Luft. Die blieben eine kurze gefährliche Weile hängen und fielen dann einfach runter. Leise begann Roxy zu singen. Es klang schön und er war erstaunt, dass sie so eine zarte Stimme hatte. Zart und kraftvoll zugleich. Als sie aufhörte, hatte er ihr irgendein Kompliment dazu gemacht. Aufrichtig und voller Verblüffung. Roxy hatte ihr lautes Lachen gelacht und angefangen, ihn in die Seite zu boxen. Wieder und wieder, bis er ihre Hände festhielt und sie zu sich zog. Ihre Wärme. Sein Verlangen. Ihr Mund schmeckte anders als Fionas. Sie roch nach Bier und Rauch und ihre Küsse waren heftig, verlangend, erfahren.

Nik wusste, dass es gefährlich war und doch sprang er.

„Verdammte heilige Scheiße", sagte Roxy danach verwirrt. „Dein erstes Mal und das in der Bushaltestelle von unserem Kaff." Aber sie grinste und Nik begann bereits alles zu bedauern. Verlegen zog er sich die Hose hoch und fragte Roxy nach einer Zigarette.

„Hey, du rauchst doch gar nicht, du Sportfreak. Offensichtlich ist heute dein Tag der ersten Male."

Wie geistreich. Seine Augen brannten und er fühlte sich seltsam zittrig.

„Meinst du, du kommst allein nach Hause? Ich würde gern noch ein bisschen so rumsitzen", hatte er sie gefragt und war froh, als sie ging. Alleine. Mit langen Schritten und heftig schlagendem Herz. Aber das hörte Nik nicht. Er hörte, wie ihr Summen allmählich leiser wurde und war erleichtert. In die Erleichterung mischte sich ein leichtes Prickeln von Scham und Reue.

Es war fast drei Uhr, als er sich ins Bett schlich. Der Mond war dünn und silbrig und der letzte Gedanke, den Nik hatte, war „Verdammte heilige Scheiße".

TONI

Verdammte Scheiße. Toni rieb sich das Gesicht mit beiden Händen. Er unterdrückte den Impuls, einen Pickel aufzukratzen, der wie ein Vulkan auf seiner linken Gesichtshälfte aufragte, umgeben von vielen kleinen Pusteln und Pickelchen. Scheißpickel. Sie taten nicht nur weh, sondern sahen auch fies aus, wie er fand. Für die „Pickelfresse“ hatte er Aaron vor Tagen eine reingehauen, für die „Pickelfresse“ und dafür, dass Aaron so ein arrogantes Arschloch geworden war.

„Na, Pickelfresse“, war die Begrüßung, als sie sich zufällig vorm Supermarkt trafen. Es war nicht allein die verletzende Äußerung von Aaron, sondern der abfällige Tonfall, gemischt mit Überheblichkeit und Herablassung. Im Nachhinein konnte er sich selbst nicht mehr erklären, warum er dermaßen ausgerastet war.

„Du, Arschloch“, hatte er geschrien und die Pickel in seinem Gesicht hatten flammend rot geleuchtet. „Du bist so ein Arschloch geworden.“ Dann hatte er ihn mit der Faust ins Gesicht geschlagen. Akkurat platziert auf die Nase. Er hörte sich selbst keuchen und im Bruchteil einer Sekunde hatte er entschieden, sich nicht weiter zu prügeln.

Selbstbeherrschung, Toni. Wenn du dich unter Kontrolle hast, hast du alles andere auch unter Kontrolle. War also doch was hängengeblieben bei den nervigen Gesprächen mit der Sund.

Es war schon so, er rastete oft aus, auch ohne Grund. In ihm brodelte unablässig eine Wut, fordernd und Raum einnehmend, er konnte es einfach schlecht unter Kontrolle halten. Vielleicht waren, wie seine Mutter sagte, wirklich die Hormone für seine Ausraster schuld und auch dafür, dass er ständig an Mädchen und ans F*cken dachte. Vielleicht war dieses *In die Fresse schlagen* aber auch nur der Versuch einer verzweifelten Revanche für die Kränkung, die er von seinem ehemals besten Freund erlitten hatte. Eine Kränkung, die er lange abgespeichert und nie irgendeinem Menschen eingestanden hatte. Die Kränkung einer beschädigten und abgefertigten Freundschaft.

Aaron wischte sich konzentriert, fast andächtig, mit einem Taschentuch das Blut von der Nase. Mit einem gezielten Wurf schmiss er das blutbefleckte Papiertaschentuch in den Mülleimer. Treffer. Dann hatte er nur schief gegrinst, aber keine Anstalten gemacht, zurückzuschlagen.

„Selber ein verschissenes Arschloch“, hatte er mit ruhiger Stimme gesagt, „das kriegst du zurück. Das kriegt ihr alle zurück. Irgendwann.“

Toni waren die Tränen in die Augen geschossen, die er mit aller Macht versuchte zurückzuhalten, so sehr, dass es hinter seinen Augen brannte. Verschwommen registrierte er jetzt erst, dass Philipp neben Aaron stand. Ein unsichtbarer, völlig überflüssiger Schatten. Zeuge seiner Schmach. Noch nie hatten sie sich miteinander angelegt. Er fühlte sich gedemütigt und bloßgestellt. Vor ein paar Monaten noch wäre diese Situation unvorstellbar gewesen. Da waren sie die Chaos-Brüder, das Duo Infernale, die alles aufmischten und jeden möglichen Scheiß bauten. Zigaretten im Supermarkt mitgehen lassen, die Schulflure mit einer zentimeterdicken Mehlschicht überdecken, Sillas oder Matzes Rucksäcke mit Regelmäßigkeit in den Mülleimer verfrachten… – *alles just for fun, ein großer Spaß, ein Spass mit drei S.* Sie waren die anerkannten Kings of Trouble und das schweißte sie zusammen. Aber Aaron legte immer noch eine Schippe drauf. Nach dem letzten krummen Ding, als sie im Döner-Imbiss bei Sami die Fenster aufgehebelt hatten, wurden sie erwischt.

Es gab eine Anzeige und seine Eltern hatten ihm eine klare Ansage gemacht. Noch mal so ein Ding und er konnte selbst sehen, wie er aus dem Schlamassel rauskommen würde. Bis dahin hatten sie ihn immer aus allem rausgehauen und hinter ihm gestanden, in ihrer durchgeknallten Familientreue und Loyalität zueinander, aber „jetzt war das Maß voll“. Er glaubte seinem Vater aufs Wort. Der war Dachdecker, ein Arbeitstier, gradlinig, ehrlich und hatte sich den Rücken krumm gebuckelt, um seine eigene Firma zu gründen. Toni könnte, wenn er wollte, mit ins Familienunternehmen einsteigen. Und ob er wollte. Nichts mehr als das. Schon als Kind hatte er begeistert mit ihm gewerkelt und gehämmert. Er hatte sich den Hals beim Hochstarren verrenkt, als sein Dad wie ein Artist auf Dachfirsten balancierte und noch Wochen später träumte er von dem prickelnden Gefühl, als er ihn das erste Mal mit hoch aufs Dach nahm. Toni hatte sich gefühlt wie der König der Lüfte, machtvoll und unbesiegbar. Ab da wollte er nur eines werden: wie sein Vater.

Und jetzt hatte er ihn bis auf die Knochen blamiert. Den korrektesten und anständigsten Menschen, den er kannte, der das angeschlagene Dach von

Sillas Haus für einen Freundschaftspreis reparierte und keinem Menschen einen Gefallen abschlagen konnte. Dieses Mal war nicht einfach Schwamm drüber, er hatte den Bogen überspannt. Aaron und er waren minderjährige Verbrecher und er hatte den guten Ruf seines Vaters in den Dreck gezogen. Toni schämte sich, aber Aaron schien es zu beflügeln. Er holte sich im Netz auf irgendwelchen ominösen Seiten Anregungen für raffiniertere und ausgeklügelte Pläne und war enttäuscht, dass Toni nicht seine Begeisterung teilte.

„Diese Wichser. Die werden schon sehen, was sie davon haben. Und der Sami-Kanake erst recht."

„Was hast du plötzlich gegen Sami? Weltbeste Döner und manchmal Gratis-Cola. Hey, lass mal 'nen bisschen ruhiger machen, steht echt grade zu viel auf dem Spiel. Für uns beide, das ist dir schon klar, oder?"

„Mensch, Alter, du bist so ein Weichei geworden. Das ist doch genau das, was sie wollen. Sie wollen uns klein halten und Angst einjagen, damit sie uns besser kontrollieren können."

Toni hatte nie ganz verstanden, was Aaron immer so von sich gab. Wer waren *Die* und *Wen* und *Was*? Wenn Aaron mit seinen Verschwörungstheorien und seltsamen Ausführungen begann, ließ er ihn einfach labern, ohne einen Kommentar dazu abzugeben. Das war ihm alles zu abgefahren, zu anstrengend. Dazu kam, dass sein Vater ihn von nun an regelmäßig auf seine Baustellen mitschleppte und unter der Woche war er schwer mit Schulkram beschäftigt. Um bei der Wahrheit zu bleiben, auch damit, Mädchen klarzumachen. Er würde jede Wette eingehen, dass die Hauptthemen für alle 16-jährigen Kerle dieser Welt schnelles Geldverdienen, Sport, Freundschaft und natürlich Mädchen waren. Wobei es einen idiotisch großen Unterschied zwischen schnellem Geldmachen und Geldverdienen gibt. Das war jetzt auch in seiner Birne angekommen.

Keine Ahnung wie, aber sein Dad hatte ihm das Versprechen abgerungen, einen guten Abschluss hinzulegen. Das war keine Kleinigkeit für ihn. Egal. Er kniete sich rein, denn man konnte echt 'ne Menge über ihn sagen, aber nicht, dass er sein Wort nicht halten würde. Was soll man groß erzählen? Es war einfach so, dass er und Aaron immer weniger Zeit miteinander verbrachten. Hinzu kam, dass Aaron nun auffällig oft in der Schule fehlte. Übertrieben demonstrativ wedelte er den Lehrern am nächsten Tag seine Entschuldigungszettel über den Tisch. Kein verschwörerischer Blick mehr zu Toni, keine Erklärung. Kontakt per Handy war substanzlos und unergiebig.

Alles klar bei dir, Digga? Soll ich dir Hausaufgaben vorbeibringen? Toni. Tränen lachender Smiley

Bin morgen wieder da.

Kein Smiley. Kein Kackhaufen. Wegdrücken, wenn er anrief. Nicht da, wenn er klingelte. Oder da und nicht aufmachen. Toni konnte es nicht so richtig beschreiben, aber Aaron zog sich immer mehr zurück, von der Klasse, der Schule, seinem, ihrem Leben, selbst wenn er da war. Er begann, ihn systematisch aus seinem Leben auszuschließen Sie hatten kaum noch gemeinsame Gesprächsthemen. Aaron schien von allem, was ihr Leben ausmachte, gelangweilt und genervt. Erregt, ja leidenschaftlich wurde er, wenn er mit Begriffen um sich warf, wie „Großer Austausch", „Geheimer Plan", „Untergang Europas" oder aber, wenn er jemanden herabwürdigen konnte. Er machte das auf eine sehr subtile Art und Weise. Jemandem eins reinwürgen und sich dann zurücklehnen. Meist an seiner Seite Philipp, der ihm wie ein hirnloser Dackel hinterher latschte oder Matze, der immer dort rumhing, wo was abging.

„Matze, du siehst aus wie ein Affenmensch. Passt zu Roxy mit ihrem Affenarsch.“

„Lass erst mal die Bank desinfizieren, da saß vorhin Kanaken-Aabid.“

„Die Sund müsste man abknallen mit ihrem weltfremden Scheiß.“

So in der Art. Passiv-aggressiv und fies. Als sie noch richtig befreundet waren, war ihm das nie aufgefallen, er hatte gelacht und alles für einen großen Witz gehalten. *Ist doch nur Spaß, du Spacko!* Jetzt bekamen die Beleidigungen eine andere Bedeutung. Leise vor sich hingemurmelt, konnte man ihnen nichts entgegensetzen. Und nein, Roxy hatte so was von überhaupt keinen Affenarsch, verwichstes Arschloch. Wieder spürte er die Wut hochsteigen und mit ihr die verdammte Erinnerung an den ultimativen Bruch ihrer Freundschaft.

Als sie sich vor dem Eingang des Supermarktes gegenüberstanden, hatte Toni das unheimliche Gefühl, er könne Aaron bis auf den Grund seiner Seele schauen. Er sah dessen Abneigung, ja, Abscheu. Und Verrat. Toni erschrak. Aaron war doch sein Digga, sein Bruder, aber in dem Moment wollte er einfach nur auf ihn einschlagen, wieder und wieder und wieder.

Irgendwas Feuchtes rann seine Wange herunter. Mist. Jetzt hatte er doch den Pickel aufgekratzt und blutete. Taschentücher? Fehlanzeige. Leise schlich er sich vor zum Lehrertisch.

„Kann ich Sie mal um ein Taschentuch anhauen?"

Frau Sund kramte eine Packung Papiertaschentücher vor und drückte sie ihm in die Hand. „Für alle Fälle. Kommst du gut voran?"
„Geht so. Muss ja."

„Kriegste hin, Toni. Nach allen Gesetzen des Kampfes. Ausdauernd und geschickt. Und mutig."

Sie lächelte ihm aufmunternd zu. Toni versuchte mit aller Kraft, den Impuls, in Tränen auszubrechen, zu unterdrücken. Echt jetzt? Was zur Hölle war nur los mit ihm, dass er ständig entweder flennen oder aber ausrasten musste. Er wischte sich mit einer schnellen Geste übers Gesicht und ging wieder zu seinem Platz. Nur nicht nach links sehen, wo Roxy saß und erst recht den Blickkontakt mit Aaron vermeiden. Es war irrsinnig still. Leises Rascheln von Papier und das sanfte Rauschen der Bäume. Was wäre, wenn er jetzt ganz laut ihren Namen riefe? Er stellte sich vor, wie er ihn brüllte. *Roxy!* Und noch einmal, mit aller Wucht, so laut er konnte. *Roxana!* Dieser verstörende Drang in ihm, etwas völlig Absurdes zu tun. Aber natürlich tat er das nicht. Trotzdem war es nur abgefahren. So musste es sich wohl anfühlen, wenn man den Verstand verlor.

Er ließ sich auf den Stuhl fallen und schloss kurz die Augen. Das tat gut. Das Brennen ließ nach. Toni öffnete die Augen wieder und ließ seinen Blick über die Klasse wandern. Er hatte sich an sie gewöhnt, so wie man sich an das tägliche Zähneputzen oder an den Käsetoast zum Frühstück gewöhnt. Toni mochte seine Klasse. Die meisten kannte er schon seit dem Kindergarten, wobei ihm Maria erst gestern so’n bisschen klugscheißermäßig unter die Nase gerieben hatte, dass jemanden kennen immer relativ ist. Was für Wörter die kannte. *Relativ* und so. Dabei war Deutsch noch nicht mal ihre Muttersprache. Maria fand er auch echt heiß, aber die hatte wohl ’nen Freund in Polen und überhaupt, man wusste ja eh selten genug, woran man mit den Weibern war. Toni zwang sich zu konzentrieren. Die Klasse. Seine Klasse. Es war schwer vorstellbar für ihn, dass sie im Sommer alle auseinandergehen würden. Die meiste Zeit hatte man sich gewünscht, dass die Scheißschule endlich vorbei und dass man frei und erwachsen wäre, damit keiner einem mehr Vorschriften machen könnte. Dass man nicht mehr für Tests und Arbeiten büffeln müsse, keine Vorträge mehr halten oder hören würde und man nie wieder zerkochtes Hühnerfrikassee in der Schulmensa runterwürgen müsste. Sie hatten so lange darauf gewartet, dass es sie nun völlig überrumpelte. Fast war er überrascht, dass er jetzt schon so was wie Wehmut verspürte. Wehmut? Ein Wort, das er im Normalfall nie benutzen würde. Mut mit Weh? Toni merkte, wie ihn seine Gedanken anstrengten und blies sich verärgert eine Haarsträhne aus dem Gesicht. Er hatte keine Ahnung wieso, aber auf einmal ging es irgendwie viel zu schnell.

Besonders jetzt, wo sich in seinem Kopf doch alles nur noch um dieses eine Mädchen zu drehen schien.

Kriegste hin. Mit Roxy hatte er es ‚hingekriegt' und dann wohl heute Morgen alles komplett ruiniert. *Sorry, aber nicht jetzt.* Das hatte er wirklich gesagt? Wollte eigentlich etwas anderes sagen, aber der Satz war ihm einfach so aus seinem Mund gefallen. Idiot. Schwachköpfiger Dummbeutel. Er spürte eine nie gekannte Ratlosigkeit und dass sein Deo versagte. Dunkle feuchte Schweißflecken auf seinem Hemd. Was sollte sie jetzt von ihm denken? Dass er ein schwachköpfiger, dummbeuteliger Idiot war. Und auch, dass er nichts weiter mit ihr zu tun haben wollte und dass ihm der gestrige Abend vollkommen pumpe war. Dabei war ihm richtiggehend schwindlig geworden vor lauter *Glück*. Echt jetzt? Vor lauter Glück? Musste wohl so sein. Denn eigentlich wollte er nichts weiter, als mit Roxy die ganze Nacht so rumliegen und sie anschauen. Ihre dunklen Augen, die immer kriegerisch wirkten, selbst wenn sie lachte. Das schwarze Haar, glatt und seidig, und wenn sie es hinter die Ohren machte, dauerte es keine drei Sekunden und es rutschte wieder hervor. Aber nie hatte er sie mit einem Zopf gesehen oder so was. Mädchen machten sich doch ständig was in die Haare, Roxy nie. Sie war braun, am ganzen Körper, auch ihre Brüste und ihr Po. Wie ging das, bisher waren es doch nicht mehr als ’ne Handvoll Sonnentage?! Der kleine Leberfleck links von ihrer Oberlippe. Er sah süß aus…

Der Drang, sie zu küssen. Auf den Mund, so richtig. Ohne Bierfahne und Zigarettengestank. Ehrlich gesagt war das der Grund, weswegen er diese ganze Küsserei, so gut es ging, vermied. Er wollte auf Nummer sichergehen, dass ihm nicht irgendeine Tussi sagte, dass er aus dem Mund stinke. Pickel und Mundgeruch, Alter, ey.

Das einzig Verhängnisvolle war, dass, wenn er an den gestrigen Abend dachte, an nichts anderes mehr als an den gestrigen Abend denken konnte. Er hatte schon mit einigen Mädchen Sex gehabt, was sollte er machen, er stand eben drauf. Bis jetzt war es immer so gewesen, dass er sich nie besonders viel Gedanken darüber gemacht hatte. Einmal poppen und vorbei. Er kam bei den Mädchen gut an, vielleicht, weil er Oberarme wie zwei Baumstämme hatte und nicht viel Worte machte. Offensichtlich wirkte er wie so ’ne Art Superheld, stark und schweigsam. Er zerbrach sich darüber nicht den Kopf und schleppte nach den Partys die Weiber reihenweise ab. Mit Roxy hatte er das nicht vorgehabt. Er vermied es, mit Mädchen aus dem Dorf oder seiner Schule zu schlafen. Keine Ahnung warum, vielleicht schien ihm das so am unverfänglichsten. Er war jung, er war ein Kerl und er wollte Spaß. Dorfgetratsche würde dem im Weg stehen. Wäre er ein Mädchen, dann hätte er seinen Ruf schon längst weg. So aber war er der heißspornige Herzensbrecher, ein sympathischer Belami, dem die Dorfgemeinschaft wohlgesonnen gegenüberstand.

Klar war es unvernünftig, am Abend vor der Prüfung noch mal loszuziehen. Aber hey, mit sechzehn muss man doch unvernünftig sein. Vernünftig und langweilig würden sie noch lange genug sein müssen. Sie waren aufgeregt, auch wenn sie auf cool machten, und wenn er trank, na ja, dann gewann sein Schwanz meistens den Kampf. Und dann kamen die Geschichten in seinen Kopf, die über Roxy erzählt wurden. Dass sie nicht zimperlich wäre, was Jungs anbetrifft, und auch Mädchen, aber das glaubte er nicht, auf gar keinen Fall konnte er glauben, dass sie auf Mädchen stehen würde. Egal wie, er hatte dann jedenfalls nicht lange gefackelt und, etwas peinlich war ihm das jetzt schon, es hat auch nicht lange gedauert bei ihm, aber das Verwirrende war, dass der Sex gar nicht das Wichtigste gewesen war. Aber das hatte er erst danach gemerkt. Bisher hat ihn noch kein Mädchen verrückt gemacht. Eher andersrum. Plötzlich spannte er alle Muskeln an. Er war stärker und größer als alle. Er könnte einfach abhauen, so wie er es immer machte, aber das erste Mal wünschte er sich, er dürfte bleiben. Eine ganze Nacht und noch eine und noch eine. Verdammt! Irgendwas war gestern passiert, das ihn über die Maßen überraschte und verwirrte. Und er würde alles daransetzen, um herauszukriegen was. Er dachte wieder an Roxys Augen. Groß und braun und auf jedes Wort hörend. Vielleicht stand er jetzt unter einem Bann oder so was. Er versuchte, einen Blick von ihr zu erhaschen. Telepathie Fehlanzeige. Sie schrieb, als ginge es um ihr Leben. Noch lumpige zweieinhalb Stunden. Nahkampf. Er musste sich von sich selbst trennen, einen Schritt zurückgehen und dann den Kampf wieder aufnehmen.

2 STUNDEN UND 30 MINUTEN

Mit einem etwas belustigten Blick beobachtete ich, wie sich Toni ein Fetzelchen von dem Papiertaschentuch auf seine Wange klebte. Ein weißes Fähnchen im Gesicht. Kapitulation vor dem Feind.

Ich hatte gerade an Cappuccino mit aufgeschäumter Milch gedacht. Dazu ein Croissant, warm und fluffig, zwischen Tulpen und Vergissmeinnicht, auf meinem Zuhausebalkon.

„Kann ich Sie mal um ein Taschentuch anhauen?"

Das Croissant in meinem Kopf wurde durch Tonis Ringerstatur ersetzt. Toni war nicht besonders groß, aber er war massig und kräftig. Kein Wunder, dass sich niemand gern mit ihm anlegte. Ich war froh, dass er die Kurve gekriegt hatte. Die Freundschaft zu Aaron hatte seit der schlimmen Sache mit dem Kiosk-Einbruch augenscheinlich einen großen Riss bekommen. Vielleicht hatte er ab da zum ersten Mal deutlich begriffen, was es für ein kleiner Schritt vom *dummen Scheiß* zu *kriminell* ist. Und mir war wieder einmal klar geworden, wie wichtig es war, dass Eltern bei ihrem Kind blieben. Im Sinne von, sich zu ihm ins Verhältnis setzen. Nicht überbehüten und nicht vernachlässigen. Ihm den Weg zeigen, aber akzeptieren, dass es ihn allein gehen muss. Die Lehrer nicht als Feinde sehen, sondern als Verbündete. Welchen unermesslichen Wert das Verhalten von Tonis Eltern hatte, zeigte sich, als Toni begann, Hausarbeiten pünktlich abzugeben, sich auf Tests vorbereiteten und sich nicht mehr beim Rauchen erwischen ließ. Je öfter Aaron die Schule schwänzte, und dass er schwänzte, war mir trotz der vorgelegten Entschuldigungen klar, umso gefestigter wurde Toni in seinen Entscheidungen. Mit seinen Eltern telefonierte ich fast jeden zweiten Abend und wir besprachen die „Strategie". Toni brauchte ein Ziel, er brauchte klare Regeln und er brauchte Wertschätzung. Der Bruch mit Aaron spielte uns da ganz klar in die Hände. Ansonsten hätten wir wohl wenig Chancen gehabt, schätz ich mal. Freundschaften bedeuten in diesem Alter alles. Man will die Wahrheit nicht sehen. Man sieht das, was man sehen will. Ansonsten wären die Dinge manchmal wohl gar nicht zu ertragen. Wie hatte Toni Aaron verlieren können? Wie hatte er den Verlust seines besten Freundes hinnehmen können? Ich glaubte, dass ihn all das erst viel später einholen würde. Wenn die Zeit des Erinnerns kam und man reflektierte, welche Entscheidungen einem zu dem gemacht hatten, wer man war oder nicht war oder werden würde oder nie geworden wäre. Wenn man in der Zukunft angekommen war und feststellen musste, dass einem nicht *die Welt gehörte*, sondern im besten Falle ein Reihenhaus mit Garten. Wenn man wortlos zugab, dass die Schulzeit eigentlich wirklich *die wahnsinnigste und geilste Zeit im Leben war*. Wenn man sich mit Freunden in der Eckkneipe zum Bier traf und über *die guten alten Zeiten* redete. „Weißte noch, wir damals …" Und wenn uns irgendeiner von denen, egal wer, Hauptsache es tat jemand, bestätigte, dass man doch eigentlich alles richtig gemacht hatte.

Vielleicht lagen die Dinge bei Aaron anders. Es war mir nie gelungen, wirklich zu ihm vorzudringen. Er war zu den Lehrern immer sachlich gewesen, ja vorsichtig, abwartend. Seine Worte wählte er mit Bedacht, man sah ihm nicht an, was er wirklich dachte. Und doch hatte er die gesamte Schule fest im Griff. Er hielt die unsichtbaren Fäden in der Hand und dirigierte seine selbstgeschriebene Schulsinfonie. Die Pauken und Trompeten mussten andere für ihn bedienen. Man konnte ihn selten zur Verantwortung ziehen, obwohl jeder wusste, dass er dahintersteckte. Fakt war, dass man ihm das nicht nachweisen konnte. Fakt war auch, dass mich das ankotzte. Lehrer fluchen nicht? Doch. Lehrer fluchen unglaublich viel. Meistens benutzen sie dann sogar die gleichen Ausdrücke, wie ihre Schüler, die sie ihnen in der Schule verbieten. Das kommt davon, wenn man den ganzen Tag mit pubertierenden Jugendlichen verbringt. „Keine Schimpfwörter im Unterricht." Daran halten wir uns. Von woanders war nie die Rede. Aaron. Der Name allein reichte schon, dass mein Herz etwas schneller zu schlagen begann. Ich wusste, dass man alle Schüler gleich behandeln sollte, aber keiner sagte, dass man alle Schüler gleichermaßen mögen musste. Ich mochte Aaron nicht. Er machte auf mich einen verschlagenen und boshaften Eindruck, den er hinter einer glatten und polierten Fassade geschickt verbergen konnte. Für die meisten. Aber ich konnte eine richtige Nervensäge sein. Da konnte sich Aaron drehen und winden, schlängeln und ablenken, ich hörte nicht auf, ihn nach dem Unterricht dazubehalten, mit ihm zu reden, ihm zu zeigen, dass ich ein Auge auf ihn hatte. Auch seine Eltern rief ich unzählige Male an. Die ganzen fünf Jahre, in denen ich die Klasse unterrichtete, blieben sie distanziert höflich und hefteten anschließend jedes Gespräch mit mir zu Hause in den Ordner „Unwichtig" ab. Es mochte lächerlich klingen, aber neben Aarons Eltern fühlte ich mich lausig und zerpflückt. Was ich mir an Worten vorher zurechtgelegt hatte, zerbröselte unter den kalten Blicken zu einem Berg von Nichtigkeiten. Nach jedem Gespräch fühlte ich mich voller diffuser Genervtheit, ja, ich spürte auch Wut in mir. Diese Familie hatte offensichtlich alles, was man sich wünschen konnte – ein Haus, einen Garten mit Pool, eine Haushälterin, einen Rasenmähroboter und doch lag über allem eine Unbehaglichkeit. Wirklich, es gab schlimmere Voraussetzungen. Ich merkte, wie sich meine Stirn in Falten legte. Entnervt wünschte ich mir andere Gedanken. Aber Aaron saß nur ein paar Stuhlreihen von mir entfernt, machte seinen wütenden, vielleicht auch leicht verzweifelten Aaronblick und scherte sich einen Dreck um meine Wünsche.

Seine Eltern waren gebildet und vermögend. Sie konnten ihren Kindern vieles ermöglichen. Zugang zu Bildung und Kultur, Reisen, finanzielle Sicherheit. Aber das war nur die halbe Wahrheit. Der Einfluss der Eltern war gravierend und prägend und doch entwarf jeder Mensch seine eigene Biografie. Ich unterrichtete auch Aarons jüngere Schwester. Sie war ein lustiges Kind, lachend und jauchzend.

Die Lehrer mochten sie, ich auch. Sie war so ganz anders als Aaron, sie war mitfühlend und teilte gerne und war beliebt in der ganzen Schule. Manchmal rannte sie in der Pause zu ihrem Bruder und sprang unbändig auf seinen Schoß. Dann stopfte sie ihm süße Erdbeeren und Schokomuffinskrümel in den Mund und erzählte ihm rasch die Neuigkeiten. Zum Abschied küsste sie ihn auf den Mund. Gleicher Background, komplett unterschiedliche Lebenspläne.

Mein Blick wendete sich zu Aaron. Schmächtiger Brustkorb. Lange Beine. Schmaler Hals. Scheinbar immer gleichgültiger Blick, aber dann, diese winzige Sekunde, wo er abschaltet und sich gehen lässt. Lauernd, zum Angriff bereit. Die Wahrheit war, ich war erleichtert, wenn er nicht da war. Die Klasse ebenfalls. Sie benahmen sich dann sorglos kindischer, unaufgeregter.

Besonders Aabid kam dann mehr aus sich heraus. Aabid kam oft in meinen Träumen vor. Dann sah ich ihn, in einem Schlauchboot über das Meer treiben. Schneeweiße Knochen, die über den Bootsrand ragen, verkrümmte Finger, die sich festklammern. Dunkelrotes Blut, das in das

Schwarzblau des Meeres fließt. Eine leuchtend rote Spur. Aabids Augen, angsterfüllt und voller Weh.

Doch. Es gab schlimmere Voraussetzungen.

AABID

Aabid hatte in der Nacht viel geträumt. In seiner Erinnerung waren nur noch einzelne Mosaiksteine hängengeblieben: ein hoher mit trockenem Gras bewachsener Abhang neben der Schule, ein alter Granatapfelbaum, er und Fallah bewerfen sich mit Äpfeln, dunkelrote Spritzer überall, dann rollen sie sich lachend den Hügel hinunter. Sie rennen die Straße entlang und ziehen eine große Staubwolke hinter sich her, die groß und größer wird. Aabid kann nichts mehr erkennen. Der Himmel füllt sich zusehends mit orangegelbem Licht, gleißende Hitze. Fallah, wo bist du? Staub brennt in seiner Lunge, er kann nicht mehr atmen. Er versucht, seinen Freund zu rufen, aber der Staub hat sich wie eine Festung um seinen Körper gelegt, sein Mund ist wie zugekleistert. Blankes Entsetzen ergreift ihn. Er merkt, wie er fällt. Langsam, wie in Zeitlupe. Eine sandsteinerne Statue. Über ihm die riesige Staubwolke, die sich auf ihn senkt, ihn einhüllt und verbirgt. Die Welt schließt sich über ihn. Nichts als Stille. Todesstille und Verlassenheit.

„Aabid, du musst aufstehen."

Es dauerte eine Weile, bis Aabid zu sich kam. Sein Körper fühlte sich schwer an und er wälzte sich mit Anstrengung aus dem Bett.

„Ay, Mama, ich komme gleich."

Er hatte seine Stimme nicht verloren. Die nächtliche Panik und das Entsetzen verschwanden allmählich. Er streckte sich und ertastete mit seinen Zehen Papier. Aabid seufzte tief. Er war von einem Albtraum im nächsten gelandet. Heute war Deutschprüfung. Die Prüfung, die er am allermeisten fürchtete und auf die er sich am sorgfältigsten vorbereitet hatte. Seine Notizen, die er sich gestern Abend gemacht und sich sorgsam eingeprägt hatte, lagen auf dem Boden neben seinem Bett ausgebreitet.

‚Im Folgenden ist zu erwähnen…, zusammenfassend kann man feststellen…, vor allem / hauptsächlich / insbesondere / besonders / meistens, demnach, also, somit, daher, deshalb, folglich, deswegen, darum, trotz allem, trotzdem…, zu guter Letzt…, schließlich sei daran erinnert, dass…, zum Schluss sei noch genannt…, als letztes Argument sei angeführt, dass…'

Die deutschen Nebensätze brachten ihn an den Rand des Wahnsinns. Deswegen hatte er sich gestern den ganzen Abend bis spät in die Nacht noch einmal ausführlich mit relevanten Formulierungen beschäftigt, falls ihm nichts anderes übrigbliebe, als eine Erörterung zu verfassen.

„Versteift euch nicht auf einen Bereich“, hatte Frau Sund ihnen eingehämmert. „Überlegt, zu welchem Thema ihr am meisten zu sagen habt. Was ihr sagen könnt, könnt ihr auch aufschreiben.“

Aabid wünschte sich eine Schilderung oder eine Erzählung. Dann könnte er wunderschöne klare Hauptsätze bilden. Er hatte mittlerweile keine großen Schwierigkeiten mehr, mehrere Adjektive mit unterschiedlichen Artikeln und verschiedenen Substantiven gleichzeitig zu deklinieren. Auch die Konjugation der Verben verschaffte ihm keine schlaflosen Nächte mehr. Aabid würde lügen, wenn er behaupten würde, dass er diese seltsame deutsche Grammatik mit ihren Deklinationen, Konjugationen, Verben und Artikeln wirklich verstanden hätte, aber er beherrschte sie schon ganz gut. Hingegen korrekte deutsche Nebensätze zu bauen, war, wie ein kompliziertes Gebräu zu entwerfen. Man brauchte die richtigen Zutaten und die adäquate Reihenfolge. Zeit zum Zubereiten und Vollführen. Beim Anrichten die letzte Zutat nicht vergessen, beim Nebensatz war das das Komma.

Aabid schlief nicht gern. In seinen Träumen hatte er keine Kontrolle. Alles und jeder konnte sich einschleichen und ihn um den Verstand bringen.

Oder:

Aabid schlief nicht gern, weil er in seinen Träumen keine Kontrolle hatte und sich alles und jeder einschleichen und ihn um den Verstand bringen konnte.

Eindeutig zu viel *und. Und und und. Und* anderes mehr. *Und* Fallah? *Und* warum? *Und* trotzdem!

Entschlossen sammelte er die Zettelchen auf. Er roch immer noch den Staub auf seiner Haut und seine Zunge fühlte sich pelzig an. Gerade heute wollte er gut ausgeschlafen sein. Fehlanzeige. *Das schaffst du,* versuchte er sich selbst zu überreden. Etwas Zuversicht stieg in ihm auf. Auch Neugier. Bedächtig faltete er die Zettel zusammen und verstaute sie in seinem Rucksack.

Jetzt wollte er wissen, was passieren würde. Auf dem Weg ins Bad hörte er, wie Mama mit Djamal redete. Er konnte sich erinnern, wie Djamal in einem hölzernen Laufstall unter blauem Himmel spielte. Verschwundenes Leben. Aus der Küche roch es nach frischem Fladenbrot und Mussabaha. Was würde er nicht dafür geben, bloß für eine einzige Stunde noch einmal mit seiner ganzen Familie zu frühstücken. Manchmal fragte er sich, ob die ganzen Verluste Einfluss auf sein Gehirn hatten. Er duschte lange. Kalt und heiß und wieder eiskalt, bis von dem entsetzlichen Traum nur noch Seifenreste übrigblieben, die sich durch den Abfluss endgültig wegstrudelten. Aabid schluckte hart. Er brauchte kein schlechtes Gewissen zu haben. Das Einzige, was er sich und allen schuldig war, war, seine Chance zu nutzen. Das Leben war kompliziert. Im Vergleich dazu war Deutsch ein Kinderspiel. Missmutig merkte er, wie sich sein Herzschlag wieder zu beschleunigen schien. Er konnte gut kommunizieren, aber einen Aufsatz zu verfassen, der sowohl inhaltlich als auch lexikalisch und grammatikalisch korrekt sein würde, war immer noch ein riesengroßer Kraftaufwand. Trotz aller Anstrengung und Mühe unterliefen ihm immer noch Fehler und Stilblüten.

Straßenköterblond. Er musste sich erst erklären lassen, dass dieses Wort beileibe keine charmante Beschreibung von blondem Haar sei. Goldblond, maisblond, semmelblond, aschblond. Keiner benutzte diese Wörter, aber sie waren benutzbar. Straßenköterblond durfte man offensichtlich nur zu seinem eigenen Haar sagen.

Taja: „Ich mag deine Haarfarbe, Aabid. Wie schwarzer Samt."

Aabid: „Ich mag deine Haarfarbe auch. Wie kleine Sonne."

Taja: „Straßenköterblond."

Als er das Wort bei einer anderen Gelegenheit verwendete, war die Reaktion darauf, nun ja, nicht unerheblich.

„Eh, Alter, willst du meine Freundin beleidigen?" Matze hatte sich drohend vor ihm aufgebaut und Aabid sah die Geringschätzung in seinem Blick. Auf den Gesichtern von vielen Deutschen hatte er bereits den gleichen Ausdruck von Abscheu gesehen und war immer noch erschrocken darüber. Allein sein *Haar wie Samt* und das fremdländische Aussehen schienen für viele bereits eine Bedrohung darzustellen. So wurde er ausnehmend oft von der Polizei kontrolliert und Mütter nahmen ihre Kinder fester an die Hand, wenn er mit seinen Brüdern die Straße entlanglief. Auch war es nicht ungewöhnlich, dass man ihm im Vorbeigehen Worte wie *Kanake* oder *Scheißmoslem* zuzischte und mehrmals schon wurde ihm mehr als deutlich zu verstehen gegeben, wie man sich in Straßenbahnen oder auch in deutschen Supermärkten zu verhalten habe.

Haltung bewahren. Stolz bewahren. Freundlichkeit bewahren.

Er hatte den Kopf geschüttelt und sich bei Matze und seiner Freundin entschuldigt. Aber er ist sehr aufrecht weggegangen. Als er Taja von dem Zwischenfall erzählte, kicherte sie.

„Matze und eine Freundin, ich schmeiß mich weg. Der wollte sich bloß wichtigmachen. Hat ja sonst nicht viel zu bieten als seine Körpermasse.“

Straßenköter. Hunde, die auf der Straße leben. Abwertend.

Bettler. Menschen, die auf der Straße leben. Abwertend.

Polacken. Menschen, die aus Polen kommen. Abwertend.

Kanaken. Menschen, die aus einem anderen Land kommen. Abwertend.

Scheiße. Universell einsetzbares Wort. Die Deutschen finden vieles Scheiße, nicht immer kann er die wirkliche Aussage dabei erkennen.

Scheißwetter, Scheißschule, Scheißding, Scheißbuch, Scheißmusik.

Scheißkalt, scheißgeil, scheißfrech, scheißfreundlich, scheißnormal.

Scheißkerl, Scheißwut.

Aabid konnte die viele Wut nicht verstehen. Deutschland war ein cooles Land, sicher und wohlhabend. Er war froh, hier zu leben. Er hatte Glück gehabt. Andere nicht. Deswegen wollte er unbedingt so schnell wie möglich die deutsche Sprache lernen.

Er war sich bewusst, dass er nur dann diese Chance, die ihm das Leben geboten hatte, wirklich nutzen konnte. Für Mama blieb die deutsche Sprache bis heute ein nicht zu lösendes Rätsel. Sie lernte, besuchte Sprachkurse und kämpfte mit der Aussprache der ungewohnten Buchstabenverbindungen. Es waren die Umlaute, die für sie schier unaussprechlich waren, ä, ö, ü. Die Feinde auf Erden, für alle, die Deutsch lernten, besonders für alle, die älter waren. Sie träumte oft von ihrer Heimat, in der sie war, wer sie war. Und sie sehnte sich nach einem Ort, wo man nicht zu sprechen brauchte, um frei zu sein. Beim Schreiben hörte man keine Aussprache und keinen Akzent, aber Mama konnte ja nicht alles schriftlich erledigen. So begleitete Aabid sie bei allen Behördengängen, und das waren viele und viele und dreimal noch so viele. Er erlebte oft, wie hochmütig, ja verächtlich, seine Mutter behandelt wurde. Offensichtlich war das die einzig logische Schlussfolgerung: Je besser die Sprachbeherrschung umso höher die Intelligenz. Im Umkehrschluss dasselbe. Dabei war sie eine der klügsten Frauen, die er kannte. Sie hatte in Damaskus Architektur studiert und war eine erfolgreiche Architektin gewesen. Aabids Baba war Arzt. Seine Eltern hatten sich während ihrer Studienzeit kennengelernt. Mama hatte ihre Kinder immer zum Lernen angehalten.

„Wissen ist die einzige Möglichkeit, sich zu emanzipieren“, hatte sie seiner Schwester erklärt. Für Mama bedeutete Freiheit, dass ihre Tochter die gleichen Rechte wie ihre Söhne hatte.

„Wissen ist Kraft. Geballte Power. Sie verleiht Unabhängigkeit und ermöglicht, dass ihr euch ein gutes Leben aufbauen könnt.“

Keiner von ihnen hatte geahnt, dass ihr Leben, so wie sie es bisher kannten, seine Gültigkeit mit dem verlor, was in der Geschichte als *Arabischer Frühling* eingehen sollte. Es begann mit friedlichen Demonstrationen, Graffitis an Häuserwänden und Protesten gegen das korrupte System unter Baschar al-Assad und endete mit dem Tod Sorayas, seiner Schwester. Sie hatte sich gerade an der Fakultät für Architektur in Damaskus eingeschrieben und war voller Entschlossenheit und Mut. Die blutig niedergeschlagenen Demonstrationen an denen Soraya mit vielen gleichgesinnten Kommilitonen teilnahm, hatten den Tod in Aabids Familie gebracht. Dieser Tod war erst der Anfang. Das Blutvergießen in seinem Heimatland hatte begonnen. Es spielte keine Rolle mehr, wer tötete, zerstörte und brandschatzte. Sein Vater starb, als das Krankenhaus, in dem er arbeitete, von syrischen Regierungstruppen bombardiert wurde und sein bester Freund Fallah wurde von einer Splittergranate getroffen und in tausend Teile zerfetzt.

Als Mama mit ihm und seinen zwei Brüdern in Deutschland ankam, erlebten sie eine bemerkenswerte Hilfsbereitschaft. Es war die Zeit der großen Flüchtlingsströme und die Menschen rückten ein Stück zusammen. Er und seine Familie holten diese Erinnerungen immer wieder hervor, wenn sie das erschöpfende Gefühl übermannte, dass sie nie hier wirklich anerkannt und akzeptiert werden würden. Wenn Aabid auch nach drei Jahren immer noch bemerkte, dass keiner in der Klasse gerne Präsentationen oder Hausarbeiten mit ihm machen wollte. Taja ausgenommen. Wenn Mama auf ihre Bewerbungen Absagen bekam mit solchen Begründungen wie „Wir stellen nur deutschsprachige Arbeitnehmer ein“ oder „Ihnen fehlen die Erfahrungen auf dem hiesigen Arbeitsmarkt.“ Wenn ihm vor Sehnsucht nach Baba, seiner Schwester, ihrem Haus, den smaragdgrünen Wiesen und blühenden

Aprikosenbäumen ganz schlecht wurde. Wenn, dann. Untergeordnete Konjunktionen. Auch Subjunktionen genannt. Sein Kopf dachte immer gleich alles mit, er konnte nichts dagegen tun. Wenn er also mutlos wurde, dann erinnerte er sich an das Glück, das er gehabt hatte. Er lebte. Nun wollte er nach vorn schauen. Aabid richtete seine Gedanken bewusst auf schöne Dinge, glückliche Momente. Deshalb schlief er nicht gern. Während des Schlafens gingen seine Gedanken auf ihre eigene Reise. Sorayas grünes Kleid mit goldfunkelnden Ornamenten, darauf getrocknetes Blut, der Geruch von Angst und Schweiß, Babas zerbeulte alte Cordhose, nachlässig über den Sessel geworfen. Weißes Leinentuch. Mamas Schreie. Herzen, die zerreißen. Dunkelheit. Wasser. Der Geruch von Erbrochenem und Kot. Panik. Beten. Wehklagen. Beten. Kreischen. Keine Luft mehr. Beten. Sterben …

Fragmente zwischen Wahrem und Imaginärem, Erlebtem und Erinnertem, Vergangenheit und Gegenwart.

Frau Sund: „Möchtest du über deine Erlebnisse in Syrien sprechen?“

Aabid: „Nein.“

Frau Sund: „Gut.“

„Bei der flüchtigen Zeit! Wahrlich, der Mensch ist verloren, außer jenen, die glauben und Gutes tun und sich gegenseitig zur Wahrheitsliebe anspornen und einander zum Ausharren mahnen.“

Fünfmal am Tag sprach Aabid diese Worte aus dem Koran. Seine Überlebensformel.

Auch an diesem Morgen hatte sich Taja im Bus ganz nach hinten gesetzt. Sie hielt, wie immer, den Platz neben sich für ihn frei und strahlte ihn an.

„Hey, Aabid. *Apocalypse Now*, unsere erste Prüfung. Und in fünf Wochen raus aus dem Irrenhaus. Dann kann das Leben beginnen.“

Aabid sah belustigt auf ihre Schuhe. Taja hatte ein Paar ausgelatschte Vans mit Erdbeeren an. An ihr mochte er diese komischen Schuhe, genauso wie ihm das übergroße weiße Männerhemd und der azurblaue Blazer gefielen. Bei Taja sah alles hipp und abgefahren und auch irgendwie süß aus.

„Du sagst ja gar nichts. Hast du etwa Angst vor heute? Bleib cool, Aabid. Du beherrschst Deutsch besser als die meisten in unserer Klasse. Wirklich. Keiner hat mehr Ahnung von dem ganzen Grammatikscheiß als du.“

Kichernd hatte sie noch ergänzt: „Außer vielleicht ich.“

Taja hatte wohl recht. Wenn man eine Sprache beherrschen will, muss man komplett in sie eintauchen. Aabid hatte sich regelrecht in sie verbissen und beherrschte das Regelwerk, wenn er Zeit zum Nachdenken und Formulieren hatte, mittlerweile fast so präzise wie ein kleiner Sprachcomputer. Und doch war wohl Taja seine größte Hilfe beim Deutschlernen gewesen. Denn sie half ihm, seine Hemmungen auf Deutsch zu sprechen zu überwinden. Ihre Freundschaft war schuld, dass er sich nicht mehr an seine arabische Sprache klammerte, sondern sich der neuen öffnete. Er wollte Taja verstehen und er wollte mit ihr reden. Das war alles. Fast alles. Denn eigentlich wollte er ihr auch irgendwann einmal sagen, dass ihre gemeinsamen Fahrten im Bus für ihn die absoluten Höhepunkte des Tages waren. Aber noch war er dafür viel zu scheu.

Die Klasse war gemächlich in die Aula gepilgert. Ungewohnt zögerlich und doch von einer flüchtigen Kraft angetrieben. Aabid hatte sich in die vorletzte Reihe ans Fenster gesetzt, nachdem ihn Philipp von seinem Platz an der Tür weggejagt hatte. Er hatte wortlos seine Sachen gepackt und war nach hinten gegangen. Nach Möglichkeit vermied er Konflikte genauso wie Menschenmassen oder zugesperrte Räume. Frau Sund hatte die Fenster geöffnet und man hörte von draußen das Vogelgezwitscher. Wenn er die Augen schloss, machte es keinen Unterschied, ob er in Deutschland oder in Syrien in der Schule saß. Vogelzwitschern und Prüfungsangst gab es an allen Schulen dieser Welt.

Die löste sich auf, als er den Zettel mit den Prüfungsthemen in den Händen hielt. Konzentriert hatte er die Themen durchgelesen. Einmal und noch einmal und ein drittes Mal. Dabei wusste er schon längst, für was er sich entscheiden würde. Am liebsten hätte er vor Erleichterung laut geschrien. So was wie *Yeah* oder *Hurra* oder auch *Abdullah*, Wörter, die er sonst nie benutzte. Er suchte Tajas Blick. Bingo. Mit einem breiten Lächeln, dahinter eine Reihe der weißesten und ebenmäßigsten Zähne, die er jemals gesehen hatte, machte sie das Daumenhoch-Zeichen in seine Richtung. Aabid streckte seinen Zeigefinger und Mittelfinger aus und spreizte sie zu einem ‚V', auf den Lippen ein Lächeln.

Sorgfältig, mit fast liebevoller Konzentration, schrieb er in Großbuchstaben das Wort ZUKUNFT in die Mitte. Danach setzte er seine Gedankenstriche. Akkurat. Nicht kreuz und quer, wie Frau Sund ihnen geraten hatte.

„Lasst euren Gedanken freien Lauf. Schreibt auf, was euch einfällt. Euer Gehirn schafft verblüffende Querverbindungen, ihr werdet erstaunt sein. Ordnen und Ausmisten kommt später. Erst müsst ihr tief schöpfen."

Aabid mochte kein kreatives Kreuz und Quer. Chaos und Durcheinander bereiteten ihm Unwohlsein.

Es löste bei ihm die Angst aus, er könne sich in seinem Gedankenlabyrinth verlaufen und aus Versehen an Türen klopfen, die er lieber für immer verschlossen halten wollte.

Die Wahrheit war, es gab nichts, worüber er die letzten Monate mehr nachgedacht hatte als über seine Zukunft. Weil er um ihre Zerbrechlichkeit wusste, war sie für ihn das Kostbarste.

Unter das dick unterstrichene Wort setzte er präzise Gedankenstriche. Danach schrieb er mit ebenmäßigen Druckbuchstaben:

Gedankenstrich 1: Alle Prüfungen bestehen

Dafür hatte er gelernt und gelernt und gelernt. Schade, dass man Verben nicht steigern kann. Lernen – lernter – am lerntesten. Geht doch.

Gedankenstrich 2: Abitur ablegen

Aabids Gedanken schweiften zu dem Vorstellungsgespräch an der weiterführenden Schule. Der Rektor. Jugendlich, locker, in Jeans und Turnschuhen.

„Das sieht ja gut aus, junger Mann. Wenn Sie die 10. Klasse nur annähernd so abschließen wie die 9. hier, dann werden Sie für unsere Schule wohl ein richtiger Leistungsträger werden. Alles Gute dafür und bis bald hoffentlich.“

Nach einem kurzen Zögern hatte er noch hinzugefügt: „Darf ich Sie fragen, ob Sie schon wissen, was Sie nach dem Abitur studieren möchten?“

Sein neugieriger, forschender Blick.

„Ich möchte Pharmazie studieren.“

Frau Sund hatte recht. Seine Gedanken wanderten hierhin und dorthin und doch folgten sie einem imaginären *Roten Faden*.

Gedankenstrich 3: Studium

Lange Zeit wollte er Arzt werden wie al-Babba. Jetzt konnte er kein Blut mehr sehen. Er konnte es einfach nicht sehen.

Gedankenstrich 4: Eigene Apotheke

Am liebsten in seiner Heimat. Damaskus. Aabids Gedanken begannen zu trudeln. Sie kreiselten zu einem wilden Wirbel. Es tat weh in seinem Kopf. Denn die Wahrheit war, dass seine Erinnerungen immer mehr verschwanden und sein altes Leben weit entfernt schien. Er war ein Fremder hier und dort. Hastig setzte er den nächsten Gedankenstrich.

Gedankenstrich 5: Familie und Freunde

Aabid richtete sich auf. Er sah auf den Hinterkopf von Mile. Dessen rotblonder Iro strubbelte in alle Richtungen. Davor der breite, etwas quadratisch aussehende Schädel von Matze. Charlie und Nik, Toni, Philipp und Aaron und die Mädchen, eins davon besonders. Sie hatten sich vor ihn gestellt, als ihn ein paar Typen von der Zehnten damals nach der Schule abgefangen hatten. Es war die Zeit nach den sexuellen Übergriffen in der Silvesternacht von Männern auf Mädchen und Frauen in Köln. Später stellte sich heraus, dass diese Männer vorwiegend aus nordafrikanischen Ländern kamen, aber da spielte es schon keine Rolle mehr. Nordafrika und Syrien sind in etwa so weit voneinander entfernt wie Husum und München. Und Aabid war von diesen Männern ungefähr so weit entfernt wie eine Galaxie von der anderen. Aber mit dieser Nacht fanden Vorurteile ihre Bestätigung und Ausländerfeindlichkeit ihre Legitimation. Auch hier im Dorf und in seiner Schule. Aabid vermutete, dass die Attacke von diesen Jungs, mit denen er bisher nie ein Wort gewechselt hatte, gar nicht viel mit ihm zu tun hatte. Aber er konnte die Wut und Angst und auch die Unsicherheit fühlen. Sinnlos, ihnen etwas zu erklären. Der erste Schlag ins Gesicht, der zweite in den Magen. Er hatte sich zusammengekrümmt. „Verschwinde dahin, wo du hergekommen bist", keuchte ihm jemand ins Gesicht. Unerwarteterweise hatte Aabid keine Angst. Er fühlte sich lediglich hilflos. Fünf oder vielleicht sechs Typen standen um ihn herum und ihm blieb eigentlich nur ein Ausweg: wegrennen. Aber noch krümmte er sich vor Schmerzen und japste nach Luft. Er konnte die bösartige Ruhe spüren. Langsam richtete er sich auf. Da sah er sie. Vorneweg Mile und Nik. Aarons Stimme, ruhig und beherrscht.

„Das ist unser Kanake. Also verpisst euch."

In diesem Moment sah Aabid in Aarons Augen, was die meisten Menschen dazu brachten, sich nicht mit ihm anzulegen. Es war Unbeirrbarkeit. Und eine Kaltblütigkeit, die ihm im Nachhinein erschaudern ließ. Ihm rann der heiße Schweiß über den Rücken und für einen kurzen Augenblick wurde ihm schwindlig. Aber es war nicht so schlimm, wie er befürchtet hätte. Es war ein Gefühl, als wäre er mit einem Fallschirm gesprungen und nun gelandet.

Das Schicksal hielt offenbar etwas anderes für ihn bereit. Seine Ängste und Zweifel hatten sich in den Lüften verfangen und die Erde nahm ihn in ihren Schoß.

Er sah zu Taja. Es sah aus, als würde sie sich auf ihrer Schulbank sonnen. Fast genüsslich hatte sie den Kopf Richtung Fenster gewandt und hielt dabei die Augen geschlossen. Sie war genauso ein Sonnenmensch wie er. Sonnenmensch, Lichtmensch, Wärmemensch. Er hatte keine Ahnung, ob es diese Wörter gab. Aber sie gefielen ihm. Es war ihm lange schwergefallen, wieder Gefallen an etwas zu finden. Aber allmählich schien er sich wieder zu erinnern. Auch daran, wofür das Leben eigentlich da war.

TAJA

Sie war glücklich und gleichzeitig auch nicht. Taja schürzte etwas trotzig die Lippen. Sie war eben fertig, da biss die Maus keinen Faden ab. Dreimal hatte sie ihren Aufsatz nun durchgelesen, einige Stellen noch einmal überarbeitet und für „Erledigt“ befunden. Was sollte sie jetzt noch hier rumsitzen? Den anderen beim Schreiben zusehen? Draußen war die wirkliche Welt und für Taja war sie voller faszinierender und aufregender Geheimnisse, die nur darauf warteten, ergründet zu werden. Aber sie ahnte, dass Frau Sund ihren Aufsatz noch nicht annehmen würde.

„Schlaf noch mal drüber“, würde sie ihr sagen und dabei dieses verschwörerische Sund-Grinsen aufsetzen. Dagegen war man immer irgendwie wehrlos.

Taja musste lächeln. Auch sie hatte so ’ne Art ‚Geheimplan‘. Keinen „Was werde ich, wenn ich groß bin“-Plan, sondern einen „Wie werde ich der, der ich sein will“-Plan. Ihr Vater war fast ausgeflippt, als sie ihren Eltern um die Ohren geworfen hatte, dass sie keineswegs ihr Abi machen würde. Es gab in letzter Zeit häufig Streit und nie ging es um Existentielles. Meist hängte er sich an den immer gleichen unwichtigen Alltagsscheiß auf. Liegengelassene Joghurtbecher, laute Musik bei offenen Türen, laute Musik bei geschlossenen Türen, Brettchen, die man sich gefälligst zum Schmieren von Broten nehmen sollte, ihre Sporttasche im Flur und Flaschen, die weggebracht werden sollten. Ihre Eltern waren Spießer, denen neue Gartenstühle wichtiger waren als die Tatsache, dass die Welt langsam den Bach hinunterging.

„Abi mach ich sowieso nicht, das könnt ihr euch abschminken." Schockmoment. Eigentlich wollte sie den richtigen Zeitpunkt abgepasst haben und hatte schon sorgfältig vorbereitet, wie sie es ihren Eltern beibringen würde und dann platzte es einfach aus ihr heraus. Kein Abi. Kein Studium. Kein Gartenstuhl. Leben. Atmen. Frei sein. Keinen Erwartungen entsprechen, nur ihren eigenen. Deswegen war sie froh, dass sie bald von den Widerwärtigkeiten der Schule erlöst sein würde. Die schien ihr nicht der richtige Ort zu sein, sich zu dem Menschen zu entwickeln, der sie sein wollte. Dogmatische Prinzipienfestigkeit. Das erste Erlebnis damit hatte sie in der 1. Klasse. Taja war sechs Jahre alt und bestand im Kunstunterricht darauf, ihre Sonne blau zu malen. Nicht gelb oder rot oder orange, wie ihr die Lehrerin anriet. Taja hatte geheult, als sie ihr Blatt mit einem „Miese Smiley“ auf der Rückseite zurückbekam. Daneben stand in schönen Buchstaben, flammendrot und warnend:

„Taja sollte unbedingt lernen, Ratschläge und Hilfestellungen anzunehmen.“

Ich hasse meine Lehrerin, war das Erste, was Taja dachte. Ich hasse sie. Tut, als wäre sie meine Freundin und dabei ist sie so blöd. So blöd wie die ganze Blödschule.

Die Schule fing böse an, mit Enttäuschung und Verdrossenheit. Aus lauter Trotz wurde Taja eine „Einserschülerin“. In ihren ersten Sommerferien verfilzte sie sich die Haare und saß ab der 2. Klasse mit Dreadlocks in der ersten Reihe. „Man sieht nur mit dem Herzen gut“, zitierte sie mit rausgestrecktem Bauch aus *Dem kleinen Prinzen* und zeigte jedem, der es sehen wollte, die zerfledderte Ausgabe, die sie überall mit sich rumschleppte. Und sie benahm sich andauernd daneben, aber niemand sagte was. Taja die Widerspenstige. Die Schlaue. Die Macherin. Klassensprecherin, Schulsprecherin. Sie liebte es, die Dinge fundamental neu zu denken. Sich selbst auch. Dabei war sie völlig angstfrei. Taja hatte viele Talente, aber ihr größtes war wohl ihre Fähigkeit, glücklich sein zu wollen.

Kein Abitur.

Sie erinnerte sich an die endlosen Diskussionen, als es um die Schulwahl nach der Grundschule ging. Für ihren Vater war klar, dass sie das Gymnasium besuchen würde.

„Taja, du wirst dich dort wohlfühlen. Auf dieser Schule lernen nur Kinder, die so schlau sind wie du."

Aber Taja hatte sich geweigert. Sie wollte nicht mit einem Bus frühmorgens in die Stadt fahren und abends wieder zurück. Sie wollte nicht in eine Schule, auf der sie niemanden kennen würde und sie niemand kannte. Und am allerwenigsten wollte sie ohne Fiona sein. Da ihre beste Freundin hierblieb, würde auch sie hierbleiben. Ende der Diskussion.

Ihr Vater hatte dann schließlich zähneknirschend eingewilligt, es blieb ihm nichts anderes übrig.

Ihre Mutter hatte ihn gemeinsam mit Frau Kleese, ihrer Klassenlehrerin, davon überzeugt, dass man immer und immer und immer das Abi dranhängen könnte. Und dass es Taja ganz gewaltig schaden könne, sie ohne ihr Einverständnis aufs Gymnasium zu schicken und aus ihrem vertrauten Umfeld herauszureißen. Wenn Taja ehrlich war, war ausschließlich Fiona ihr ‚vertrautes Umfeld', auf die anderen hätte sie auch verzichten können. Aber sie hatte keine Lust, sich unnötig zu mühen. Den ganzen Tag nur für die Schule zu verplempern, schien ihr unverhältnismäßig. Hier war sie der Überflieger, ohne sich plagen zu müssen und ihr Leben dafür zu ruinieren. Sie lernte überdurchschnittlich schnell und begriff den Schulstoff spielend und hatte nun auch weiterhin Zeit, sich intensiv mit den Dingen zu beschäftigen, die sie wirklich fesselten. Tierrechte, Mangas, Hypnose und mentale Beeinflussung, Phänomene der menschlichen Wahrnehmung. Eine leidenschaftliche Neugier war das simple Geheimnis ihrer Begabungen und Talente. Es war klar, dass jeder von ihr erwartet hatte, dass sie studieren würde. Noch vor ein paar Monaten war sich auch Taja absolut sicher, ungeachtet dessen, dass sie sich noch für kein Studienfach entscheiden konnte.

Kein Studium.

„Und was wirst du nach der Schule machen, Taja?“, hatte ihr Vater sie mehr angeschrien als gefragt.

„Herausfinden, was ich machen werde“, hatte sie mit heiserer Stimme zurückgeschrien.

Dann hatten sie sich minutenlang angestarrt. Wie Fremde. Voller Wut und Unverständnis. Mit verletztem Stolz. Seine Fassungslosigkeit war in Empörung und dann in Wut übergegangen. Enttäuschung auch bei Taja.

Wie konnte ihr Vater glauben, dass sie ihre Talente vergeuden würde? Warum hatte er kein Vertrauen in sie, immerhin hatte er sie doch sechzehn Jahre aufgezogen und war nicht ganz unschuldig daran, dass sie jetzt war, wie sie war. Warum verstand er nicht, dass sie erst herausfinden musste, wer sie werden wollte, um dann ihren Platz in dieser unübersichtlichen Welt zu finden? Wann war er ihr so fremd geworden, ihr Vater, der Superheld ihrer Kindheit? „Verdammt, du bist erst sechzehn.“

„Ja, genau das ist das Problem.“

Ihre Stimme hatte keinen Klang und hörte sich fremd an. Es war eine ungeheure Befreiung, den Stuhl zurückzuwerfen, die Tür aufzureißen und die Treppe hinunterzurennen. Ihr Vater sprach drei Wochen nicht mehr mit ihr und Taja kam zu der Erkenntnis, dass sie ihren Vater genauso hassen konnte, wie sie ihn liebte.

Solange sie lebte, würde sie nie verstehen, warum die meisten Erwachsenen einzig aus der Tatsache heraus, dass sie älter waren, annahmen, dass ausschließlich sie die richtigen Entscheidungen treffen könnten. Entscheidungen, die über jede Kritik und jeden Zweifel erhaben waren. Nachdenklich betrachtete sie ihr neugestochenes Tattoo auf der Innenseite ihres linken Unterarms, eine kleine rote Welle. Die Assoziation zum Naruto-Symbol hatte sie bewusst gewählt. Dann glitt ihr Blick über die Tischreihen. Wie alle scheinbar das Gleiche taten. Wie sie schrieben und durchstrichen, blätterten, hochschauten und die Köpfe wieder über ihre Arbeiten senkten. Wie sie an Stiften kauten und die Stirn in Falten legten.

Wie sie glaubten, dass von dieser Prüfung ihr Leben abhängen würde. Eingetrichtert von ihren Eltern und Lehrern, die meinten, sie auf *Spur bringen* zu müssen. Teenager, Teenies, katastrophaler noch *Pubertiere* – Sammelbegriff für Menschen ihres Alters. Gleichzusetzen mit unverschämt, launisch, aufmüpfig, hinterhältig, hasserfüllt, schikanös, beleidigend. Hassten die Erwachsenen ihre eigene Vergangenheit so sehr?

Plötzlich tat es weh und ein Anflug von Panik erfasste sie. Hilflos lauschte sie der Stille. Jetzt rutschte die Morgensonne in die Fenster der Aula und der Wechsel von Schatten und Licht ließ Taja erschaudern. Die blaue Sonne. Blassgrüne Bänder, die am blutroten Himmel tanzten. Ihr unruhiger Blick glitt zu Mile. In seiner Welt wurde sie mit Dingen konfrontiert, die sie atemlos machten. Es war, als könne er ihr mit seinem klaren konzentrierten Blick bis in ihr Innerstes schauen. Sich mit ihr verbinden. Bei diesem Gedanken bekam sie Herzklopfen und Atemnot. Seit ihrer Begegnung fühlte sie eine Glut in sich, die nur darauf zu warten schien, lodernd in Flammen aufzugehen.

Normalerweise lief sie im Dunkeln nicht allein durch den Stadtpark. Aber sie hatte nach dem Gardetanz-Training einfach die Zeit vergessen. Eines der Mädchen hatte Geburtstag gehabt und gemeinsam aß man Donuts und irgendwer drehte die Musik lauter. Sie tanzten ausgelassen und plapperten durcheinander ohne Sinn. Nach dem anstrengenden Tanztraining war diese Spontanparty genau das Richtige zum Runterkommen. Als der Hallenwart kam, um die Turnhalle abzuschließen, musste sie erschrocken feststellen, dass es schon spät war. Richtig spät, ärgerkriegend spät. Deshalb hatte sie sich für den kürzesten Weg zur Straßenbahnhaltestelle entschieden, auch wenn sie damit eine Abmachung mit ihren Eltern brach. Anyway, wenn sie sich beeilte, würde sie vielleicht ihre Straßenbahn noch kriegen.

Es war kalt und der Novemberwind pfiff durch die fast blätterlosen Wipfel. Die alten Baumriesen sahen finster aus, knorrig und schwarzklauig und hinter jedem Busch schien irgendwas oder irgendwer zu lauern. Leichtfüßig sprang Taja über die schwarzen Pfützen und schnitt eine Grimasse.

Es gab überhaupt keinen Grund sich zu fürchten, einen rationalen schon gar nicht. Wer, um Himmels willen, würde bei diesem Miesewetter hinter einem Busch lauern und darauf warten, dass jemand zum Ausrauben, Vergewaltigen, Abstechen, Entführen ... stopp jetzt ..., andere Gedankenrichtung einschlagen. Was war bloß los mit Fiona? Die war wieder nicht zum Training gekommen, eigentlich könnte sie sich auch abmelden, so selten sie nur noch dabei war. Es passte gar nicht zu Fiona, dass sie nicht wenigstens vorher Bescheid gab. Taja wusste, dass Fiona wie betäubt vor Angst und Sorge um ihren Großvater war. Doch darunter spürte sie, dass ihr etwas Wichtiges entging. Etwas, dass es unmöglich machte, dass die alte Vertrautheit zwischen ihnen wiederhergestellt würde. Taja zog ihr Handy aus der Hosentasche und schaute aufs Display. Keine Nachricht. Gerade, als sie ihr Handy ans Ohr legte, um Fiona anzurufen, hörte sie die Musik. Die Töne flatterten durch den Wind zu ihr und versetzten sie in ungläubiges Staunen. Da stand Mile mit seiner Gitarre an der Brücke und spielte. Es klang *schön* und sie hätte schwören können, noch nie in ihrem Leben so etwas jemals gehört zu haben. Als er zu singen begann, fühlte sich Taja wie eine Blinde, die zum ersten Mal etwas sehen konnte.

Verrückt, das war ihr erster Gedanke gewesen. Und ihr zweiter: Hör bitte nicht auf zu spielen.

„Echt jetzt?“ Halb belustigt, halb verächtlich hatte er ihre Tanzstiefel angehoben, die an ihrem Rucksack baumelten. Schneeweiß, unübersehbar, ein Narren-Artefakt.

„Hebst du immer noch die Beine im Takt?“

Seine unverhohlene Geringschätzung traf sie mehr als sie geglaubt hätte. Normalerweise hätte sie eine schlagfertige Antwort parat gehabt oder ihm laut ins Gesicht gelacht. Taja lachte echt gern, auch oft und manchmal setzte sie ihr Lachen auch erfolgreich als Manipulator ein. Die meisten Menschen reagierten darauf bereitwillig freundlich, ja, verbündet. Aber jetzt erinnerte sie sich nicht mehr daran. Überlaut hörte sie ihren eigenen Herzschlag und ihren raschen kurzen Atem, der sie etwas benommen machte. Irgendetwas hatte sich gerade verändert und sie konnte es nicht beschreiben, nicht mal sich selbst, am allerwenigsten sich selbst.

Es fühlte sich an, als ob sie ein bisschen verrückt wurde. Das machte sie zornig und wütend zugleich. Es gab für alles eine logische Erklärung und diesen komischen „Das ist nun mal die Pubertät"-Scheiß ließ sie nicht gelten. Sie hatte seit 4 Jahren ihre Periode, ihre Brüste waren gewachsen und nun seit einem Jahr offensichtlich fertig damit, ihre Stimme hatte sich verändert und ja, auch ihre Behaarung. Umbauprogramm abgeschlossen. Pubertas praecox. Das klang anstößig und bedeutete doch nur so viel wie verfrühte Pubertät. Aber warum fühlte sie sich, als hätten sich zwei Schmetterlinge auf ihre Schultern gesetzt und würden sie sanft anheben? So unwirklich, schwebend, leicht benommen. Auch ein wenig zittrig. Vielleicht träumte sie. Das passierte ihr manchmal. Also, dass sie im Traum wusste, dass sie träumte. Aber es war ihr noch nie im Traum passiert, dass sie nicht aufwachen konnte, wenn sie aufwachen wollte. Sie hatte auf diesem Gebiet herumexperimentiert, weil sie es verschwendet fand, wie viel Zeit man zum Schlafen vergeudete. Luzides Träumen – das schien die Lösung zu sein. Taja trainierte es besessen und war eine ganz passable Klarträumerin geworden, auch wenn sich die erhofften Erfolge noch nicht ganz einstellten. Englischvokabeln lernte sie immer noch am schnellsten, wenn sie munter war.

Sie schlang ihre Arme um ihren Körper und spürte ihr Zittern. Ihr war kalt, aber gleichzeitig spürte sie, wie ihr das Blut ins Gesicht schoss. Nein, sie träumte nicht. Diese Begegnung war trotz aller Unwirklichkeit real. Sie entschloss sich, wegzurennen.

„Ich muss weiter, Mile. Meine Straßenbahn fährt gleich und ich bin schon echt spät dran."

Sie lachte wacklig. Prüfend sah sie ihm ins Gesicht und suchte nach den vertrauten Zügen ihres alten Schulkumpels. Mile, der immer leicht schief auf seinem Platz saß, langbeinig, lässig, das Gesicht meist unter einem Kapuzenpulli versteckt. Taja konnte sich nicht erinnern, ihn jemals ohne Kopfhörer gesehen zu haben, auch nicht ohne seine Lederjacke, die mindestens schon tausend Jahre alt sein musste, abgeranzt und speckig wie sie aussah. Aber jetzt stand ihr ein junger Mann gegenüber und er sah gut aus, verdammt gut. Taja war überrascht. Wie konnte ihre Wahrnehmung so anders geworden sein?

Was sie erst später herausfand, war die Tatsache, dass sie sich nicht in Mile verliebt hatte, sondern in seine Innerlichkeit. In seine Hingabe, seine Leidenschaft. Er war wie sie, nur in Mile.

Nicht lange nach dieser Begegnung verbrachten Taja und Mile viel Zeit miteinander. Sie ließen nie wieder den Zufall entscheiden, ob und wann sie sich trafen. Am Anfang hatte Taja noch befürchtet, sie würde ihm auf die Nerven gehen, wenn sie ihn fragte, ob sie sich sehen könnten.

„Du würdest mir schon sagen, wenn du nicht mit mir zusammen sein willst?“, hatte sie ihn gefragt und ärgerlich bemerkt, dass ihr seine Antwort nicht egal war. Es schien, als hätte sie ihre ganze Selbstsicherheit im Park liegengelassen.

Mile lachte leise und hatte leichthin geantwortet: „Darüber machst du dir Sorgen?“
Sie biss die Zähne zusammen.

„Ich weiß, es ist jämmerlich.“ Jede Zelle ihres Körpers war angespannt. Sie war es nicht gewohnt, sich so schutzlos zu fühlen und nahm sich das übel.

Instinktiv hatte sie die Hände zu Fäusten geballt und mit dem Fuß aufgestoßen.

Miles Lächeln wurde noch breiter.

„Gefühle zu zeigen ist nicht jämmerlich, Taja. Es macht nur angreifbar."

Sein offener Blick war klar und anziehend. „Ich bin gern mit dir zusammen."

„Das ist irgendwie komisch."

„Was?"

„Na das hier. Wir gehen seit 5 Jahren in dieselbe Klasse und jetzt auf einmal sehe ich dich."

Mile schüttelte den Kopf.

„Da ist ein Widerspruch drin."
„Was meinst du?"

„Du hast mich gesehen, wie du mich sehen wolltest. Genauso machst du es jetzt. Innen bin ich immer derselbe geblieben."

Sie schüttelte den Kopf.

„Nein, ich habe dich einfach nicht gesehen.“

Mile war von Geheimnissen umgeben und je näher sie ihn kennenlernte, umso mehr wollte sie erfahren. Manchmal waren sie bei ihm zu Hause, vor ihrem Training, dann saßen sie auf dem Fußboden und hörten Musik oder Mile spielte und sie wühlte in seinen Bücherbergen, die überall herumlagen. Es war eine eigenwillige Sammlung, von Marx bis zu „Winnie Pu“, die nur noch übertroffen wurde von den unzähligen CDs, verblüffend sorgfältig in einem Ständer sortiert.

„Die Musik ist das, was mich am Leben und im Leben hält“, hatte er irgendwann später zu ihr gesagt. Er gab ihr seine Playlist und sie hörte seine Musik. Die meisten Texte waren leidenschaftliche Appelle an Mitmenschlichkeit und Gerechtigkeit. Miles Stimme, die warm und tief war, fast zärtlich, stand im krassen Gegensatz zu den aufrührerischen Texten. Mile war bekennender Anarchist. Bisher hatte Taja Anarchismus nur mit Gewalt und Zerstörung gleichgesetzt, nun lernte sie, dass er das Gegenteil davon war.

„Man kann nur bei sich selbst anfangen, die Welt zu verändern."

Bei ihm hörte sich dieser Spruch nicht ausgeleiert an, sondern aufrichtig. Aufrichtigkeit gegen Aufrichtigkeit, Ehrlichkeit gegen Ehrlichkeit. Taja offenbarte zum ersten Mal in ihrem Leben einem Jungen ihre Seele. Ihre Gespräche waren besonders, tief, in alle Richtungen streuend. Mile war klug. Menschlich klug. Außerdem war er cool. In der wahrsten Bedeutung des Wortes. Nie hatte sie einen Menschen getroffen, der sich völlig unspektakulär in diese Welt einfügte und ihr einen Nutzen gab. Er sprach nur einfach nicht darüber.

Eine von Tajas Neigungen war, mehrere Bücher gleichzeitig zu lesen. Als sie sah, dass er dasselbe machte, fühlte sie erneut ihr Herz. Es flüsterte ihr zu, dass sich ihre Wege schicksalshaft gekreuzt hätten. In der Klasse gab Mile nicht viel von sich preis, umso mehr fühlte sich ihre Freundschaft exklusiv an. Fiona war der Meinung, dass es keine Freundschaft zwischen Jungen und Mädchen geben könne.

„Irgendwann kommt immer das andere mit ins Spiel.“

Taja hatte sie verblüfft angeschaut. „Was meinst du?“

„Du weißt schon. Das andere. Rummachen und knutschen und Sex und so.“

Fiona wirkte genervt. So, als würde sie sagen, die Welt ist rund und Taja entgegensetzen, die Welt wäre eine Scheibe.

„Männer sind Schweine“, begann Fiona zu singen.

„Das ist Blödsinn, Fi. Wir sind doch keine hormongesteuerten Zombies. Auch Jungs nicht. Ich hab ’ne Menge Freunde, die Jungs sind. Aabid zum Beispiel. Ist ’ne coole, unkomplizierte Freundschaft. Da läuft gar nichts und wird auch nie was laufen. Genauso mit Mile. Wir können gut miteinander quatschen, das ist alles.“

„Na, wenn du dir so sicher bist.“

Fiona war gereizt und missgelaunt, das hatte Taja bemerkt und sie vermutete, dass es mit Nik zusammenhing. Aber es fiel ihr schwer, ihrer Freundin zu grollen, erst recht, wenn sie selbst so glücklich war. Sie hatte schon immer das Glück, Glück zu haben. Fionas Leben jedoch war im Moment von vielen Kümmernissen überschattet. Taja hatte sich in Zurückhaltung geübt, obwohl es ihr nicht leichtfiel. Sie sah ihren Schmerz und ihre Verletztheit und hätte sich gewünscht, dass Nik es auch gesehen hätte. Sie hasste es, dass er Fiona manchmal wie Dreck behandelte. Sie fand nicht das richtige Wort dafür, so arschlochmäßig? Aber Nik war kein Arschloch, eigentlich gar nicht. Trotzdem kriegte er diese Sache einfach nicht auf die Reihe.

„Ich *bin* mir sicher", hatte sie ihrer besten Freundin ins Gesicht gelacht und sie herumgewirbelt.
„Ich könnte T-Shirts verkaufen mit dem Aufdruck: *Taja ist sich sicher*. Und noch welche mit: *Liebe in die Welt*. Dann ist alles geritzt."

Aber ganz so sicher war sie sich nicht mehr. Was sie wirklich für Mile empfand, würde sie erst wissen, wenn sie ihn geküsst hatte.

Licht und Duft des Sommers. In ein paar Wochen würde er da sein. Dann würde sie herausfinden, was sie machen würde. Prinzipiell machen würde. Ohne feste Prinzipien. Nur ein Lebensprinzip. „Alles ist möglich." Versonnen drehte sie an einer kleinen wirbelnden Locke. Mit jeder Sekunde, die verstrich, verstrich ihre gemeinsame Schulzeit. In ihrem geistigen Blick sah sie jeden ihrer Klassenkameraden. Was würde aus ihnen werden? Was würden sie anfangen mit ihrem Leben oder andersrum, das Leben mit ihnen?

Sie rutschte auf dem Stuhl nach hinten und lümmelte sich gemütlich hin. Draußen wartete das Leben auf Taja und doch hatte sie beschlossen, bei ihren Freunden zu bleiben. Bei Fiona und Aabid, Elsa, Nik, vielleicht auch Toni und Charlie, Maria, die Scheue. Und Mile. Allein der Name löste eine heiße Welle von Aufregung in ihr aus.

MILE

Er war gar nicht so wahnsinnig aufgeregt, aber doch froh, dass die Prüfungen in den Hauptfächern schriftlich waren. Mile redete nicht gern. Nicht, weil er sich nicht auszudrücken wusste, sondern weil Worte, wie er fand, unvollkommen, missverständlich und mehrdeutig waren. Flüchtig gewählt oder falsch aufgefasst konnten sie zu Auseinandersetzungen, Zerwürfnissen, ja zu Kriegen führen. Gut, sie konnten auch wieder versöhnen, aber Tatsache war, dass Mile lieber schwieg, bevor er irgendein Gedöns in die Runde warf. Es gab ’ne Menge Leute, die sich gern reden hörten, da fiel seine Schweigsamkeit kaum auf. Er hatte ja nicht mal ’ne Ahnung, ob die Menschen ihn überhaupt bemerkten. Wenn er genug vom Weltgelaber hatte, setzte er seine Kopfhörer auf und versank in seine vertraute Welt der Musik. Eine abgefahrene und grenzenlose Welt, in die man alles hineinpacken konnte. Gedanken, Gefühle, Seelenleben. Musik war sein geheimer Ort. Seit er dreizehn war, schrieb er Texte und versuchte sich an eigenen Kompositionen, aber er erzählte niemanden was davon. Gestern Abend hatte er noch lange an einem Text gesessen. Es ging dabei um einen Jungen, der mit einem Mädchen Sex haben will, aber nicht weiß, wie er es anstellen soll. Gegen elf ist er dann ins Bad geschlichen, mit einem

Käsetoast in der Hand. Manchmal bekam er nochmal mitten in der Nacht mordsmäßigen Hunger, was sollte er machen? Müde, aber sehr zufrieden mit sich und der Welt, drehte er sich dann in seiner Decke ein und es dauerte ungefähr fünf Minuten und er schlief tief und fest.

Nun saß er in der Aula. Im Moment fühlte sich alles friedlich an. Von ihm aus könnte Schule immer so sein. Ruhig, jeder für sich arbeitend. Keine zeitverschwendenden Schülerpräsentationen, keine nervigen Gruppenarbeiten. Fakt, jeder, wirklich jeder, hasste Gruppenarbeiten. Er musste daran denken, dass er nach der Schule wohl 'ne ganze Weile keine Gruppenarbeit mehr machen müsste. Vielleicht nie mehr. Mile lehnte den Kopf zurück und schloss die Augen. Für eine kurze Weile lauschte er den Geräuschen von draußen. Auch 'ne Art Musik. Am liebsten hätte er alle Fenster weit geöffnet und sich ausschließlich auf die Töne konzentriert, doch stattdessen musste er diesen Aufsatz fertigkriegen. Mile öffnete wieder die Augen und sah sich um. Alle arbeiteten, irgendjemand gab ein komisches Geräusch von sich, eine Mischung aus Husten und Räuspern, nur Taja hockte total entspannt rum, als wäre sie zu Hause auf der Couch.

Er warf ihr ein schnelles Lächeln zu und fühlte, wie er rot wurde. Taja. Der ganze Name war bereits Bejahung. Zwei Silben gefüllt mit Licht. Sie hatte Veränderung in sein Leben gebracht und die strikte Trennung von Schule und Privat unterbrochen. Man konnte es lächerlich finden oder auch seltsam, aber diese selbstgezogene Grenze verschaffte ihm Ruhe. In den 45 Minuten, die er von der Stadt zur Schule fuhr, hörte er Musik oder las oder schaute einfach aus dem Fenster. Wenn das Wetter es zuließ, fuhr er mit dem Rad, obwohl es meistens nur nervig war, sich durch den betäubenden Stadtverkehr zu quälen. Sobald er in der Schule war, ließ er sein Mile-Stadt-Leben zurück und sobald er die Wohnungstür aufschloss, ließ er sein Mile-Dorf-Schulleben zurück. Hier hatte er seine Kumpels, seine Familie, seine Musik, sein eigentliches Ich. Dort hatte er seine Klassenkameraden, die Lehrer, unzählige Schulveranstaltungen und sein Schul-Ich. Und dann tanzte Taja mit ihren lächerlichen Gardestiefeln und einem Lachen diese Grenze einfach so weg. Machte einen Schritt in sein Leben und dann noch einen, bis sich seine zwei Leben vermischten. Bleib mir vom Leib, Taja, hatte er am Anfang gedacht. Lass mich in Ruhe, in der Schule und in meinem echten Leben. Bis er sich einigermaßen verblüfft eingestehen musste, dass er sie vermisste, wenn sie sich längere Zeit nicht sehen konnten.

Heute Morgen war er, entgegen seiner Gewohnheit, mit Nervosität in allen Gliedern von selbst aufgewacht. Der Gedanke ans Aufstehen machte ihn nervös. Normalerweise nutzte er auch die allerletzten Sekunden aus, um seinen Kopf noch mal in die Kissen zu drücken, aber heute schwang er schwungvoll die Beine aus dem Bett. Seine Ma war schon zur Arbeit gefahren und hatte ihm einen Zettel neben sein Frühstück gelegt.

He, ich denk an dich und drück‘ dir alle Daumen. Kriegste hin. Wir sehen uns heute Abend, es gibt Pizza. Kussi, Mama.

Dad lag noch im Bett, er hatte Spätschicht und Mile und sein vier Jahre jüngerer Bruder versuchten so leise wie möglich zu machen. Mile mochte seinen kleinen Bro, den „Nervzwerg“, und meistens war er gern mit ihm zusammen, aber heute hatte er keinen Kopf für seine lästige Ausgelassenheit.

Als er sah, dass Basti seine Jacke anhatte, hatte er das starke Bedürfnis, ihm eine reinzuhauen. Es war schon unheimlich, auf was für Gedanken man kam, wenn man unter Strom stand, er selbst war über diese Reaktion erstaunt.

„Basti, zieh die Jacke aus und mach dich fertig. Wir müssen los."

Krachend ließ Bastian die schwere Lederjacke auf den Boden fallen.

„Wenn du mal angegriffen wirst, brauchst du nur deine Jacke über ihn schmeißen. Der steht nicht mehr so schnell auf, Wette drauf." Bastian band sich seine Haare im Nacken zusammen und packte die Brotbüchse ein. Ein gewitzter Blick zu Mile. „Wer von uns beiden schleift jetzt?", grinste er breit. Mile unterdrückte ein Lachen. Aber er ertappte sich dabei, im Kopf auszurechnen, wie lange er noch hier wohnen würde. Er liebte seine Leute wirklich, aber an diesen Morgen hätte er viel dafür gegeben, sich allein und ganz in Ruhe fertigzumachen. Musik hören, vielleicht noch mal seine Aufzeichnungen durchgehen, in Ruhe auf dem Klo sitzen. Aber so hatte er sich wieder mit Basti am Frühstückstisch verquatscht und nun musste alles sehr schnell gehen. Hastig versuchte er, seinen Iro noch ein wenig in Form zu bringen, aber gab es schnell wieder auf. Seine Haare waren einfach zu lang geworden, aber zum Nachschneiden hatte er keine Lust. Vielleicht ließ er sie ja auch einfach wieder wachsen, so wie Basti, dem sie mittlerweile über die Schultern gingen. Der Iro war ein Statement, aber ein anstrengendes Statement, zumindest, wenn man es eilig hatte. Nun zwirbelte er die langen Strähnen zu einem Zopf hinter die Ohren und wusste jetzt schon, dass er so niemals in die Schule gehen würde. Auf die dummen Sprüche von Toni oder Matze konnte er heute echt verzichten. „Dorf", dachte er mit leichter Geringschätzung. Aber dann fiel ihm ein, dass er Verallgemeinerungen hasste und auch die, die sie ständig benutzen, weil Verallgemeinern nichts anderes als die Fortsetzung von Schwarz-Weiß-Denken ist. „Alle Punks stinken." Egal jetzt. Für den Moment hatte er seine Haare gebändigt und nachher würde er sie irgendwie in Ordnung bringen ... ein wenig zumindest. Er fragte sich, wie die anderen heute wohl alle aussehen würden und ein Lächeln erhellte sein Gesicht. Taja im Kleid? Schwer vorstellbar. Er deutete seinem Bruder eine Kopfnuss an und schubste ihn aus der Wohnung. Belustigt sah er, wie

Basti die Treppen heruntergaloppierte. Früher hatten sie das um die Wette gemacht. Mit komischen Wiehergeräuschen und johlendem Lachen. Was für Kinder sie waren. Was für ein Glück, einen Bruder zu haben. Noch ein größeres Glück, der Ältere zu sein. Nachdenklich zog er die Tür hinter sich zu und holte sein Fahrrad aus dem Keller. Eigentlich ist das ganze Leben von Zufällen bestimmt. Das machte ihn etwas wehmütig. Auch der Gedanke, dass sein letztes Schuljahr nun fast vorbei war. Nur noch wenige Wochen, dann waren die Abschlussfeier und Abschlussfahrt. Alle waren schon irre mit den Vorbereitungen beschäftigt. Er hatte sich auch einspannen lassen und würde abends für die Musik und Technik verantwortlich sein. Die Playlist hatte er schon vor Tagen fertiggestellt, aber das mussten die anderen ja noch nicht wissen. Denn dann hätte er das Problem, dass jeder ihm irgendwie reinquatschen würde. Ein rascher Blick auf die Uhr. Mist, jetzt musste er aber echt Gas geben. Er ließ die schwere Haustür hinter sich zukrachen. Bäng! Wenn jetzt Vater nicht endgültig wach war.

Vorm Haus stand Basti und grinste breit. Wie die Grinsekatze aus *Alice im Wunderland*, fiel Mile ein. Und er war der verrückte Hutmacher.

„Mach's gut, großer Bruder."

„Mach's besser, kleiner Bruder."

Basti hob die geballte Faust. „Kämpferisch bleiben." Dann hatte er sich umgedreht und war gemütlich zur Straßenbahn geschlendert. Er ging hier in der Stadt auf 'ne Art Superschule für Mathegenies. Es war schon komisch, wie schnell sich alles ändern konnte. Vor ein paar Minuten noch hätte er seinen Bruder am liebsten erwürgt und jetzt hätte er ihn am liebsten umarmt. Oder sich gewünscht, dass er ihn in den Arm genommen hätte. Sie sich beide in den Arm genommen hätten. Ein wenig ratlos setzte er seine Sonnenbrille auf und schwang sich aufs Rad. Er musste lachen. Irgendetwas stimmte ganz offensichtlich nicht mit ihm. Aber darüber wollte er jetzt wirklich nicht nachdenken. Entschlossen radelte Mile in die entgegengesetzte Richtung los. Er war zwar kein Genie, aber das bisschen Deutsch würde er schon hinkriegen.

Als er die Schule betrat, sirrte die Luft vor Aufregung. Vor der Aula stand seine Klasse versammelt, aufgeteilt in kleine Grüppchen. Über dem Schulflur hing ein Klangteppich aus Gemurmel, leisem Lachen, Gewitzel und Nervosität. In einer Ecke entdeckte er Taja, die in eine intensive Unterhaltung mit Elsa verwickelt war. Mile kannte keinen Menschen, der mehr redete als Taja, aber komischerweise störte es ihn überhaupt nicht. Er mochte ihre Stimme, die nicht so mädchenhaft dünn war, sondern leicht und tief. Moll und Dur.

„Hey, du!" Mit einem kleinen Hopser winkte sie Mile zu. „Heute geht's los. Viel Glück."

Er setzte sein schiefes Grinsen auf und spreizte den Zeigefinger und den kleinen Finger seiner linken Faust. Geschmeidig hob er die Hand in ihre Richtung. Als sie ihm zur Antwort so weit es ging die Zunge rausstreckte, lachte er leise in sich hinein. Taja lernte wirklich schnell. Er hatte plötzlich das Bedürfnis, zu ihr rüberzugehen, um ihr nah zu sein und ganz viel von ihrer unglaublichen Energie, die er bis hierher spürte, aufzunehmen.

Eine Faust boxte ihn spielerisch in die Rippen. Nik, dachte er sofort, korrigierte sich aber gleich wieder. Nik roch nicht so nach ... Zigarette und leichter Bierfahne.

Er dreht den Kopf und sah in Matzes kleine blassblaue Augen. Auf seiner schmalen Oberlippe hatten sich Spucktröpfchen gesammelt.

„Na, Alter. War wohl viel Verkehr heute?“

Er verdrehte die Augen, offensichtlich wollte er mit dieser Bewegung etwas Bedeutungsvolles ausdrücken. Mit leichtem Ekel sah Mile, wie er sich mit der Zunge über die Lippen leckte.

„Ist einiges los gewesen, aber bleib mal cool, Digga.“

Sein genervter Tonfall störte Matze offenbar nicht, denn er begann ihn aufgeregt zuzutexten und Mile war erleichtert, als die Türen zur Aula geöffnet wurden. Eigentlich konnte Matze einem nur leidtun. Es war ein Wunder, dass er es bis hierhin geschafft hatte. Das hatte er dem Wohlwollen aller Lehrer eingeschlossen der Schulleitung zu verdanken. Die Sund hatte sich wohl bis zum Schluss dafür reingehangen, dass Matze jedes Jahr wieder mit in die nächste Klasse kam, wenn auch immer mit Hängen und Würgen. Wie durch ein Wunder hatte er seinen Hauptschulabschluss geschafft und trotz aller Widerstände würde er mit seiner Klasse nun in der Aula sitzen und die Prüfung schreiben.

Matze war nervtötend, fand Mile. Er hatte schon seit der 5. Klasse genervt und ging den meisten auch jetzt noch richtig auf die Eier, aber irgendwie nötigte er ihm auch ein bisschen Respekt ab. Matze war immer pünktlich, ja, superpünktlich. Er schuftete bei allen Arbeitseinsätzen an der Schule mehr als jeder andere und wenn man ihn um irgendwas bat oder fragte, konnte man sicher sein, dass man Hilfe von ihm bekam. Er war eben einfach nur ... dumm? Nicht klug? Begrenzt? Das Erstaunliche aber war, dass Matze ein totaler Praktiker war. Er stand, wie man so sagte, mit beiden Beinen fest im Leben und hatte von Dingen Ahnung, mit denen sich Mile noch nie beschäftigt hatte. Malern, Spachteln, Trecker fahren, Zeugs reparieren, kochen, mit Schrotflinten rumballern ... es stand außer Frage, Matze war lebenstüchtiger als die meisten in seiner Klasse. Aber er war und blieb Matze. Nervig in seiner hohlen Einfältigkeit.

Ein Atemzug. Mile hatte schnell überlegt und sich für Thema 2 entschieden. Er ließ nie zu, dass sein Verstand alles überkleisterte und traf seine Entscheidungen schlussendlich immer nach seinem Bauchgefühl. Mühelos wie ein Sommerregen flossen die Worte aufs Papier. Es war einfacher einen Aufsatz zu schreiben als einen guten Liedtext. Tausendmal einfacher.

In einer Gedankenpause sah er hoch. Drehte den Kopf zu Taja und betrachtete ihr Profil. Vielleicht würde er nie begreifen, wie so etwas funktionierte. Da hatte sie eines Tages einfach im Park gestanden und ihm zugehört. Hatte eine gewisse Art, die Welt zu sehen. Ihn zu sehen. Zu lachen und die Haare nach hinten zu werfen. Und sie brachte ihn dazu, sich in ihrer Gegenwart vollkommener zu fühlen. Er hatte vieles andere längst begriffen. Das nicht. Seine Erfahrungen mit Mädchen beschränkten sich auf ein Minimum. Um ehrlich zu sein, minimalstes Minimum. Musik, Bücher, Gitarre spielen – das war das Dreiergestirn seines Lebens. Sein bester Kumpel war Ole, der im Nebenhaus wohnte und mit dem er bis zur 4. Klasse zusammen zur Schule gegangen war. Dann hatte seine Ma diese Schule entdeckt, die zwar eingemeindet, eingesackt zur Stadt gehörte, aber mehr der Dorfgemeinde eigen war als nur irgendwas. Alles, was die Schule betraf, selbst der Kleidungsstil einzelner Lehrer, war Dorfgespräch, jede Veränderung musste mit dem Gemeinderat abgestimmt werden. Seine Ma war hellauf von *der familiären Atmosphäre, dem vielen Grün, und dem dynamischen Lehrerteam* begeistert, so dass sie Mile ab der 5. Klasse dort beschulen ließ. Auch so ein Wort, dachte Mile belustigt. Beschulen, bestuhlen, besuhlen. Besohlen, bestohlen. Aber damit war er nun in der Klasse. Mile hatte wenig Lust, sich in die fest eingeschworenen Cliquen reinzuschleimen und irgendwie verlangte das auch niemand. Aber auf mysteriöse Weise schien die Klasse beschlossen zu haben, ihn zu mögen, zumindest fragte man ihn oft nach seiner Meinung und sein Wort hatte, wenn er was sagte, Gewicht. Er mischte sich ein, wenn sich Aaron wie ein rassistisches Arschloch aufführte und er widersetzte sich, wenn ein Lehrer ungerechte Sanktionen verhängte. Tatsache war, dass ihm sein Leben meistens richtig gut gefiel. Er fand, dass sechzehn ein geniales Alter war und freute sich dennoch auf seinen siebzehnten Geburtstag. Er hatte Lust, alle Kapitalisten zu enteignen und insgeheim träumte er davon, später Musik zu machen. Ausschließlich und einzig Musik zu machen. Einerseits wollte er nach der Schule so schnell wie möglich aus der Stadt und auf der anderen Seite nun auch wieder nicht. Er war hin- und hergerissen und wusste nur eines sicher: mit Mädchen wurde alles komplizierter. Also würde er auf seinen Bauch vertrauen, so wie immer und ahnte jetzt schon, was der ihm sagen würde. Dabei spürte er zu seiner eigenen Überraschung ein Lächeln im Gesicht. Daran änderte sich auch nichts, als er den Stift wieder in die Hand nahm und begann, weiterzuschreiben.

ZWEI STUNDEN

Vielleicht hatte ich etwas übersehen, etwas ausgelassen? Konnte es wirklich so einfach sein, noch einmal neu anzufangen? Ein ‚Aber' gab es doch immer, warum fiel es mir nicht ein? Ich fühlte mich, als hätte diese Entscheidung mein Leben umgedreht. Dieser Sommer würde der erste Sommer meines Lebens sein, der nicht in ein Lehrerkalendarium eingeflochten war. Ich könnte in Richtung Freiheit gehen. Mich neu sortieren, mein Leben ordnen. Für meine Klasse würde es der letzte Schulferiensommer werden. Ein Lebensschnitt. Auch ein kleines Weltende. Aufhören, um anzufangen. Mitten im Sommer.

Ich ließ den Blick über meine Klasse schweifen und blieb bei Elsa hängen. Sie sah blass aus, fast bleich. Das sorgfältig aufgetragene Make-up konnte ihre Blässe und die dunklen Augenringe nicht verbergen. Alle meine Schüler hatten sich entwickelt, aber Elsas Veränderung fiel mir am deutlichsten auf. Sie war in der sechsten Klasse zu uns gekommen. Ich erinnerte mich, wie ernst und konzentriert sie mich während unseres ersten Gesprächs in meinem Klassenraum beobachtet, ja, fixiert hatte. Es war mir fast unheimlich. Ihre Mutter, eine zierliche junge Frau, überrollte mich dagegen fast mit ihrer Lebendigkeit und Aufgeregtheit. Ich hatte acht Stunden unterrichtet und mein Kopf konnte dieser geballten Energie nichts entgegensetzen. Die beiden wirkten wie Mutter und Tochter, nur andersherum. Am Ende unseres Gesprächs hatte ich Elsa angeboten, an unserem Sportfest teilzunehmen. Dann könnte sie die Klasse schon mal kennenlernen, so außerhalb der Klassenräume und des Unterrichts. Elsa war einverstanden. Am Morgen darauf stand sie pünktlich in Sportkleidung vor dem Lehrerzimmer. Zusammen schlenderten wir über den Schulhof zu den Umkleidekabinen, schon dort hörte ich die laute Stimme von Roxy, die irgendjemanden anschrie und das Lachen der Mädchen. Dann begann Taja „unser Lied" anzustimmen und alle stimmten johlend ein. „We are the champions, my friend…" Die Stimmung war ausgelassen, denn morgen würde der letzte Schultag sein und das Sportfest war mehr ein Gaudi für uns. Ein Fez. Vergnügen und Triumph nach einem langen anstrengenden Schuljahr.

Als ich mit meiner Klasse vor der Eröffnung unser gemeinsames Frühstück vorbereitete und alle reinhauten als gäbe es kein Morgen, sah ich, wie Elsa lediglich kleine Schlucke Wasser trank.

„Willst du nichts essen, Elsa?“, hatte ich sie gefragt.

„Vor dem Wettkampf lieber nicht“, war ihre knappe Antwort gewesen.

„AAAAAAAAufwärmen.“ Durchs Mikrofon geblasenes Startsignal. Sportlehrer halt. Macht mal. Kriegt doch jeder hin. Nein. Ich nicht. Schon gar nicht am frühen Morgen. Deswegen plädierte ich für eine gemeinsame Aufwärmung, ein „Schul-Warm-up“ unter Sportlehreranleitung. Erfolglos.

So bestand meine Aufwärmung lediglich aus folgender Anweisung:

„He, los geht’s. Wir gehen geschlossen dort hinten zur Sitzecke. Da scheint mehr Sonne.“

Wir liefen gemächlich über den Sportplatz und machten es uns wieder gemütlich bequem. Augen zu und Gesichter in die wärmenden Sonnenstrahlen, wer sagt’s denn. Seit diesem Tag wurde der Satz „Da scheint mehr Sonne“ bei uns als Synonym für ‚mach mal chillig‘ benutzt. Noch heute sorgte es für allgemeine Heiterkeit, wie wir die lästige Anweisung umgingen und wie irritiert Elsa darüber gewesen war. Sie machte Armkreise und Rumpfbeugen, hüpfte auf der Stelle und streckte sich in alle Richtungen. Einige Jungs begannen dann auch träge die Arme hin und herzuschwenken und Taja flipflopte mit Fiona rund um unseren Sitzkreis.

„Wer's braucht", hatte mir Matze verschwörerisch zugekaut. „Mir wird schon warm, wenn ich den anderen beim Rumhampeln zusehe."

„No time for losers" …

Mit Beharrlichkeit und Zähheit kämpfte Elsa an diesem Tag fast verbissen an allen Stationen und steckte mit ihrem Ehrgeiz die Klasse an. Eigentlich war es ganz einfach. Die Jungs wollten nicht als Luschen dastehen und den Mädchen imponierte Elsas Sportlichkeit. Mädelspower gepaart mit männlichem Stolz. Meine Klasse bekam die höchste Punktwertung und einen Pokal und wir waren ehrlich überrascht. Auch stolz. Es war nicht zu leugnen, Elsa hatte sich ihre Stellung in der Klasse ehrlich erkämpft.

Am Anfang übernahmen Taja und Fiona so ein bisschen die ‚Mentoren-Rolle' für Elsa, aber bald musste auch Elsa klar geworden sein, dass sie in dieser engen Mädchenfreundschaft lediglich ein Anhängsel bleiben würde. Mir schien, als hätte sie sich dann eher gezwungenermaßen mit den anderen Mädchen angefreundet. Dazuzugehören war wohl grundsätzlich essenziell, in der Schulzeit jedoch konnte es überlebenswichtig sein. Elsa war für uns Lehrer eine unkomplizierte, ja unauffällige Schülerin, schon allein aus dem Grund, weil sie ihre Aufgaben erledigte und sich ansonsten zurückhielt. Sie war bemerkenswert fleißig und gehörte zu den leistungsstarken Schülern, auch wenn sie in den letzten Monaten abgesackt war.

„Gerade jetzt kommt es darauf an, Elsa, aber das muss ich dir ja nicht sagen. Bedrückt dich irgendwas, kann ich dir helfen?"

„Es ist alles in Ordnung. Keine Panik." Sie hatte die Schultern hochgezogen und ihren Rucksack demonstrativ auf den Fußboden knallen lassen. Ich verstand. „Dann ist ja alles bestens", so was in der Art hatte ich gesagt. Ich wusste, dass sie mir kein Fetzchen Wahrheit verraten würde. „Aber falls ich dir helfen kann, egal wobei, meine Nummer hast du ja." „Ich sagte, es ist nichts", war ihre ausweichende Antwort und dann hatte es zur Stunde geklingelt. Jetzt fiel mir wieder ein, dass ich in diesem Augenblick den heftigen Wunsch verspürte, sie zu umarmen. Und die Unzufriedenheit darüber, dass nie wirklich genug Zeit war. Ich hatte es mir zur Lebenspflicht gemacht, für meine Schüler da zu sein. Ihnen zu helfen. Das war der Grund, weswegen ich Lehrerin wurde. Wie hochmütig ich gewesen war.

ELSA

Sie hatte die Sachen auf ihrem Tisch ordentlich platziert. Nur dann konnte sie arbeiten. Es musste eine Symmetrie unter den Dingen herrschen, eins zum anderen passen. Alles musste gerade liegen, nichts durfte über die Kanten hinausragen. Bereits der Blick zum Nachbartisch, an dem Philipp arbeitete, machte sie nervös. Am liebsten würde sie aufstehen und seine Papierberge zu einem ordentlichen Stapel an die obere Kante des Tisches postieren. Links daneben den Duden, rechts die Federtasche. Wenn sie sich innerlich sortieren wollte, musste es auch außen ordentlich sein. Ein kleines Schwindelgefühl überkam sie. Setzte sich in ihren Kopf und drang von dort in flatterigen Wellen in ihren Magen. Elsa unterdrückte ein leichtes Würgen. Mit aller Macht versuchte sie, sich auf ihren Text zu konzentrieren. Ihre Baumwollbluse klebte an ihrem Körper und ihre schweißnassen Haare kräuselten sich an Stirn und Schläfen zu kleinen Locken. Atmen. Tief einatmen, noch tiefer ausatmen. Es half auch dieses Mal. Erleichtert nahm sie ihre Wasserflasche und trank sie fast mit einem Zug leer. Dann drehte sie entschlossen ihren Pferdeschwanz zu einem kleinen Dutt. So, als würden sich darin die guten Gedanken besser niederlassen können.

Und die anderen, die erdrückenden, üblen und folgenschweren, würden einfach ausgesperrt.

24. April. Ein Kreuz im Kalender. Klein, nur für sie bestimmt. Den Tag im Nachhinein gekreuzigt. Aber an diesem Abend wollte sie glauben, dass sie mehr für ihn empfand. Sie wollte glauben, was er ihr zärtlich ins Ohr flüsterte. Ihr Verstand funktionierte, aber sie schob ihn einfach zur Seite. Sehenden Auges begab sie sich vorwärts in die Glut. Seine Knie an ihren, hart wie Steinbrocken. Seine Hände erstaunlich zart. Er hatte sie geküsst, bevor sie es ihm verbieten konnte und Elsa fand es schön. Dann spürte sie seine Küsse auf ihrem Hals, ihren Armen, ihren Brüsten. Sie fühlte sich voller Bereitschaft zu erfahren, auch wenn etwas in ihr schrie: Lauf nach Hause, schnell. Lauf dahin, wo du hingehörst. Aber eigentlich hatte sie sich schon entschieden. Sie hatte sich entschieden, mit dem ersten Schritt in die wichtigtuerische Villa von Aarons Eltern.

Danach fühlte sie sich etwas benommen. Es war nicht so schön, wie sie es sich immer vorgestellt hatte, aber auch nicht so schlimm, wie die nervige Kira aus der neunten mit dramatischen Worten ihr *erstes Mal* geschildert hatte. Seltsam traf es wohl am besten. Aarons Gesichtsausdruck hatte sie beunruhigt. Er wirkte so ... abwesend, fremd. Das irritierte sie, denn sie war nie einem Menschen näher gewesen als in diesem Moment, wo er auf ihr lag, noch in ihr, schwer atmend, versucht, seine anhaltende Erregung zu unterdrücken. Ihr fröstelte trotz der Hitze, die von ihren Körpern ausging. Sie lösten sich voneinander und Aaron brannte sich eine Zigarette an. Wie klischeehaft, hatte sie, fast hysterisch auflachend, gedacht.

„Warum lachst du?"

„Ich weiß auch nicht, irgendwie finde ich die ganze Situation total weird. Du und ich?"

Aaron sah sie nachdenklich an. Ihr kam es wie eine Ewigkeit vor. Sie sah, wie sein Puls an der linken Halsseite schlug und spürte die Hitze, die immer noch von ihm ausging. Als ob das Blut in ihm kochen würde, hatte sie gedacht.

„Meinst du, es war ein Fehler?“

Elsa merkte, wie etwas in ihm zu flattern begann. Sie wollte ihn nicht verletzen, aber schon jetzt konnte sie sich nicht mehr vorstellen, dass das alles überhaupt passiert sein sollte. Sie mochte Aaron nicht mal und er sie auch nicht. Aaron mochte niemanden außer sich selbst, das wusste jeder. Es war, was es war. Zwei 16-jährige, die sich nicht einsam fühlen wollten. Es war niemandes Schuld.

Er nahm einen tiefen Zug von seiner Zigarette und blies den Qualm wie eine kleine weiße Fahne in ihre Richtung. „Du solltest jetzt gehen.“ Die Hitze stieg zwischen ihnen in farblosen Schlangenlinien auf. Unangekündigt stand diese Aufforderung im Raum, keinen Widerspruch duldend. Er warf ihr ihre Sachen zu und sie hatten sich schweigend angezogen. Erstaunt sah sie, dass er sich seine Jacke überzog.

„Willst du auch noch mal los?“

Sein prüfender Blick. Wie er sie musterte, von oben nach unten, wie eine ... Trophäe?

„Ich lass dich doch nicht allein durch die Straßen laufen.“ Als Elsa ihn fragend ansah, hatte er kühl hinzugefügt: „Gibt auch hier genug Assis und Kanaken.“

Gemeinsam liefen sie durch die elfenbeinfarbenen Säulen der Veranda. Beide schwiegen. Der Bewegungsmelder ließ die installierten Leuchten angehen. Hell – dunkel – hell – dunkel. Am schmiedeeisernen und mit filigranen Ornamenten verzierten Tor kauerten auf den Sockeln zwei Gargoyles. Sie sahen traurig aus.

Auf dem Weg zur Schule am nächsten Tag bekam sie eine Nachricht.

„Wollen wir uns heute nach der Schule treffen? Bei mir?“

Sie überlegte, ob sie zurückschreiben sollte, aber entschied sich dagegen. Sie sahen sich ja ohnehin gleich. Bis dahin würde sie ihre Zögerlichkeit überwunden haben und es ihm sagen. Sie hasste das alles. Sie hasste es so sehr. Ihr Mund verzog sich zu einer langen geraden Linie und ließ sie, ohne dass sie es bemerkte, gefährlich aussehen. Die Wahrheit war, dass sie kurz davor war, in Panik zu geraten. Sie hatte Kopfweh und ihr Herz klopfte so stark, dass ihr die Rippen wehtaten. Aber in dem Moment, in dem sie ihn sah, wusste sie, dass ihre Entscheidung richtig war.

Aaron stand, wie jeden Morgen, wenn er da war, mit Matze und Toni an der Bushaltestelle und rauchte. Auch Philipp war dabei, den Kopf tief auf sein Handydisplay gebeugt. Es war der übliche Trott und doch war alles anders geworden. Elsa verspürte plötzlich eine unerwartete Lust, Philipp das Handy aus der Hand zu schlagen. Bestimmt würde er sie töten, ohne Wenn und Aber. Und dann auf einen Schlag verflüchtigte sich ihre Wut, war runtergebrannt wie eine Kerze am Docht.

„Geh schon mal rein, ich muss nur noch mal kurz was mit Aaron absprechen“, hatte sie zu Annie gesagt, die den ganzen Weg schon wie eine Klette an ihr klebte. Ihre einsilbigen „hm’s“ und „jep’s“ hielten Annie nicht davon ab, ununterbrochen auf sie einzuschwatzen. Ein erstaunter Blick. Fragend, dann erkennend. „Echt jetzt? Du und Aaron?“

„Ich erzähle dir später alles, ok?“

Mit einem lauten Juchzer, in Vorfreude auf die Sensation, sauste Annie zu den Mädchen aus ihrer Klasse. Dabei wehte ihr rotgepunkteter Rock und Elsa hatte gedacht, was Annie doch noch für ein Kind war. Und sie um ihre Unschuld beneidet.

Dann hatte sie durchgeatmet und sich gestrafft. Sie sah Aaron an und bemerkte zum ersten Mal die kleine Narbe über seiner linken Augenbraue.

„Hey, Jungs. Alles klar bei euch? Du, Aaron, kann ich dich mal kurz sprechen. Allein?“

„Alleieieiein.“ Mit Hingabe formte Matze die Vokale durch seine Zähne und wiegte den Kopf hin und her. „Alleiheihein.“ Toni gab ihm eine Kopfnuss.

„Ey, das tat weh“, schnaubte Matze gespielt.

„Damit du dich mal wieder einkriegst, Alter. Du nervst.“

Elsa schien, als wären alle Blicke nur auf sie gerichtet. Sie hielt kurz die Luft an und versuchte, die anderen zu ignorieren.

„Sicher“, sagte Aaron und lotste sie ein Stückchen weg. Als er sie am Arm berührte, spürte sie einen Stich von Zuneigung. Mit Erstaunen registrierte Elsa, dass sein Blick nervös war. Er sah sie an. Mit einem komischen Gesichtsausdruck, als würde er alles in sich vergraben und wenn er nicht aufpasste, dann würde er hier, direkt vor ihr, in Tränen ausbrechen.

Vielleicht wäre alles gut gewesen, wenn es mit dem Richtigen passiert wäre. Mit den richtigen Gefühlen und dem richtigen Zeitpunkt. Aber nichts war richtig gewesen. Sie hatte den Sex mit ihm mehr angsteinflößend als erregend empfunden. Der Grund, warum sie mitgemacht hatte, war seine Hartnäckigkeit und ihre Neugier. Einmal musste es ja passieren, nun hatte sie es endlich hinter sich. Insgeheim war sie erleichtert.

Ihr Herzschlag beschleunigte sich. „Hör zu. Es war schön gestern. Ehrlich. Aber ich kann mir nicht vorstellen, mit dir zusammen zu sein. Ich meine, fest und so. Du weißt schon.“

Sie hob die Schultern in einer hilflosen Geste und wartete darauf, dass er was sagte. Verkrampftes Schweigen. Aaron zündete sich wieder eine Zigarette an. Sie tauschten einen Blick, dann brach Aaron die Stille.

„Du machst viel mehr Theater um die Sache als nötig ist. Ich habe es mir schon denken können. Und auf den ganzen Scheiß mit *Freunde bleiben* und so kann ich echt verzichten."

„Ja, natürlich."

Ihre Stimme war belegt gewesen. Betont langsam strich sie eine Haarsträhne aus dem Gesicht. Jede Hoffnung, die sie vielleicht noch gehegt hatte, dass sie weiter normal miteinander umgehen könnten, war verflogen. Plötzlich war sie unendlich erschöpft. Sie stellte sich vor, wie die anderen sie beobachteten. Die Jungs *und* die Mädchen. *Die Sensation des Jahres*, werden sie denken. *Miss Akkurat und Mister Snob.* Falscher Zeitpunkt, falscher Typ, falsches Versprechen.

In den nächsten Wochen war das, was sie immer schon dunkel geahnt hatte, Gewissheit geworden. Das Leben war nicht fair. Es wimmelte von falschen Versprechen und unnützen Hoffnungen. Ihre Mutter hatte die Wirklichkeit mit ihren idealistischen Konstrukten vernebelt. „Du kannst alles werden, was du werden willst. Glaub fest an dich." Es war eine Lüge, ihr das einzureden. Sie aufs wirkliche Leben vorzubereiten, das wäre ihre Aufgabe als Mutter gewesen. „Man erntet, was man sät." Wortgeklingel, hohles Gesumms. „Jeder ist seines Glückes Schmied." Sag das doch mal zu Aabid, als er im Schlauchboot übers Mittelmeer geschippert wurde. Ihr war zum Kotzen. Denn wie man es drehte und wendete, ihr Leben ging in die Brüche.

2 Zentimeter. So breit wie ihr Daumen. Natürlich hatte sie von der Mindestgröße gewusst, aber sie war felsenfest davon ausgegangen, dass sie eine so unschlagbar gute Bewerberin war, so dass man über die fehlenden Zentimeter hinwegsehen würde. Sie konnte weiter springen, schneller laufen, ihre Augen waren schärfer, ihre Psyche stabiler, ihre

Leidenschaft und Hingabe für den Beruf größer als bei jedem anderen Bewerber.

„Du bist voll monomanisch", hatte Taja mal zu ihr gesagt. War das jetzt was Gutes oder was Schlechtes? Zu Hause hatte Elsa nachgeschaut. *Monomanie. Von einem einzigen Ziel besessen sein.* Es passte. Aber was sie ihr gern gesagt hätte, war, dass sie tief in ihrem Innern eine Macht spürte, unabhängig von ihrem Wollen, die es ihr erlaubte, sich so vollkommen zu fokussieren. Es war fast schicksalshaft.

Die Absage traf sie unerwartet und brutal. „... müssen wir Ihnen leider mitteilen, dass Sie nicht über die notwendigen körperlichen Voraussetzungen verfügen. ... können Ihnen alternativ eine Ausbildung im ..." Sie hatte nicht weiterlesen können. Polizeikommissarin, das war ihr Traum. Nichts anderes konnte sie sich vorstellen. Sie wollte ihre Träume nicht gegen Alternativen eintauschen. Zornig wischte sie sich die Tränen aus den Augen. Sie war zäh. Zäher als die meisten vermuteten. Aber als ihre Mama nach Hause kam, fand sie in der Küche ihre tränenaufgelöste Tochter, die sich weigerte, auch nur noch einen Satz zu reden. „Es gibt immer eine andere Wahl“, hatte ihre Mutter gesagt. Und Elsa hatte in ihrem Kopf ganz laut geschrien: *Das stimmt nicht. Eine andere Wahl wäre tödlich.*

Danach hatte sie mit Aaron geschlafen. Aus einem undefinierbaren egoistischen Gefühl heraus, als würde sie etwas beweisen wollen.

Elsa war aufgewühlt wie nie zuvor in ihrem Leben und dieses Gefühl wollte einfach nicht weichen. Im Gegenteil, es wurde immer schlimmer und je mehr sie an diese ganze verfahrene Geschichte dachte, umso wütender wurde sie. Am allermeisten auf sich selbst. Was, um Himmels, willen war los mit ihr, dass sie sich mit einem Typen einließ, den sie eigentlich nur ätzend fand? Der die schlimmste Version eines krass zynischen und obendrein widerwärtig eingebildeten Zehntklässlers war? Dessen Taktik, andere zu benutzen, um immer irgendwie heil aus jedem Mist, den er baute, rauszukommen, einfach nur erbärmlich war. Bestimmt würde er das jetzt auch so machen. Sich ein Schlupfloch suchen und rauswinden. Deswegen behandelte sie ihn wie Luft und versuchte nicht an ihn zu denken. Sie schuldeten sich rein gar nichts.

2 Zentimeter. 9. oder 10. Schwangerschaftswoche. Kaum wahrnehmbar. Und doch hätte sie nur noch eine begrenzte Zeit, sich zu entscheiden. Hätte, wäre, würde. Vielleicht war sie schwanger. Vielleicht auch nicht. Heute nach der Prüfung würde sie sich einen Test holen. Um endlich Gewissheit zu haben, würde sie bis zum anderen Ende der Stadt in eine Apotheke fahren, wo man sie nicht kannte und dann wieder zurück. Sie würde sich die Gebrauchsanweisung gründlich durchlesen und noch einmal und zur Sicherheit ein drittes Mal, um ja nichts falsch zu machen. Denn *so* war sie eigentlich. Detailversessen und perfektionistisch. Ein Kontrollfreak, der alles plante und nichts dem Zufall überließ. Einmal war sie leichtsinnig gewesen und seitdem fühlte es sich an, als wäre sie in der Hölle. Denn egal was sie tat – lernen, mit den Mädels reden, trainieren – in Wirklichkeit konn-

te sie an nichts anderes mehr denken. Sie versuchte so zu tun, als wäre alles wie immer und doch musste sie sich eingestehen, dass sie diese quälende ungewisse Situation nicht mehr lange aushalten würde. Obwohl sie unendlich müde war, schlief sie jede Nacht nur ein paar Stunden, den Rest lag sie wach und grübelte. Sie redete sich ein, dass die Übelkeit und ihr Unwohlsein ganz sicher von dem Stress und dem wenigen Schlaf kommen mussten. Tatsache war, dass sie sich mittlerweile in einem Zustand der absoluten Erschöpfung befand und es nur noch eine Frage der Zeit, war, bis sie vor lauter Panik durchdrehen würde. Aber heute musste sie kühlen Kopf bewahren, ihre erste Prüfung hinter sich bringen und dann würde sie eine Entscheidung treffen.

Schon wieder liefen ihre Gedanken in alle Richtungen. Fakt war, sie würde nicht in die Fußstapfen ihrer Mutter treten. Auf keinen Fall würde sie ihr Leben und ihre Träume für ein Kind aufgeben. Mit sechzehn schwanger zu werden, war nicht erblich. In Gedanken sah sie ihre Mutter vor sich. Zugegeben, sie war immer stolz darauf gewesen, dass ihre Mutter so jung war. Obendrauf war sie noch irre hübsch und die Männer verrenkten sich die Hälse nach ihr. Nein, ihre Mutter wirkte nicht unglücklich oder unzufrieden, im Gegenteil. Elsa kannte keinen lebensfroheren Menschen. Und eigentlich auch keinen, der mehr Ahnung vom Leben hatte. Ihre Mutter war wahnsinnig praktisch veranlagt, so 'ne abgefahrene Mischung aus Superwoman und Cinderella. Schön und unbesiegbar. Elsa hatte ihren Vater nie kennengelernt und zu ihren Großeltern hatte sie ein mehr als unterkühltes Verhältnis. Die waren ihr so fremd, wie sich Menschen nur fremd sein konnten. Das Schlimmste an ihren seltenen Besuchen war nicht das ständige Herumgenörgele an ihrer Mutter und wie sie lebten, in diesem ewig arrogant herablassenden Ton, das Schlimmste waren auch nicht die mitgebrachten Geschenke, fiese milde Gaben, die zeigten, dass ihre Großeltern gar nichts von ihr wussten, am schlimmsten war auch nicht das ständige „Bitte-Danke-Gesülze" und die eingeforderten Tisch- und Umgangsformen, am schlimmsten war, als sie zufälligerweise hörte, wie ihre Großmutter ihre Ma wieder einmal abkanzelte, von wegen unhygienischen Duschvorhang und zu lang benutzen Zahnbürsten und dann so: „Ich habe es dir ja schon damals gesagt. Dieses Kind hat dein Leben ruiniert. Dein Talent, deine Möglichkeiten, alles hast du einfach so weggeworfen."

In diesem Moment ist etwas aus Elsas Herz gefallen. Sie konnte es tatsächlich hören. Leise war sie dann zurückgeschlichen und hatte sich mit dem Vorwand, Kopfschmerzen zu haben, in ihr Zimmer zurückgezogen. Dort hatte sie geweint, bis ihr die Tränen ausgegangen waren. Aber das Loch im Herzen war geblieben. Seit diesem Tag konnte sie ihren Großeltern nicht mehr in die Augen sehen.

Ihrer Ma hatte sie nie davon erzählt.

Auf einmal fing sie an, furchtbare Sehnsucht nach ihrer Mutter zu bekommen. Die war der Mittelpunkt ihrer Welt und umgekehrt noch mehr. Daran hatte sie nie Zweifel gelassen. Ihre Beziehung ging weit über eine Mutter – Tochter – Beziehung hinaus. Ihre Ma war für sie Vater, Mutter und beste Freundin in einer Person. Elsa war so aufgewachsen. In einer minikleinen Wohnung mit abgeblätterten Fensterläden und abgenutztem Parkett. Umgeben von einer milden und heiteren Gedankenwelt, Lebendigkeit, gegenseitigem Vertrauen und nie in Frage gestellter Liebe. Wem sonst würde sie alles erzählen können, wenn nicht ihr.

Gedankenverloren kaute Elsa an ihrem Stift. Wie schnell die Zeit verging und doch auch wieder nicht. Es drängte sie, endlich Klarheit zu haben und gleichzeitig war das ihre größte Furcht. Aber sie war nicht allein. Sie hatte ihre großartige Ma. Und 'ne ganze Menge anderer Leute. Frau Sund. Taja, Fiona, Lilli und Annie. Maria. Und vielleicht auch Aaron, obwohl dieser Gedanke verrückt war. Aber es tat gut, ihn zu denken.

Sobald sie die Prüfung hinter sich hatte, würde sie ihr Leben wieder in Ordnung bringen. So gut, wie es sich wieder in Ordnung bringen ließ. Sie würde endlich mit ihrer Mutter reden. Sechzehn Jahre lang hatte sie ihr alles anvertraut, verrückt, dass sie es bisher nicht getan hatte. Auf den Irrwegen ihrer Gedanken schien sie es einfach vergessen zu haben. Wenn sie versuchen würde, das zu erklären, es würde ihr nicht gelingen. Vermutlich hatte sie nicht mehr klar denken können. Gehirn im Schockzustand. Wie war das möglich gewesen? Offensichtlich war Ihr Kopf so voller Panik gewesen, dass es dort keinen Platz für die noch so kleinste Idee gab.

Aber jetzt, ausgerechnet während der Prüfung, in dieser Aula, in der es nach Flieder, Schweiß und Aufregung roch, inmitten ihrer Klasse, ein seltsam arrangiertes Stillleben in Schwarz-Weiß und irgendwas dazwischen, von denen vermutlich jeder irgendein Problem mit sich herumschleppte, schöpfte sie plötzlich Mut. Sie war so voller Zuversicht wie lange nicht mehr.

Draußen schaukelten die Bäume im Wind. Die Linde warf schon ihren Schatten über den Schulhof. Wenn sie in den Hofpausen in der Sitzecke mit den Mädchen saß, konnte sie manchmal nicht aufhören, an der knorrigen und krumpeligen Rinde herumzustreichen. Irgendwie waren sie zwei, die hierhergehörten und auch wieder nicht.

Ein winziges Rauschen, die jungen, noch hellgrünen Blätter tanzten. Plötzlich überkam Elsa eine wilde Lust, ihre Turnschuhe zuzubinden und loszulaufen. Auf einmal wollte sie nicht mehr warten. Sie wollte los, nach draußen, dieses fremde Erwachsenleben betreten.

„Du bist Elsa, eine Löwin, vergiss das nie“, hatte ihr ihre Mutter immer wieder eingeschärft.

Nur ihre Ma konnte so verrückt sein und ihre Tochter nach einem Lieblingsbuch benennen. „Frei geboren. Eine Löwin zwischen zwei Welten.“ Vergessen? Sie war Elsa, die Löwin. Und ein bisschen auch Miss Marple. Gemeinsam mit ihrer Ma würde sie eine Lösung finden. Vielleicht brauchte sie auch zwei. Aber in jedem Fall würde sie erstmal den überwiegend männlichen Polizeiausbildungsdeppen erklären, dass zwei Zentimeter lediglich 20 Millimeter sind. Und dass sie diese Daumenbreite lässig überspringen könnte. „Es mag Sie irritieren, Herr Inspektor, dass weibliche Gehirne manchmal den männlichen überlegen sind, doch Sie müssen sich nun leider damit abfinden.“ Miss Marples Worte. Und falls es wirklich einen Gott oder so was Ähnliches gab, dann würde er wohl spätestens jetzt ein wenig aufmerksamer sein müssen beim Verteilen seiner Katastrophen. Ihre Ma hatte einen unerschütterlichen Glauben. Alles was passierte, war für irgendwas gut. Nichts geschah ohne Sinn. Wie gern würde Elsa daran glauben, aber so richtig war es ihr bisher nie gelungen. Vielleicht hatte er deshalb ihre Wünsche missachtet, der Gott? Oder die Göttin? Gender – Gottheit? Diese ganze gegenwärtige Situation erschien ihr mit einem Mal wie eine Art Lebenskreuzung mit einer Übermächtigkeit, dass sie eine Gänsehaut bekam. So eine durchweg positive Gänsehaut. Verursacht durch Leidenschaft, Gefühle, Hoffnung.

Elsa spürte, wie sich neue Energie in ihr aufbaute und zu wachsen begann. Sie nickte innerlich. Alles würde gut werden. Sie musste nur noch lernen, es sich immer wieder selbst zu sagen. Alles wird gut. Sie hatte eine kugelsichere Seele. Und die beste Komplizin an ihrer Seite. Elsa lächelte erleichtert. Dann jedoch konzentrierte sich auf ihren Aufsatz. Mit der ihr eigenen Elsa – Beharrlichkeit. Eins nach dem anderen.

Vielleicht sah sie ganz harmlos aus, aber eigentlich war sie eine Löwin.

ANNIE

Sie war glücklich, überglücklich. Diese Prüfung sollte zu schaffen sein. Annie schrieb gerne und ausschweifend. Ihre Texte waren blumig und immer ein wenig kitschig. Dass sie oftmals den Faden beim Schreiben verlor, war wohl ein notwendiges Übel ihrer überladenden Fantasie. Sie schrieb, wie sie dachte und hatte nur sehr widerwillig darauf verzichtet, ihren Worten mit Emoticons und Symbolen Nachdruck zu verleihen. Auch das schwungvolle Wort „Ende" am Schluss ihrer Ausführungen war ein Relikt aus Grundschulzeiten, von dem sie unter Tränen und mit einigem Zähneknirschen Abschied genommen hatte.

„Annie, mute deinem Leser zu, dass er deinen Text auch ohne bildliche Veranschaulichung versteht. Lass die Herzchen und Blümchen am Rand weg und bitte auch diverse Smileys."

„Aber ..."

„Nein."

„Aber ..."

„Auf keinen Fall mehr."

„Aber ...“

„Wenn ich noch einmal einen Aufsatz von dir bekomme, der auch nur irgendeine Verzierung aufweist, gebe ich dir von vornherein eine Note schlechter.“

Nach diesem Gespräch hatte Annie mindestens eine Woche mit Frau Sund geschmollt. Sie war in der 6. Klasse und in diesem Alter war eine Woche so lang wie hundertfünzigtausend Jahre. Gedankenvoll kritzelte Annie auf ihr Schmierblatt ein Ornamentenmuster. Wellen, Bögen, abstrakte Formen. Sie war, wer sie war. Trotz der Veränderungen in den letzten Jahren. Mollie-Annie.

Als sie mit vierzehneinhalb endlich die ersten Anzeichen von weiblichen Kurven über ihren immer noch rundlichen Mädchenbauch wahrnahm, war sie erleichtert. Die meisten Mädchen in ihrer Klasse waren bereits viel weiter und sie hatte befürchtet, dass ihre Brüste nie größer werden würden als zwei kleine Wölbungen, nur unwesentlich größer als ihre Speckfalten am Bauch. Es wurde also höchste Zeit. Aber dann wandelte sich die Freude in Erschrecken. Ihre Brüste wuchsen weiter und sie hatte die Befürchtung, dass die Metamorphose immer noch nicht abgeschlossen war.

„Du hast doch bestimmt schon Körbchengröße C?“, hatte Fiona sie nach dem Sportunterricht gefragt. „Du und Roxy, ihr seid wirklich zu beneiden.“

Ihre Kindheit war mit dem Wort Körbchengröße schlagartig vorbei. Nun musste sie sich mit Büstenhalter und Bustiers beschäftigen, mit der Frage, ob man Tampons oder doch lieber Monatsbinden verwendet und welcher Lipgloss zu ihrer Haarfarbe passte. Die hatte sich zum Glück auch von einem Blond in ein Honigfarben verändert. Ihr Bauch war flacher geworden und die Pickel auf Stirn und Nase verschwanden. Nicht so wie Mollie-Annie. Die verschwand nicht einfach so. Mollie-Annie liebte Eierpfannkuchen und Gesellschaftsspiele. Am wohlsten fühlte sie sich zu Hause, denn die Familie war ihr Fundament. Mollie-Annie ging jeden Tag mit Flash spazieren und ihm war es egal, ob sie nun Brüste hatte. Flash war ein Border Terrier, treu und furchtlos, und ihr bester Freund. Im Sommer ging sie mit ihm im See schwimmen und nie konnte sie sich vorstellen, dass diese Momente unbeschreiblichen Glücks irgendwann vorbei sein sollten. Dass sie erwachsen werden und ausziehen müsste. Dass ihre Familie, ihr Haus, Flash und alles, was sie kannte, weit weg sein würde.

„Alle Abhängigkeiten sind ungesund“, hatte Taja letztens im Ethikunterricht gesagt. „Abhängigkeiten beeinflussen unsere Entscheidungen, also auch unser Verhalten und deshalb machen sie uns unfrei.“ Annie schaute gerade heimlich den Vlog ihrer Lieblingsinfluencerin auf ihrem Handy, das sie geschickt unter all dem Krams auf ihrem Tisch verborgen hatte. Das Thema interessierte sie nicht die Bohne, aber sie horchte auf, als Taja diese Behauptung aufstellte. Eigentlich teilte sie Tajas Meinung nicht. Annie war kerngesund. Sie wog 62 kg bei 1,68 und aß jeden Tag einen Apfel. Sie schwamm den ganzen Sommer jeden Tag im See, bis in den Herbst hinein, auch wenn es den anderen längst zu kalt war. Annie wusste, wie man Kartoffeln erntete und Obst einkochte. Obendrein konnte sie besser backen als jedes andere Mädchen in ihrer Klasse. Silla ausgenommen. Nein. Annie fand, dass ihre Familie einen überaus stärkenden Einfluss auf sie hatte. Und sie konnte nicht einsehen, warum man ein Leben, das gut für einen ist, ändern muss, nur weil man erwachsen wird.

Annie las den letzten Satz noch einmal durch. Sie versuchte sich zu konzentrieren, aber ihre Gedanken schweiften unablässig ab. In das Hochgefühl tröpfelte Melancholie. Ihre Schulzeit ging zu Ende. Ihre verrückte Klasse würde sich in alle Richtungen zerstreuen, die allerwenigsten würden im Dorf bleiben. Annie mochte ihre Klasse, auch wenn die ihr manchmal sehr deutlich zu verstehen gab, dass sie nervte. Dabei war sie durchaus nicht so naiv und unerfahren, wie die meisten dachten. Sie sah überdeutlich, was in der Welt außerhalb ihres meist friedfertigen Dörfchens vor sich ging und es jagte ihr eine Riesenangst ein. Kriege, Pandemien, Hungersnöte und mit jeder Plastikverpackung, jedem abgeholztem Baum, jedem Auto, Moped, Flugzeug wuchs die Hoffnungslosigkeit für die Erde. Ihr Herz zog sich zu, wenn sie nur daran dachte, und sie bekam keine Luft mehr. Vor allem, was konnte sie an diesen Welttragödien ändern? Nichts. Das war die Wahrheit. Sie könnte sich von den irren Gedanken auffressen lassen und vor lauter Angst panisch werden, aber dazu war sie nicht bereit. Sie hatte das Glück gehabt, in eine helle verschwenderische

Welt hineingeboren zu sein und hielt es für maßlos, dieses Privileg mit Füßen zu treten. Ihre kleine Welt war der Raum, in dem sie sicher war und den sie mit Licht und Leichtigkeit füllen konnte. So webte sie ihren Glücksteppich aus kleinen Dingen. Sich um die Blumen im Klassenzimmer kümmern. Aabid eine Playlist von ihren deutschen Lieblingsbands zusammenstellen. Elsa aufs Klo und Maria in die Cafeteria begleiten. Roxy die Hälfte von ihrem Pausenbrot abgeben und Matze Hausaufgaben abschreiben lassen. Lilli nach dem Baden Perlen in die langen Haare flechten. Ihre Finger schlossen sich fester um den Stift. Das war lange her. Millionen Jahre und noch länger. Verstohlen schaute sie zu Lilli. Sah in Gedanken ihre dunklen Augen. Groß und traurig. Verdammt, warum zerbrach sie sich schon wieder den Kopf über jemanden, der ihr mehr als deutlich zu verstehen gegeben hatte, dass sie sich um ihren eigenen Kram kümmern solle.

„Das geht dich einen Scheiß an, Annie. Lass mich in Ruhe. Verstehst du, lass mich einfach in Ruhe."

Annies entsetzter Blick, als sie die Narben an Lillis Armen sah. Es war einer der letzten heißen Tage im vergangenen September. Typisch. Die Ferien waren vorbei und der Sommer drehte noch einmal auf. Sie hatte sich mit Lilli zum Baden verabredet und sie mit dem Fahrrad vor ihrem Haus abgeholt. Lillis Vater stand im Garten und besprengte den Rasen. „Willst du kurz reinkommen und was trinken? Was für eine Affenhitze."

Sie hatte abgelehnt, weil sie wusste, dass es Lilli nicht recht sein würde. Sie mochte ihren Vater nicht besonders und gab sich keine Mühe, das zu verbergen. Durch den Himmel war eine schwüle Nachmittagsluft gesickert und Annie war froh, als Lilli aus dem Haus kam.

„Du weißt schon, dass es bescheuert ist, bei dem Wetter lange Ärmel zu tragen, oder?", hatte Lillis Vater seiner Tochter zugerufen.

„Und du weißt schon, dass es bescheuert ist, den Rasen zu sprengen, wenn es gewittern soll, oder?", hatte Lilli wütend zurückgerufen und sich aufs Fahrrad geschwungen. Sie trat so heftig in die Pedalen, dass Annie Mühe hatte, hinterher zu kommen.

„Lass uns zu unserer alten Stelle fahren. Am Strand sind bestimmt die ganzen Idioten aus der Schule", hatte sie Annie zugerufen und ihr war es lieb, endlich mal wieder einen Nachmittag ganz allein mit ihrer Freundin zu verbringen.

Sie hatten ihre Räder an den Schlehdornbüschen abgestellt und sich durch den fast zugewucherten Trampelpfad zu ihrer alten Geheimstelle gequält. Die kleine Landzunge war schwer zugänglich, aber idyllisch und herrlich abgeschieden. Der See schimmerte dunkelgrün in der Nachmittagssonne und Annie schmiss ihre Sachen auf den Rucksack und rannte mit weit ausgebreiteten Armen hinein. Ihr war, als flöge sie empor, als sie die Nähe des Wassers spürte. Mit geschlossenen Augen ließ sie sich fallen. Es dauerte lange, bis sie wieder an die Oberfläche kam. Für einen kurzen Augenblick sah sie nichts, weil die Sonne sie blendete. Lilli stand bis zu den Knien im Wasser und schaute in die Wolken. Die Sonne funkelte auf ihrem schwarzen Haar und Annie hatte nichts Blöderes zu tun, als alles mit ihrem kindischen Gehabe zu zerstören. Sie hatte sich rangeschlichen, bemüht, beim Schwimmen keine Geräusche zu machen, um ganz plötzlich vor Lilli aufzutauchen. Schreiend zuckte Lilli zusammen. Das übermütige Lachen blieb Annie im Halse stecken, als sie Lillis entsetztes Gesicht sah.

„Du bist noch so ein Kind, Mollie."

Annie lachte nicht mehr. Sie lachte nicht, als sie mit Lilli bis zur Mitte des Sees schwamm und wieder zurück. Nicht, als Lilli ihren Pullover zum Trocknen über die Zweige eines Busches gehangen hatte. Nicht, als Lilli ihre langen Haare wie einen Fächer um ihren Kopf ausbreitete und sich neben sie auf die Decke legte.

„Es ist alles ein bisschen kompliziert", hatte Lilli geflüstert. „Frag nicht, warum."

Annie hatte ihre Hand ganz sanft über die Narben streichen lassen. Wieder und wieder. Sie verspürte das Bedürfnis, die Wunden wieder zu verdecken, einen Schutzmantel über Lillis Verletzungen zu legen.

„Lilli, sag mir doch was los ist." Ihre Unterlippe hatte leicht gezittert, ebenso wie ihre Hände. „Du musst dir helfen lassen."

Lillis Blick durch sie hindurch. Voller Wut und Pein.

„Das geht dich einen Scheiß an, Annie. Lass mich in Ruhe. Verstehst du, lass mich einfach in Ruhe."

Das war grausam und ungerecht und beide hatten es gewusst. Sie waren schweigend zurück geradelt. Die Gewitterschwüle war mit Staub besetzt und Annie hatte den brennenden Wunsch zu duschen. Ein eiskalter Strahl, der alles reinwäscht. Beim Abschied hatte sie ihre Freundin fest angeschaut. Sie sah aus wie ein Model, schlank, großäugig, lange glatte Haare.

„Du kannst immer mit mir reden, Lilli. Immer und dreimal immer."

„Ich weiß."

Aber nie wieder sprach eine von ihnen das Thema an. Lilli hatte ihr ausdrücklich verboten, mit irgendjemanden darüber zu reden und sie hielt sich dran. Aber seit jenem Tag vertraute Lilli ihr nichts mehr an. Ihre Freundschaft war so fragil wie ein Kartenhaus geworden, aber das ahnte Annie damals nur dunkel. Als sie abends am Fenster stand, ein kleines quadratisches Stück Gewitterhimmel, begann sie zu weinen. Warum lässt du dir nicht helfen, Lilli, du Schöne, Liebste, Allerliebste? Was kann ich tun?

Fassen wir zusammen. Ohne Zweifel würde sie ihre Klasse vermissen. Jeden Einzelnen und einige ganz besonders. Aber sie hatte einen Weg gefunden, erwachsen zu werden und trotzdem Mollie-Annie zu bleiben. Ihren Ausbildungsplatz in der Stadt zur Pflegefachfrau hatte sie in der Tasche. Die nächsten drei Jahre konnte sie zu Hause wohnen bleiben. Danach würde sie am allerliebsten in der Kinderkrankenpflege arbeiten. Eine Familie gründen. Im Dorf bleiben. Bei ihren Eltern, ihren Schwestern, ihrer Sippe. Sie würde die Klassentreffen organisieren und alles von jedem wissen. Zumindest das, was sie wissen wollte. Obwohl der Großteil der Klasse annahm, dass sie später fett werden würde, war die Wahrheit, dass sie mit den Jahren tatsächlich schöner als je zuvor werden würde. Sie würde besser als die meisten von ihnen altern und glücklicher als die meisten von ihnen werden. Und das alles ganz unspektakulär. Poetische Gerechtigkeit.

Hatte sie wirklich geglaubt, mit dem Schulabschluss würde alles zu Ende gehen? Was für ein lächerlicher Schulmädchengedanke. Vielleicht sollte sie heute Abend eine Spontanparty ausrufen? Unten am See? Wer Lust hat, kommt. Wer keine Lust hat, kommt auch. So war es und so würde es bleiben.

LILLI

Es war sinnlos. Ihr Aufsatz war ein Haufen Mist und ihr lief die Zeit davon. Aber die Prüfung zu verpatzen, war ungefähr das Letzte, was sie wollte. Finster musterte sie ihre Vorschrift. Bla, bla und bla. Sie war unendlich müde und erschöpft.

„Frau Sund."

Erschrocken sah ihre Lehrerin auf. Als wäre sie gerade ganz woanders gewesen und Lilli hätte sie aus ihrem Gedankenschloss aufgescheucht. Dürfen Lehrer das? Vor sich hinträumen? In der Schule? Während Abschlussprüfungen?

„Frau Sund, ich müsste mal dringend auf die Toilette."

„Okay", sagte die und lächelte sie an. Lilli glaubte jedenfalls, dass es ein Lächeln war. Um ihre Augen tausend kleine Fältchen. *Wie Dumbledore, nur in jung und schöner,* dachte Lilli verblüfft. Die Sund war unheimlich nett, aufrichtig nett, so ohne dieses ganze aufgesetzte falsche Lehrerlächeln.

„Beeil dich, ihr habt nicht mehr allzu viel Zeit."

„Jep. Mein Problem."

Sie sah sie einen langen Augenblick schweigend an, so dass es Lillie ein bisschen mulmig zumute wurde. Warum wusste sie eigentlich gar nicht. Es war nur so, dass die Sund immer alle Sätze zu dekodieren schien. Mit dem schärferen Blick schuf sie dann so 'ne Art Sund – Radius, der einen umschloss und dem man schwer wieder entkommen konnte. War so ein Gefühl, aber dieses Gefühl machte sie ängstlich und mutig zugleich, schüchterte sie ein und beflügelte sie. Und manchmal nervte es sie wahnsinnig.

„Versuch mal, draußen Luft zu holen. Gehirn mit Sauerstoff volltanken. Und vor allem, beruhige dich. Du schreibst jeden Tag, hast du das etwa vergessen? Ein Aufsatz unterscheidet sich nicht viel von einem Tagebucheintrag. Ich will nur klar machen, es ist nicht so, dass du keine Übung beim Schreiben hättest. Im Gegenteil."

Wieso hielt die Sund jetzt solche Monologe, dachte Lilli etwas genervt.

„Kloho!"

„Zisch ab. Bis gleich.“

Erleichtert ging Lilli zur Tür. Vorbei an der ersten Reihe. Ein Blick zu Charlie, der kurz zu ihr hochschaute. Seine Augen, ozeanblau und verletzlich, man konnte sich in ihnen verlieren. Die meisten Mädchen der Schule waren wohl hinter ihm her. Lilli ahnte, dass auch er ein Geheimnis hatte. Aber er redete nicht mit ihr und sie nicht mit ihm. Vielleicht hätten sie sich gemocht, aber sie würden keine Gelegenheit mehr haben, das zu erfahren. Langsam lief sie vorbei an Silla. Auf einmal hatte sie es nicht mehr eilig. Leicht belustigt sah sie, dass sich Sillas Arbeitsplatz in einen Ort der Behaglichkeit verwandelt hatte. Wahrscheinlich schrieb sie einen halben Roman. Wie armselig sich dagegen ihre mit Mühe gekritzelten läppischen zwei Seiten ausnahmen. Aber immerhin würde sie der Sund damit Zeit und Mühe beim Korrigieren ersparen.

„Es kommt nicht auf die Wortzahl an, sondern darauf, was und wie ihr was zu sagen habt.“

Bei ihr war heute alles unterirdisch. Das, was sie zu sagen hatte und das, was sie schrieb. Vielleicht war ihr Hirn vom vielen Grübeln schon völlig lädiert?

Wund und ausgeleiert. Silla wirkte immer ganz klar. Wie sie Dinge sagte, wie sie sich verhielt. Es schien, als wäre sie mit den ganzen fiesen Sticheleien und Geläster über die Schuljahre immer selbstsicherer und cooler geworden. Wie ein Baum, in dem der Blitz eingeschlagen hat. Der nicht fällt, sondern weiter existiert. Mit neuen Trieben, gewaltiger, stärker und schöner als vorher.

Ich würde in Flammen stehen und danach zu Asche verfallen. Nichts würde mehr von mir übrigbleiben als ein Klumpen schwarzer Asche.

Insgeheim beneidete sie Silla. Um ihre Klugheit und Unabhängigkeit. Auch um ihre Freundschaft zu Roxy. Darum vielleicht am allermeisten. Was konnte einem passieren, wenn man eine Roxy an seiner Seite hatte, furchtlos und stark. Die einen verteidigte und beschützte und aufpasste, dass nichts Schlimmes zustoßen würde. Sie war zu ängstlich und zu allein. So war geschehen, was nicht geschehen durfte und sie konnte es nicht verhindern, wieder und wieder und verstehen konnte sie es schon gar nicht.

Ihr Herz schlug heftig. Mit zittrigen Beinen lief sie an Philipp vorbei. Er musterte sie scharf. Dann senkte er seinen Blick und seine weißblonden Augenbrauen wölbten sich zu einem Bogen. Philipp war so ein Dämel geworden. Ein rückgratloser Wichser, der Aaron in den Arsch kroch und den ganzen Tag vorm Computer hockte. Sie wohnten in der gleichen Straße und waren bis zur 6. Klasse eng befreundet gewesen. Zumindest hatte sie das so empfunden. Dann war er zu einem Vollpfosten mutiert. Ohne Vorwarnung und ohne Airbag knallte Lilli in ein Leben ohne Philipp. Dieses leere, herzstockend leere Gefühl, bitterhart, verfolgte sie eine Weile. Dann hatte sie sich in die Wärme und das Licht eingerollt, das von Mollie-Annie ausging, aber es war nicht dasselbe. Philipp hatte sie Dinge anvertrauen können, Annie nicht. Philipp hatte nicht zu allen eine Meinung, Annie schon. Philipps längster Satz bestand aus drei Worten und Annies aus dreißig. Lilli musste lächeln. Ihr Lächeln traf Philipp, aber es prallte ab wie ein Pingpongball.

Die Morgensonne malte helle Kringel auf das dunkelgrüne Linoleum im Flur. Es schien, als führten sie unter der leise tickenden Uhr an der gegenüberliegenden Wand einen schwebenden Tanz auf. Tick, tick, tick. Behutsam öffnete Lilli die Tür zu den Mädchentoiletten. Obwohl heute kaum Schüler da waren, roch es wie immer. Es war diese typische Schulmädchenklomischung aus Deo, Haarspray, leichtem Zigarettendunst, Menstruationsblut. Bedächtig schloss sie ihre Tür ab, prüfte zur Sicherheit noch einmal nach. Danach setzte sie sich auf den Klodeckel. Ihre Hand zitterte nicht mehr. Akkurat zog sie zwei Linien parallel untereinander auf ihren linken Unterarm. Schon nach der ersten Berührung mit der Spitze ließ der Druck in ihrem Kopf nach. Langsam sickerten ein paar dünne Bluttropfen hervor. Altvertraut, altbekannt. Es schien, als wäre ihr Durst gelöscht, ihr Hunger gestillt. Sie fühlte sich beruhigt und es fiel ihr schwer, sich von diesem Gefühl zu lösen. Aber schon beim Händewaschen kam die Scham. Sie wickelte die Rasierklinge dick und dicker in die blauen Papierhandtücher, die sie reihenweise aus dem Automaten zog und warf das Bündel in den Mülleimer. Sorgfältig zog sie die langen Ärmel über ihre Arme. Es waren nur zwei Linien. Zwei Linien unter vielen. Es waren ihre. Ihre Linien, ihre Wege. Aber sie führten nicht weiter. Sie endeten im Nirgendwo.

Nachdenklich flocht sie ihr Haar zu einem langen Zopf herunter. Wie Rapunzel. Gefangen in einem verzauberten Turm. Nur dass es sich bei ihrer Geschichte nicht um eine böse Zauberin handelte, sondern um einen tyrannischen Herrscher. Der sein Zepter schwang und die Königin mit einem Bann belegte. So dass sie nicht die Wahrheit sehen konnte.

„Mama, er piesackt ständig Fränzchen. Er ist gemein zu ihm."

„Er erzieht Franz, Lilli. Das ist ein Unterschied."

„Mama, Fränzchen ist noch nicht mal zwei."

Ihre Mutter glaubte ihr nicht. Wieder nicht. Überhaupt nicht. Sie glaubte ihrem Mann und sah nur das, was sie sehen wollte.

„Er kommt rein, wenn ich mich dusche."

„Verdammt, Lilli, dann schließ doch ab. Du bist doch kein Baby mehr."

Sie wurde erwachsen und sah, wie despotisch und bestimmend er ihre Mutter behandelte.

„Mama, er behandelt dich manchmal wie ein Stück Dreck, merkst du das gar nicht? Es ist gruselig.“

„Du kannst das alles nicht aushalten, was?“, hatte ihre Mama sie gefragt. Es war diese, na, diese Frage halt, die keine wirkliche Antwort braucht, weil man die schon kennt.

„Er macht dich traurig. Sollte es nicht andersherum sein?“

Mama hatte geseufzt und den Kopf geschüttelt.

„Du verstehst das nicht. Ich muss an alle denken. An Fränzchen und auch an mich. Du gehst bald aus dem Haus, aber er ist mein Mann. Wir sind eine Familie. Ich bin froh, dass er dich behandelt wie sein eigenes Kind. Das ist auch keine Selbstverständlichkeit.“

Konnte Lilli ihre Mutter verstehen? Deren Angst vorm Alleinsein größer war als die Angst vor einem unberechenbaren Hulk? Nein, nicht Hulk. Lilli liebte Superhelden. Ihre Lieblingsheldin war Wonder Woman. Unverwundbar, das goldene „Lasso der Wahrheit“ schwingend. Nein, niemand, der bei Verstand war, könnte das verstehen. Und Lilli schon gar nicht, weil sie Mama liebte. Und Fränzchen. Und den Gnom aus ihrer tiefsten allertiefsten Seele verabscheute. Das Einzige, worüber sie froh war, dass der Gnom nicht ihr richtiger Vater war. Dass sein Blut nicht in ihren Adern floss und dass er ihr seine Arschlochgene nicht vererben konnte. Und dass sie ihn deshalb aus tiefstem Herzen hassen konnte für das, was er war – ein gemeiner hinterhältiger Gnom.

Die Sund hatte sie nach der letzten Stunde abgepasst. Rauchend saß sie auf der Bank am Dorfanger. Lillis täglicher Schulweg.

„He, Lilli. Hast du kurz Zeit?“
„Hm. Kurz.“

Sie hatte sich neben ihre Lehrerin gesetzt, die noch einen tiefen Zug nahm und die Zigarette geübt in den Mülleimer schnippte.

„Dürfen Sie das überhaupt? So hier sitzen und rauchen?“

„Ich hab’ Feierabend. Schluss und aus. Dass ich rauche, weiß doch jeder. Hier bleibt wenig geheim.“

Hast du ‘ne Ahnung, hatte Lilli gedacht.

„Ich rauche und du ritzt dich. Offensichtlich haben wir beide einen gewissen Drang zur Selbstzerstörung, was denkst du?“

Lillis Hände begannen zu zittern. Frau Sund hatte sich zu ihr gedreht und schaute sie mit diesem *Sundblick* an, so, als würde sie ihr Leben an Lillis binden. Unbeirrt, entschlossen. Vielleicht waren das ihre Superkräfte oder so? In der 5. Klasse hatte sie ihnen erzählt, dass Lehrer ganz besondere Augen hätten, die, ähnlich wie bei einem Chamäleon gleichzeitig nach hinten, zur Seite und nach vorne schauen könnten. Nur wer diese Eigenschaft besäße, würde überhaupt erst zum Studium zugelassen. Denn nur so könne sichergestellt sein, dass Lehrer alles in der Klasse mitbekommen würden, selbst, wenn sie gerade an der Tafel schrieben. Lilli hatte das lange wirklich geglaubt.

Lehrer dürfen doch nicht lügen. Und nicht rauchen. Jep. She got it.

„Willst du darüber reden?“

„Nein.“

„Dann schreib’ es auf. Schaff dir Platz im Kopf für gute Dinge. Gib den Tagen Farben. Vielleicht siehst du, dass nicht jeder Tag schwarz ist.“

Am nächsten Tag brachte ihr die Sund ein leeres Tagebuch mit. Auf dem Einbanddeckel war ein Einhorn abgebildet.

„Ich weiß, dass du nicht mehr zehn bist, Lilli. Aber es erinnerte mich an dich. Manchmal kann man die Dinge nicht erklären, manchmal passieren sie einfach.“

Lilli, die sich für alles Übernatürliche und Magische interessierte, wusste natürlich alles über Einhörner. Dass sie zu den besonders geschützten und respektierten magischen Geschöpfen gehörten. Und dass sie extrem scheu waren. Auch gefährlich und ihr Blut hatte Heilkräfte. Sie zu töten, war ein besonders niederträchtiges Verbrechen und zog einen lebenslangen Fluch nach sich. Sie begann Tagebuch zu schreiben.

Er kontrolliert mich. Er hat alles im Blick. Er ist überall, wenn ich esse, Musik höre, schlafe.

Er holt Fränzchen aus dem Bett und will, dass er mit ihm lacht. Ich habe Angst, dass er ihm weh tut. Wie er ihn anschaut. Wenn Fränzchen zu weinen beginnt, habe ich noch mehr Angst.

Er hat wieder in meinen Sachen gewühlt. Die schwarzen Strings habe ich jetzt in die Mülltonne geschmissen. Es ist so eklig.

Sie trug das Büchlein immer bei sich. Es war ihr goldenes *Buch der Wahrheit*. Das Schreiben hinderte sie nicht daran, sich weiter Schnitte zuzufügen, aber es half ihr trotzdem irgendwie. Die Sund hatte Recht. Zwischen den schwarzen Tagen gab es auch violette, gelbe, dunkelblaue und orangene Tage. Einen grünen Punkt malte sie an dem Tag, an dem sie mit Fiona gesprochen hatte. Es war nach dem Sportunterricht und beide trödelten aus sehr unterschiedlichen Gründen in der Umkleidekabine herum. Alle anderen waren schon auf dem Schulhof und Lilli nahm gerade einen großen Schluck Cola, als Fiona ihr zulächelte.

„Ich find es echt cool, wie gut du Volleyball spielen kannst. Ich schätze, du spielst doppelt so gut, wie Nik, der immer so auf die Kacke haut. Beim Fußball mag er ja was draufhaben, aber Volleyballspielen ist echt nicht sein Ding."

„Ach, Quatsch", hatte Lilli erwidert, aber sie hörte dem Klang der Worte nach, die wie ein großes Sahneeis in der Luft hingen. Einige Sekunden später: „Du magst ihn nicht mehr besonders, oder?"

Ein verächtliches „Pfff" war Fionas Antwort.

„Hast du dir deshalb die Haare abgeschnitten. Neuer Typ, neuer Haarschnitt?" Sie hatte so etwas mal gelesen, gehört, aufgeschnappt und konnte es sich gut vorstellen. Viele Veränderungen beginnen mit einem *Schnitt*.

Fiona hob die Schultern. „Mein Opa ist gestorben."

„Ich verstehe."

Fiona guckte in ihre Wasserflasche.

„Ich weiß, dass du dich ritzt. Jeder in der Klasse weiß es."

Lilli strich sich eine Haarsträhne aus dem Gesicht. Ab der 2. Klasse ließen sie und Fiona ihre Haare wachsen. Sie beide hatten mit Abstand die längsten Haare in der Klasse, ja, in der ganzen Schule. Taja maß einmal die Woche von beiden die Länge und immer waren Fionas Haare ein paar Millimeter länger. Irgendwann gaben sie diesen kindischen Wettstreit auf und Lilli hatte ein paar Mal ernsthaft überlegt, sich ihr Haar abschneiden zu lassen. Schon aus dem Grund, um den Gnom-Blödarsch zu ärgern, denn sie wusste, dass er lange Haare mochte. Aber es schien ihr wie eine Kapitulation vorzukommen.

Lilli schaute Fiona an. Es war, als würde eine andere Fi vor ihr stehen. Eine mit riesengroßen blauen Augen, markanten Wangenknochen und klatschmohnroten Lippen. Ihr kurzes blondes Haar war immer noch seidig und glänzend. Sie ist schrecklich hübsch, hatte Lilli gedacht. Dann begann sie zu weinen. Wegen Fiona und ihrem

Opa. Wegen Mama, die ihr ganzes Leben mit einem Gnom verbringen wollte und wegen Fränzchen, weil er irgendwann so groß sein würde, dass er alles verstand. Am allermeisten aber musste sie um sich selbst weinen. Und, weil sie sich wünschte, jemanden so sehr zu lieben, wie Fiona ihren Großvater geliebt hatte. Und andersherum wünschte sie es sich noch viel mehr.

Was ihr nach und nach klarer wurde, war, dass sie sich zwar manchmal sehr allein fühlte, unbeachtet und unverstanden, aber man in der Klasse sehr wohl wahrnahm, dass es sie gab. Auch wusste sie nun, dass es gar nicht so wenige Menschen waren, die wollten, dass es ihr gut ging. Die sich Gedanken um sie machten und ihr helfen wollten. Wenn sie es zuließe. Und was sie noch gelernt hatte war, dass noch niemand über die Superkraft des Gedankenlesens verfügte. Sie konnte ihre Gedanken aufschreiben, vielleicht würde sie auch lernen, ihre Gedanken auszusprechen.

Als sie auf den Flur hinaustrat, musste sie für einen Moment die Augen schließen. Die Sonnenstrahlen schwebten wie ein Kettenkarussell im Raum. Fehlt nur noch das Einhorn mit rosa Schleifchen, dachte Lilli mit einem Lächeln. Ich hab's geschnallt, du Schicksal, Bestimmung, Gott oder was immer du bist. „Ich will in keine Schlacht ziehen. Aber auf eine zu warten, der man nicht entgehen kann, ist noch schlimmer." Einen Herzschlag lang schienen ihr die Worte des Hobbits Pippin aus ihrem Lieblingsfilm „Herr der Ringe" vollkommen logisch. Sie streckte sich, reckte den Kopf und ging mit entschiedenen Schritten zurück zur Aula.

ANDERTHALB
STUNDEN

Leise öffnete sich die Tür. Geschmeidig glitt Lilli zu ihrem Platz und setzte sich fast unhörbar. Wie ein verirrtes Kätzchen, dachte ich. Ein verirrtes Kätzchen mit einer zerbrechlichen Seele. Einer Seele, in der sich Träume und Magie mit der Wirklichkeit vermischten und eine neue Realität schufen. Wir hatten alle unsere Sehnsüchte. Manchmal machten sie uns glücklich, aber meistens richteten sie genau das Gegenteil an. Obendrein war sie sechzehn. Das allein war nur ein Grund von vielen unglücklich zu sein.

Ich sah, wie Lilli begann, mit Tipp-Ex zu hantieren. *Nein, Lilli! Untersteh dich!!!* Nachdem sie es aufs Papier tropfen ließ, wischte sie es mit flacher Hand breit. Was zur Hölle machte sie da? Und jetzt wühlte sie minutenlang in ihrer Federmappe. Nahm nach gefühlt hundert Stunden ein neues Blatt und legte es schräg vor sich hin. Na, endlich. *Fang jetzt zu schreiben an, Lilli. Du hast keinen Zeitumkehrer.* Nun sah es aus, als ob sie nur so rumkritzelte, bis ihr etwas einfiele. Ich wurde nervös. Wenn sie wirklich noch mal komplett neu anfangen wollte, musste sie loslegen. Ansonsten würde sie nie im Leben fertig werden. *Lilli, deine Insel, meine Insel. Schreib um dein Leben.*

Ich musste mich zwingen, nicht mehr zu ihr hinzustarren, noch mehr jedoch, nicht zu ihr zu gehen. In Prüfungen befand man sich auch als aufsichtsführende Lehrerin auf sehr dünnem Eis. Alles musste akribisch protokolliert werden, jeder Toilettengang, jede Auffälligkeit. Eine Unregelmäßigkeit und die Prüfung müsste wiederholt werden. Diese Fixierung auf Prüfungen und Ergebnisse. Sie nahm alles Leichte, Unbeschwerte, jede natürliche Neugier. Die innere Motivation zum Lernen stumpfte durch den permanenten Leistungsdruck komplett ab, man konnte quasi dabei zusehen.

„Gibt's darauf 'ne Note?"

„Und wenn nicht, machst du's dann schlechter? Oder gar nicht?"

Diese Frage war für mich die Nummer 1 der supernervigsten Fragen von Schülern. Irgendwann antwortete ich gar nicht mehr darauf. Löschen durch Ignorieren. Vergeblich.

Matze, wenn er sein superschlaues Gesicht aufsetzte. Seine heisere Jungenstimme, beharrlich und schmeichelnd zugleich.

„Ich finde, sie sollten uns sagen, ob's darauf 'ne Note gibt."

„Und ich finde, du solltest aufhören zu nerven. Laufen hast du doch auch ohne Noten gelernt. Es funktioniert also, oder?"

Meine Klasse gehörte zu der Generation, die ständig von allen Seiten eingebläut bekam, wie wichtig es war, Leistung zu bringen. Schon im Kindergarten wurden sie vorsortiert in die Schlauen und in die Blöden. Frühförderung, Begabtenförderung, Unbegabtenförderung, fördern, fordern. Ihre Generation stand unter einem Fluch von Zensuren und Prüfungen. Trojanisches Pferd der Manipulation. Man konnte ihnen kaum einen Vorwurf machen, sie wussten ja nichts von der Lüge. In unserer Schule lernten sie für Zensuren, nicht fürs Leben. Wir hatten an ihnen versagt und sie versagten an uns.

AARON

Ein Blick auf die Uhr verriet, dass sie noch anderthalb Stunden Zeit hatten. Philipps Idee, ihre Aufsätze eine Stunde vorher abzugeben, war lächerlich. Die Zeit war so schon knapp genug und er war froh, dass er seine Vorschrift im Großen und Ganzen fertig hatte und sich jetzt an die Reinschrift machen konnte. Eine Stunde eher abgeben! Blödsinn. Aaron versuchte den Gedanken abzustreifen, trotzdem hatte er Philipps Stimme im Ohr. Eindringlich, fast beschwörend.

„Lass uns einfach 'ne Stunde eher abgeben, Alter. Du bist doch so'n Superhirn und bei mir spielt es eh' keine Rolle."

„Was faselst du da? Ist doch egal, wann wir abgeben. Vier Stunden Prüfung, easy peasy, und danach können wir rumhängen. Bleib mal chillig, Flip."

Philipp hatte unwillig den Kopf geschüttelt.

„Eine Stunde eher. Das ist eine Stunde kürzer in der Irrenanstalt und eine Stunde länger Leben. Lass machen, komm schon."

Aaron war erstaunt über Philipps Beharrlichkeit. In seinem Gesicht, normalerweise gelangweilt und teilnahmslos aussehend, spiegelten sich leichte Verzweiflung und ein Anflug von Panik. Hinter Philipps dringendem Wunsch schien viel mehr dahinterzustecken, als er vorgab.

„Was ist wirklich los, Flip? Wenn es was Wichtiges ist, dann rück raus mit der Sprache. Aber wegen irgend ’nem blöden Scheiß werd’ ich nicht meine Deutschnote aufs Spiel setzen.“

„Das kann ich dir nicht sagen.“

„Warum nicht?“

Verzweifelt suchte Philipp nach den richtigen Worten. Er hatte es falsch angepackt und offenbar schon zu viel preisgegeben.

„Weil es nicht geht. Aber glaub mir einfach, du Idiot.“

Idiot?! In Aaron würgte die Wut hoch. Ausgerechnet Philipp, Flip-Langweiler, Kriecharsch, tat so, als würde er, und einzig und allein er, etwas ganz Geheimes wissen. Er hatte ihn am Kragen gepackt und zu sich gezogen. Philipp roch eklig.

Nach Schweiß und billigem Deo und nach … Angst. Leicht angewidert hatte er ihm in die Augen geschaut. Der Aaron-Blick, vor dem sich alle fürchteten.

„Halt mich da einfach raus, verstanden? Halt mich aus deinem ganzen Bullshit raus und verpiss dich jetzt, bevor ich dir für den *Idioten* eine reinhaue.“

Für einen Moment blitzte in Philipps Gesicht Wut auf, die im nächsten Augenblick von einem schrägen Grinsen weggewischt wurde.

„War nicht so gemeint, Digga. Aber falls du ja eher fertig bist …“

Aaron war genervt von Philipps Getue. Glaubte, er müsse ihn irgendwie beklugscheißen, der Spacko. Gerade Flip, der gar nichts in seinem Leben auf die Reihe bekam. Der wie ein Schatten an ihm klebte und es niemanden groß auffiel, dass er überhaupt existierte. Flip war ein Looser, eine Null mit ’nem Haufen Scheiße im Gehirn.

Um sich zu konzentrieren, rieb sich Aaron die Schläfen. Wenn er sich jetzt mit der Reinschrift beeilen würde, könnte er auf jeden Fall eher abgeben. Würde er aber nicht. Er ließ sich von niemandem was vorschreiben, schon gar nicht von Philipp. Ein flüchtiger Blick zu ihm. Philipp hatte sich ganz nach vorne gesetzt. War in die Aula gestürmt und hatte Aabid weggescheucht.

„Da sitz ich, Ali Baba. Zieh dich."

„Was ist denn mit dir los? Komm mit nach hinten, Alter!", hatte Aaron zu ihm gesagt. Ein kurzes Blitzen in Flips Augen, schelmisch, vertraut.

„Kurze Wege, sage ich. Kurze Wege."

Dabei imitierte er die Stimme der Direktorin. Hoch und ein wenig quietschend. Aaron musste grinsen.

„Wie du meinst. Ich setz mich jedenfalls nach hinten. Hau rein, Mann."

„Jep. Das werd' ich. Darauf kannste einen lassen."

Seine Miene hatte sich aufgehellt und einem triumphierenden Grinsen Platz gemacht. Aaron biss sich auf die Lippen. Er war sich unschlüssig, ob er noch mal nachfragen sollte. Aber schon im nächsten Moment hatte er sich wieder im Griff. Halb enttäuscht, halb erleichtert machte er sich auf den Weg in die letzte Reihe. Je weiter hinten, je besser. Unsichtbar machen, abducken, aber immer den Überblick behalten. Aaron konnte nicht ertragen, wenn ihm jemand im Rücken saß. Egal, ob im Kino, im Bus, in der Straßenbahn, er saß ganz hinten. Wenn es dort keinen Platz gab, stieg er nicht ein. Auch in der Schule gab es für ihn in dieser Hinsicht keinen Kompromiss. Mal abgesehen davon, dass es für ihn sowieso keine Kompromisse gab. Kompromisse waren was für Weicheier und Schwächlinge. Seit der 2. Klasse saß er in der letzten Reihe am Fenster. In der 1. Klasse hatte er die letzte Reihe an der Wand getestet. Ein guter Platz, der Schutz bot, aber dann schienen ihm die Freiheiten eines Fensterplatzes noch viel verlockender. Man konnte während des Unterrichts hinaussehen und oft waren die Geschehnisse draußen für ihn interessanter als die langweilige Ödnis im Klassenraum. Abrissarbeiten am Haus gegenüber, Zuspätkommer, Eltern mit hektisch geröteten Wangen, die ihren kleinen Idiotenkindern die vergessene Brotbüchse hinterhertrugen, Olle Jeppe-Hausmeister, immer halblaut vor sich hin brabbelnd, die Sund, ihre Kippe wegschmeißend, bevor sie das Schulgebäude betrat, Elsa, mit langen energischen Schritten, als könne sie es nie erwarten, so schnell wie möglich in der Klasse zu sein.

Stopp. Nicht an Elsa denken. Weil sich dann seine Gedanken verhedderten und verfitzten und er Dinge tat, die er nie tat. Seltsame Dinge, bekloppte Dinge. Ihr Nachrichten schreiben und sie wieder löschen. Oder bei ihr zu Hause anzurufen, wenn er wusste, dass sie nicht da war, um ihre Stimme auf dem Anrufbeantworter zu hören. Wieder und noch einmal und ganz schnell bloß noch ein allerletztes Mal.

„Der richtige Anruf zur falschen Zeit. Wir sind nicht da oder haben Besseres zu tun, als ans Telefon zu gehen. Hinterlasst 'ne Nachricht. Oder auch nicht. Ahoi!“

Ahoi! Wer sagte heute noch ahoi? Bei ihr klang es süß. *Süß?!* Genau das meinte er. Er dachte merkwürdig, fühlte sich merkwürdig und verhielt sich merkwürdig. Das war schräg und er mochte es nicht. Gefühle waren irrational und gefährlich, deshalb hielt er sie unter Kontrolle. Aber Elsa weckte sein Interesse. Vielleicht waren es ihre Ernsthaftigkeit und Disziplin, die ihn anzogen. Möglicherweise auch eine Ahnung, dass sie ihm ebenbürtig sein könnte. Als er mit ihr schlief, fühlte er sich männlich, machtvoll, schön. Das erste Mal in seinem Leben fühlte er sich jemandem nah. Wirklich nah. Sie weckte den Wunsch in ihm, es wieder und wieder zu tun. Aber nur mit ihr. Bis an sein Lebensende.

Er hatte geglaubt, über den Dingen zu stehen. Alles in der Hand zu haben. Dann hatte er ihren Gesichtsausdruck gesehen und wurde unsicher. Ein beklemmendes Gefühl. Es war Jahre her, als er das letzte Mal Angst empfunden hatte. Den Geschichten seiner Nanny nach war er wohl ein ängstliches Kind gewesen, das viel weinte und schnell schmollte. Solcherlei Erinnerungen waren komplett aus seinem Gedächtnis ausradiert. Die ersten Erinnerungen, die er bewusst hatte, waren der süß-vanillige Geruch seines Kindermädchens und der sachlich prüfende Blick seines Vaters.

Aaron schloss kurz die Augen. ... *viel allein, nicht beliebt bei den anderen Kindern, keine Geburtstagsfeiern bei ihm, Kinder machen Krach, auch Dreck, kein Platz für ihn, nicht zu Hause, nirgend-*

wo, Freunde, die er wünschte, gehabt zu haben, Zuneigung, Nähe ...

Unwillig öffnete er die Augen. Mit aller Gewalt versuchte er, die Innenwelt seines Kopfes auszublenden. Er wusste, dass er nicht gut einstecken konnte. Deswegen passte er auf. Er war immer eine Spur schneller, eine Kleinigkeit gemeiner, eine Nuance gerissener und nun blieben ihm die Worte aus. Er konnte nicht mit Elsa reden, denn sie hatte ihm das Herz zerrissen. An diesem Tag hatte er das erste Mal wieder geweint. Es war ungewohnt und schlimm. Er weinte so sehr, dass ihm das Herz weh tat. Die Entschuldigung über sein Fehlen in der Schule lag ungefragt am übernächsten Tag auf der glatt polierten Glasfläche des Küchentisches.

Er wusste, dass die meisten glaubten, dass er die Schule hassen würde. In Wirklichkeit war er von ihr gelangweilt. Das Meiste, was ihnen beigebracht wurde, war verstaubter Müll. Wozu sollte er Jahreszahlen, Formeln und Gleichungen auswendig büffeln, wenn er alles Notwendige in Sekundenschnelle aus dem Netz ziehen konnte? Dazu das nervige Warten auf die ewig Langsamen.

„Wir sind noch nicht fertig, können Sie noch einen Moment warten?“ „Ich hab das nicht ganz geschnallt, erklären Sie das noch mal?“

Die beschränkten Hirne von Flip und Annie. Matze, dessen Mutter während ihrer Schwangerschaft offensichtlich den eigenen Sohn um den Verstand gesoffen hatte. Maria, die zwar heiß aussah, aber kaum ein Wort Deutsch sprach. Toni, zugegebenermaßen lange sein Kumpel, war auch nicht die hellste Kerze am Leuchter, von Roxy ganz zu schweigen. Die bekam ja schon die Krise, wenn sie ein Wort mit zwei Silben buchstabieren musste. Es war Aaron ein Rätsel, warum jeder immer das Gleiche lernen musste und es frustrierte ihn unendlich, seine Zeit so dermaßen zu vergeuden. Alles, was ihn interessierte, konnte er mühelos alleine recherchieren und war mit einem Sekundenklick digital abrufbar. Das vermeintliche Wissen, das ihnen beigebracht wurde, war ein vorgekochtes, ranzig gewordenes Weltensüppchen mit minimalsten Zutaten. Seine Schule war ein veraltetes hierarchisches System formaler

Regeln, die die Welt in Fächer aufteilte und die Lehrer mit ihrem Hang zu Kreidetafeln und kopierten Arbeitsblättern waren ein Anachronismus.

Aaron fühlte sich überlegen. Er musste seine Intelligenz nicht zur Schau stellen, wie die nervige Taja und die anderen Schleimtiere. Stattdessen zog er es vor, sich zu Hause mit den Sachen zu beschäftigen, die ihn wirklich weiterbrachten. Er vertiefte sich in die Lektüre von geschichtlichen und politischen Themen. Dabei stieß er auf Renaud Camus, Jean Raspail und Marie Barrés und bei weiteren Recherchen auf die Identitäre Bewegung. Er war elektrisiert. Hier ging es nicht um Gewalt und stiernackige Glatzen in Springerstiefeln, hier ging es um eine wirkliche Veränderung der Gesellschaft von innen heraus. Die Bewahrung einer nationalen Identität mit intellektuellem Anspruch. Gemeinschaft, Heimat, Wesensgleichheit. Er wurde begierig, ja versessen, mehr zu erfahren. Wenn er es den Jungs erzählte, spürte er ihre Langweile. Toni gab irgendeinen Scheiß von sich und schon nahm die Unterhaltung eine vollkommen andere Wende. Philipp hielt sich eh immer bedeckt und Matze, der Hirni, verstand überhaupt nicht, um was es ging. Was nutzten die der Gesellschaft? Einen Scheiß.

Aaron zog sich noch mehr zurück. Er vergeudete seine Zeit nicht mehr mit lächerlichem Kinderkram. Er würde was verändern. Seine Sehnsucht nach Heimat, der Wunsch, irgendwo dazuzugehören, wurde im Netz gestillt. Er war Teil etwas Großen geworden.

Bald hatte er für die Ausführungen seiner Lehrer nur noch ein müdes Lächeln übrig. Auch für die Klasse. Den Stoff für die Tests und Leistungsfeststellungen eignete er sich allein und in Ruhe um ein vielfach Schnelleres an und auch wenn seine Noten nicht den Erwartungen seines Vaters entsprachen, brachte er doch die ganzen Jahre ein erstaunlich passables Zeugnis nach Hause. Tatsache war, dass Aaron seinen Vater zu wenig kannte, um mit Gewissheit dessen Erwartungen zu kennen. Sein Vater war ein Zyniker. Die meisten Zyniker waren Arschlöcher – arrogant und herablassend. Und doch konnte Aaron nicht ganz verleugnen, dass es ihm imponierte. Man brauchte 'ne Menge Selbstbewusstsein und Unabhängigkeit, um wie er zu sein. Wäre er nicht sein Vater gewesen, hätte er ihn vielleicht sogar cool gefunden. Je älter er wurde, umso bessere Strategien entwickelte er, dass er mit seinem Leben klarkam. Es manchmal sogar gut fand. Er war froh, nicht solche „Glucken – Mamis – Papis" zu haben, die jeden seiner Schritte überwachten und seinen Verstand manipulierten. Aber warum sich seine Eltern für Kinder entschieden hatten, war ihm bis heute ein Rätsel. Eigentlich hatten sie überhaupt keine Zeit dafür. Seine Mutter arbeitete genauso viel wie ihr Mann. Sie war unnahbar und immer mehr die Verbündete ihres Mannes als die ihrer Kinder. Eigentlich hatten sie genug an sich selbst und interessierten sich kaum ernsthaft für ihn und seine Schwester. Daran gab es keinen Zweifel. Sechzehn Jahre lang hatte er dafür Beweise gesammelt.

Auch wenn es nicht ihre Absicht gewesen war, so ließen sie ihm Freiheit, sich so zu entwickeln, wie er das wollte. Vielleicht war das der einzig gute Umstand an seiner ganzen verkorksten Kindheit. Er konnte werden, wie er will. Und wurde doch immer mehr wie sein Vater. Er hatte vom Besten gelernt. Ob sein Vater ihn nach seinem Schulabschluss endlich *auf Spur bringen würde,* so wie er es mehr als deutlich vor einigen Tagen beim Abendessen gesagt hatte, war ihm egal. Es war ihm egal, ob *Familie verpflichtete,* genauso wie es ihm egal war, dass er *das Unternehmen später führen würde.* Sein Vater war ihm egal und das Unternehmen sowieso. Seine Mutter war ihm egal, genauso wie er ihr egal war. Die Klasse war ihm egal, weil er sie nicht mehr brauchte. Die Sund war ihm egal, weil sie nichts ausrichten konnte.

Entschlossen setzte Aaron einen Punkt. Er konnte es kaum erwarten, dass die Schule vorbei war und er seinen Abschluss in der Tasche hatte. Er brauchte niemanden hier, um wichtig zu sein. Er war etwas Besonderes. Sein Leben würde nicht auseinanderfallen, im Gegenteil. Sein Leben war eine hervorragende Gelegenheit, Einfluss auf das Schicksal seiner Heimat, ja, der ganzen Welt zu haben.

EINE
STUNDE

Die Aula hatte sich mit Licht gefüllt. Noch eine Stunde. Die von Sekunde zu Sekunde weniger wurde. Bis sie einfach so verschwunden wäre. *Nichts geht verloren.* Es fiel mir schwer, das zu glauben. Immer noch. Enzo ist mir verloren gegangen.

Seit zwei Jahren schob ich es vor mir her, seine Sachen wegzuräumen. Mein nervöses Gefühl für Zeit und wie sie mir verschwand. Zeitfressendes, lebensverschlingendes Leben.

Ich kann nicht glauben, dass du tot bist. Lüg mich an. Ein einziges Mal.

Der Tod hatte den wichtigsten Teil meines Lebens einfach abgeschnitten. Albtraum und Wirklichkeit.

Ich habe weitergemacht. Ich bin jeden Tag aufgestanden, habe mein Bett gemacht und bin zur Schule gefahren. Ich habe meine Stunden vorbereitet und Arbeiten korrigiert. Ich bin joggen gegangen und habe mit Freunden geredet. Ich habe gemerkt, dass sich alle für den Tod interessieren, aber keiner darüber reden will. Ich habe meine Tochter in Wien besucht und überlegt, ob ich nach dem Sommer zu ihr ziehe. Ich habe mich gewundert, warum man mit 25 in Wien leben möchte. Und nicht in Berlin, London oder Leipzig.

„Das hat was mit mir selbst zu tun. Eigentlich habe ich überhaupt keine richtige Vorstellung, wo ich leben möchte. Ich möchte in Bewegung bleiben. Schauen, ob mich ein Ort festhält." Ihre Augen hatten dunkel geblitzt, auch, wie mir schien, etwas spöttisch. Ich bemerkte, dass die Schatten darunter verschwunden waren. Auch sie hatte Enzo verloren. Seither riefen wir uns jeden Abend an. „He, du." „He, du." „Ich hab dich lieb." „Und ich dich erst." Nichts war mehr selbstverständlich. Das war schwer vorstellbar.

Ich las Epikur und versuchte zu verstehen. „Das schauerlichste Übel also, der Tod, geht uns nichts an; denn solange wir existieren, ist der Tod nicht da, und wenn der Tod da ist, existieren wir nicht mehr." Ich habe verstanden, dass dieser Gedanke nur für den eigenen Tod zutrifft. Unerwartet überfiel mich ein Gefühl von Einsamkeit. Allein inmitten von sechzehn. Plötzlich eintretende Enzo-Sehnsucht. Ich konnte nichts dagegen tun. Dieses Angstgefühl, beklemmend und mörderisch, feuchtkalte Hände,

Enge im Hals. Der Versuch, den Anflug der Panikattacke zu schreddern.

... Reiß' dich zusammen, Rieke. Atmen. Denk an was anderes. Atmen. Du wirst Enzo wiedersehen, an einem anderen Ort ...

Ich öffnete ein Fenster. Die Luft, schon etwas vormittagsstaubig geworden, ließ ein Gewitter erahnen. Vielleicht am Abend. Die Fliederbüsche wehten im Wind. Etwas in mir flüsterte, du bist zu alt, um neu anzufangen. Zu allein. Zu schwach. Was mir in solchen wunden Momenten half, war, an Augenblicke größten Glücks zu denken. Die Geburt unserer Tochter. Enzos ungläubiges Staunen, als er sie in den Armen hielt. Die flirrenden Sommer am Meer. Enzos Lachen, laut und ansteckend. Meine Klasse am Lagerfeuer. Hundert gelbe Margariten zu meinem Geburtstag. Rauchwölkchen in den Himmel. Enzos Berührungen. Alles hoffnungslos verkitschte Metaphern. Ich vermisste Enzo. Seit zwei Jahren ging das so. Seit zwei Jahren war alles, was gut war, ins Gegenteil gekippt. Mein Leben hatte an Leben verloren, an Kraft und Licht. Ich war brüchig geworden und irgendwie war mir die Verbindung zu mir selbst abhandengekommen. Auch zu meiner Arbeit. Lehrer zu sein, kostete immer Kraftanstrengung. Ständige Präsenz. Körperlich und geistig. Wer meinte, das könnte doch jeder, dem riet ich dringend, sich selbst einmal vor eine Klasse zu stellen. Meistens wurde dann abgewiegelt. Wie Matze sagen würde: „Alle reden von Schule, aber keiner macht was dagegen."

Ich konnte den unerwarteten Tod meines Mannes, der voller Leben war, jungenhaft und lässig, nicht begreifen. Es ergab keinen Sinn. Alles ergab keinen Sinn. Das Leben mit seiner Grundfunktion hatte an Bedeutung verloren. Meine Kraft war aufgebraucht. Mein Verstand überlagert. Es war schlimmer, als ich angenommen hatte.

In Gedanken kehrte ich zu dem Moment zurück, der den Anstoß gab, den Faden zu meinem Leben wieder aufzunehmen. Anouk und ich saßen auf dem Balkon und mir fiel auf, wie schmal und zerbrechlich sie aussah. Verluste verändern uns. Auch optisch. Irgendwann nach Mitternacht, als es kühl wurde, hatte sich meine Tochter einen Pullover von drinnen geholt. Enzos dunkelblauen Sweater. Die Nacht schien plötzlich viel dunkler geworden zu sein und ich merkte den Knoten in meinem Hals. Wie er sich lockerte, löste. Wie ein Wimmern in mir aufstieg und ich nichts dagegen machen konnte. Wie mir heiße Tränen über die Wangen flossen und meine Tochter mich in den Arm nahm. Wie sie mich wiegte und hielt. Es gab keine Abwehr mehr in mir. Nun, da ich einmal angefangen hatte zu weinen, konnte ich scheinbar nicht mehr damit aufhören. So etwas passierte, wenn man es nie zugelassen hatte. Alles kam zu einem zurück. Irgendwann.

Am nächsten Morgen brachte mir Anouk Kaffee ans Bett. Sie setzte sich ans Bettende und knabberte irgendwelche Nüsse aus einer Tüte. Hoffentlich hatte sie aufs Ablaufdatum geschaut, blitze mir durch den Kopf. Aber soweit ich sehen konnte, stammte die Tüte nicht aus meinem Schrank. Vorsichtig versuchte ich einen lahmen Scherz zu machen.

„Lass das nicht zur Gewohnheit werden, Tochter, sonst werde ich öfters mal ein paar Tränen vergießen“, hatte ich versucht, sie zu necken. Aber sie hatte mich aus sehr ernsthaften blauen Enzo-Augen angeschaut.

„Du kümmerst dich immer um andere, Mama. Jetzt wird es Zeit, dass du dich um dich kümmerst. Übernimm Verantwortung, das bläust du doch ständig deinen Schülern ein. Ändere was. Ende der Diskussion.“

„Upps, dir ist da gerade ein Frauenratgeber aus dem Mund gefallen.“ Ich versuchte, die Ernsthaftigkeit wegzuwitzeln. Aber er war aufgekeimt. Ein flüchtiger Moment der Akzeptanz.

Ich drehte mich um und ließ den Blick über meine Klasse gleiten. Ich war froh, nicht mehr sechzehn sein zu müssen. Ich weiß, das sagten alle, aber vielleicht war das gar nicht so verwunderlich. Ich zumindest war mit sechzehn dem Weltuntergang nah. Alles war tragisch, alles so schwer. Ich war das wildeste Mädchen der Schule, rauchte, trank, war cool, ständig verliebt und verdammt oft unglücklich. Es war die Zeit der Schuldgefühle und all den Gedanken, die man hat, wenn man erwachsen werden muss. Alles spielte eine Rolle, alles war irre wichtig. Eigentlich war ich die ganze Zeit vollkommen unentspannt. Aber mittlerweile war ich zu einigen ganz wertvollen Erkenntnissen gelangt. Unter anderem, dass man wirklich ’ne Menge aushalten kann. Das hat das Leben offenbar schlau eingerichtet. Auch, dass es der Welt völlig egal war, ob man nun traurig oder glücklich war. Und dass man ein Idiot war, wenn man sein Leben verschwendete. Denn das verschwand offensichtlich auch ohne großes Zutun. Ich hoffte, meiner Klasse so ein bisschen Sund-Spirit, wie Fiona das einmal formulierte, mitgegeben zu haben. Auch wenn sie mir manchmal furchtbar auf die Nerven gingen, würde ich behaupten, dass meine Klasse ein echt freundlicher Haufen Sechzehnjähriger war. Die meisten von ihnen pubertierten sehr gemäßigt vor sich hin und waren größtenteils umgängliche und entspannte Geschöpfe.

MARIA

Ein Hauch von Fliederduft lag in der Luft. Er erinnerte Maria an Zuhause. Auch über die Entfernung konnte sie sofort eine Verbindung dorthin schaffen. In den Fliederduft strömte der Geruch von Kirschblüten, Freesien und frischem Gras. Sie war fünfzehn, als ihre Eltern beschlossen, nach Deutschland zu gehen. Jetzt war sie siebzehn und würde nach ihrem Abschluss heimkehren. Nach Hause. Allein. Es hatte sie endlose Diskussionen, Streitereien, Tränen, Umarmungen, Kompromisse und Versprechungen gekostet.

„Du kannst nicht allein zurückgehen, Maria. Wir sind eine Familie."

„Es war euer Plan, nach Deutschland zu gehen. Nach meinem habt ihr nicht gefragt."

„Wird das jetzt immer so sein? Deine Vorhaltungen, dein Zorn auf uns? Die Entscheidung haben wir gemeinsam getroffen, du erinnerst dich? Für euch, für uns und ganz besonders auch für dich."

Marias Kopf fühlte sich wie kurz vorm Zerplatzen an. Irgendwie war es viel einfacher, sich mit Leuten zu streiten, die garstig waren und nicht nett.

Sie hatte sich die Tränen von den Wangen gewischt, die ihr ohne Vorwarnung übers Gesicht liefen. Blöde Tränen. Doch sie konnte nichts gegen den heftigen Kummer tun, der sie erfüllte. Sie hatte Sehnsucht nach ihrem alten Leben. Solcherart Sehnsucht, die machte, dass sie keinen Appetit mehr verspürte und schon am Morgen müde war. Natürlich wusste sie, dass es ihren Eltern nicht leichtgefallen war, alles hinter sich zu lassen und mit drei Kindern in einem anderen Land noch einmal komplett neu anzufangen. Papiesch hatte in Deutschland eine Dozentenstelle angenommen. Erst mal probehalber. Anderthalb Jahre pendelte er zwischen Breslau und hier. Maria gewöhnte sich daran und fand es irgendwann sogar ganz cool. Mama hingegen vermisste Papiesch fürchterlich. Da nutzte es nichts, dass die Großeltern mit im Haus lebten und sie mit den drei Kindern und allem unterstützten. Mama wurde immer unglücklicher. Während für die anderen das Leben fast wie gewohnt weiterging, fühlte Mama sich oft elend und lag viel im Bett in ihrem abgedunkelten Zimmer hinter zugezogenen Läden. In dieser Zeit hatte Maria zum ersten Mal erfahren, dass man vor Sehnsucht krank werden kann.

Zwischen ihren Eltern bestand eine fast magische Verbindung. Früher hatte sie es oft lächerlich und peinlich empfunden und sich ein wenig geschämt. Wie sie sich küssten und berührten, anschauten und aller Welt zeigten, dass sie die wahren Glückspilze wären, weil sie zusammen sein konnten. Aber eigentlich war es cool. Denn ihre Eltern waren der lebende Beweis, dass es die große Liebe gab. Und warum sollte die aufhören, nur weil sie Kinder bekommen hatten oder älter wurden? Ihre Eltern waren immer in Bewegung geblieben, voller Vorfreude und Entdeckerlust. Aber diese Zeit des Getrenntsein, das hatte sie an ihre Grenzen gebracht. Jeder für sich konnte sein Leben wohl schwer aushalten.

Maria schaute auf ihr Blatt. Eigentlich war sie mit ihrem Aufsatz fertig. Bevor sie noch einmal alles Korrektur lesen würde, versuchte sie, ihren Kopf freizumachen. Diesen Tipp hatte Papiesch ihr gegeben.

„Wenn du dich zu sehr auf etwas fokussierst, kann es schnell passieren, dass du das Wesentliche übersiehst.“

So versuchte sie also *ihren Kopf freizumachen* und begann, auf dem Schmierblatt zu zeichnen. Die Annahme, dass man den *Kopf freimachen* könne, war totaler Quatsch. Marias Kopf dachte immer etwas. Ein Gedanke häkelte sich an den nächsten und sie konnte nichts dagegen tun. *Kopf freimachen, hat Papiesch gesagt. Papiesch. Papiesch und Mamenka. Ihr glückliches Lachen, als Papiesch sie über die Türschwelle der neuen Wohnung trägt. Neue Wohnung. Schön. Zentral. Aber kein Garten. Garten. Polen. Zu Hause.*

Es fiel ihr leicht sich an den Sonntagvormittag zu erinnern, der ihr Leben aus dem Gleichgewicht brachte. Im Nachhinein wird sie sowieso sagen, dass sie hier und damals am glücklichsten war. Und später, dass dort alle vermeintlichen Probleme in Wirklichkeit lächerlich waren. Denn was niemand ahnen konnte, an diesem Sonntagvormittag musste sie nicht nur von ihrem Zuhause Abschied nehmen, sondern auch endgültig von ihrer Kindheit.

In ihrer Erinnerung war dieser Sonntag ein ungewöhnlich heißer Tag, der sich bereits wie Hochsommer anfühlte und Papiesch würde erst spätabends wieder fahren, wenn sich die Hitze des Tages verflüchtigt hätte. Sie waren draußen im Garten. Papiesch saß mit Großvater unter der Akazie, sie hatten gerade ihre Partie Schach beendet und redeten darüber. Großmutter füllte an dem blassgrauen Holztisch Piroggen und summte leise vor sich hin. Vertrauter Singsang. Die Welt stand in den verrücktesten Farben, alles blühte durcheinander. Maria mochte den Frühling von allen Jahreszeiten am allermeisten. Er war zwar ein Prahlprotz und Wichtigtuer und manchmal auch ein Blender, aber er brachte der Welt die Farben. Für Maria war das nach dem langen Wintergrau wie ein langer prachtvoller Tagtraum. Mamenka schnitt Karotten für den Salat und die Mädels halfen ihr. Das vertraute Necken, ihr Lachen über den üblichen Schlagabtausch aus Worten, den sich Großvater und Papiesch nach jeder Schachpartie lieferten. Nachher wollte Tomek sie zum Baden abholen und abends würden sie mit der Clique rumhängen, Musik hören, quatschen, vielleicht ein paar Schaschlik auflegen. Eigentlich war alles wie immer. Sie fragte sich, warum sie es nicht hatte kommen sehen. Mama schien seit Wochen schon wie von innen zu strahlen und Papiesch war leicht und ausgelassen und gar nicht traurig, dass er heute Abend schon wieder fahren musste.

Drei Worte. „Wir ziehen um." Nichts mehr wie vorher. Schockstarre bei Maria.

„Wenn es euch nicht gefällt, gehen wir wieder zurück. Versprochen."

Papieschs leuchtende triumphierende Augen. Mamas glücksstrahlendes Lächeln. Ihre beiden Schwestern, die frohlockend über den leuchtendgrünen Rasen hüpften. Das Schweigen der Großeltern. Sie würden nach Deutschland gehen. Maria würde es nicht verhindern oder abwehren können, aber sie haderte. Sie spürte einen Widerstand in sich, gepaart mit Trotz und Uneinsichtigkeit. Warum? Warum musste sie ihr altes Leben aufgeben, nur weil ihre Eltern ein neues beginnen wollten? Warum jetzt? Warum so schnell?

Maria war vernünftig. Das musste sie wohl. Denn selbst wenn sie sich mit der letzten störrischen Faser ihres Körpers weigern würde, hatte sie keine Wahl. Letztendlich vertraute sie dem Versprechen ihrer Eltern und irgendwann, zwischen Kofferpacken und Ausräumen, packte sie auch eine winzigkleine Vorfreude. Ihre Familie würde nicht mehr getrennt sein. Sie würde aus der Dorfenge herauskommen. Museen, Theater, Cafés, Restaurants, das pulsierende Treiben einer Stadt. Zögerliche Neugier. Ein Anflug von Freude. Alles und jeder im Leben verdiente eine Chance. So war sie erzogen worden.

Ihre Nachbarn und Freunde gaben ein Abschiedsfest für sie und tranken auf ihr neues Leben. Alle winkten und klatschten, als sie am nächsten Morgen in ihrem bis unters Dach vollgestopften Dacia Dokker einstiegen. Sie musste Abschied von Tomek nehmen. Er war ihr erster Freund und sie wusste, was die Leute über erste Beziehungen sagen. Aber bei ihnen war es anders. Tomek hatte ihre Hand gehalten. Sie vergrub den Kopf an seiner Brust. Er hatte sie aufs Haar geküsst und sehr ernst gesagt: „Ich liebe dich." Und sie hatte genauso ernsthaft erwidert: „Ich dich auch, Tomasz Nowak." Aber das Schluchzen in ihrer Stimme konnte sie nicht unterdrücken.

„Komm jetzt, Maria. Wir wollen los."

Das letzte Bild war das von ihren Großeltern. Ihre Gesichter lachfaltenreich und sonnengebräunt. Maria würde sie zum Wehtun vermissen. Ihr Großvater hatte einen Arm um die Schulter von Babcia gelegt und sie gehalten. Oder war es andersherum? Klein sahen sie aus. Klein und alt. Und sehr einsam. Es beunruhigte sie. Zum ersten Mal hatte sie Angst um ihre Großeltern.

Sie war also mit nach Deutschland gekommen. Ohne weitere großen Dramen, ohne weitere Meutereien. Im Kopf fest das Versprechen ihrer Eltern gespeichert. *Wenn es euch nicht gefällt, gehen wir zurück*. Es klang fair. Deswegen war Maria wirklich entschlossen, ihrem neuen Leben eine Chance zu geben. Aber aller Entschlossenheit zum Trotz spürte sie die grundstürzende Veränderung erst im Magen, dann in der Seele. An jedem Tag. An jedem gottverdammten Tag der letzten 730 Tage. Eigentlich waren ihre Eltern schuld. Oder sie selbst. Oder Gott, der den Menschen Millionen von Sprachen gegeben hatte. Fakt war, sie hatte verloren, als sie, ohne kaum drei Wörter Deutsch zu kennen, in die neunte Klasse kam. Eigentlich war sie damit schon runtergestuft. In Breslau würde sie jetzt in die zehnte Klasse ihres Gymnasiums gehen. Hier würde sie also die neunte noch mal machen. Gemeinschaftsschule. Die bis zur zehnten ging. Abitur müsste man an einer anderen Schule ablegen. Aber wie sollte sie jemals in zwei Jahren die Sprache so gut beherrschen können, um überhaupt einen Schulabschluss zu kriegen? Wie sollte sie in zwei Jahren den Anschluss an den Unterrichtsstoff finden? Wie sollte sie in zwei Jahren in allen Fächern die Fachtermini beherrschen und den Stoff obendrein? Und wie sollte sie das alles hier ohne Tomek bloß überleben?

Ihre Eltern waren schuld, weil sie ihr nicht die Sprache eingebläut hatten. Papiesch und Mama sprachen perfekt, natürlich. Beide hatten Deutsch studiert und Papiesch hatte in Breslau am Goethe-Institut Deutsch unterrichtet. Klar hatten sie ihre

Töchter animiert, die Sprache zu lernen. Aber nicht richtig. Mehr so versöhnlich-konspirativ, im Sinne von ‚mach mal, wenn du Lust hast'. Aber Maria hatte keine Lust. Deutsch war nicht nur schwer, sondern auch nicht schön. Jedes Wort klang schnarrend, außer *Quatsch*, und weckte Assoziationen zu Hitler, Marschmusik und Lederhosen. Sie hatte sich für Englisch und Spanisch entschieden.

„Ihr hättet uns zwingen müssen, Deutsch zu lernen."

„Ja, klar. Weil du dich auch hättest zwingen lassen."

Maria wusste, dass sie ihren Eltern unrecht tat. Zumindest ein bisschen. Aber es verschaffte Genugtuung, jemandem Schuld zu geben. Es tat gut, ihre Wut irgendwohin zu kanalisieren.

„Ihr seid doch meine Eltern. Gehört es da nicht dazu, seine Kinder zu Dingen zu zwingen? Zum Beispiel ein Instrument zu lernen oder zu den Pfadfindern zu gehen oder eben Deutsch zu lernen? Ihr habt uns einfach zu viel durchgehen lassen", hatte sie zornig geschnaubt.

Papiesch hatte sie fest an sich gedrückt und ihr den Kopf gestreichelt.

„Vielleicht hast du sogar recht. Aber wir erziehen euch so gut wir es eben wissen. Ich nehme an, wir haben dir hier einen ganz schönen großen Stein ins Leben gerollt. Wenn du es zulässt, könnten wir versuchen, ihn gemeinsam aus dem Weg zu räumen."

Auf den ersten Tag in der neuen Schule hatte sie sich penibel vorbereitet. Sie wollte sich sicher fühlen und gerüstet. In der kurzen Zeit, die ihnen blieb, hatte sie mit Papiesch mühsam ein paar Sätze auf Deutsch gelernt.

„Ich heiße Maria und komme aus Polen. Ich bin fünfzehn Jahre alt und liebe Kunst."

Sie hatte einige Zeit damit zugebracht, die kleinen Unreinheiten in ihrem Gesicht mit etwas Make-up und Puder auszugleichen. Als sie den mattroten Lipgloss auftrug und ein letztes Mal in den Spiegel sah, fand sie sich hübsch.

„Bereit, wenn Sie es sind."

Ihr braunes Haar trug sie offen und es fiel in leichten Wellen über die Schultern bis fast zum Po. Tomek liebte ihre Haare. Genauso wie er es liebte, ihr den geflochtenen Zopf aufzuknüpfen und die Haare auszubreiten. Sie zu küssen, vom Haaransatz tiefer und tiefer. Im Herbst würden sie sich wiedersehen.

In engen Jeans und einem weißen Sommertop lief sie mit langen Schritten in ihre neue Schule. Alicja an der Seite. Alicja war in die 5. Klasse eingestuft und Zofia im Kindergarten angemeldet.

„Ich heiße Maria und komme aus Polen. Ich bin fünfzehn Jahre alt und liebe Kunst."

Es war anzunehmen, dass die meisten in der Klasse bis heute nicht viel mehr von ihr wussten.

Es lag nicht an Maria und es lag nicht an der Klasse. Das musste man fairerweise festhalten. Es lag in erster Linie daran, dass Maria nicht auf Deutsch sprach. Sie scheute sich davor, wie der Teufel sich vorm Weihwasser fürchtet. So kam es, dass die anderen dachten, sie verstehe rein gar nichts. Was sollte man mit jemanden machen, der nichts versteht und nichts sagt? Möglicherweise konnte man so sein wie Annie, die Maria wie eine minderbemittelte Grundschülerin behandelte. Sie schrieb ihr die Hausaufgaben ein, nahm sie an die Hand, wenn sie die Räume wechselten und begleitete sie aufs Klo. Auf die Idee, langsamer zu sprechen, einfache Wörter und kurze Sätze zu benutzen, kam sie nicht. Eigentlich niemand. Aber keines der Mädchen war unfreundlich zu ihr. Nicht mal Roxy, die auf sie wegen ihres oftmals unverhohlen feindseligen Auftretens gegenüber den Lehrern einen verstörend seltsamen Eindruck machte. Solcherart Respektlosigkeiten gegenüber Lehrern wären in ihrer alten Schule undenkbar gewesen. Maria stand geduldet mit in den Mädchencliquen, mal bei Taja und Fiona, meistens bei Annie, Lilli und Elsa, selten bei Roxy und Silla.

Seit ihrem ersten Schultag wartete sie. Sie wartete darauf, die Sprache so perfekt zu beherrschen, dass sie sie wie ihre Muttersprache benutzen könnte.

Dann könnte sie sich mitteilen, so, wie sie es wollte. Nicht mühsam nach Wörtern suchen müssend. Nicht drüber nachdenkend, welcher Fall, welche Präposition oder welcher Artikel korrekt benutzt werden müsse. Nicht mehr dumm oder scheu wirkend. Sondern so zu sein, wie sie eigentlich doch war. Klug und manchmal auch echt witzig. Belesen und mit einer großen Leidenschaft für alles, was mit Kunst zu tun hatte.

Es zeichnete sich eine sehr vertrackt verquere Spaltung der *alten Maria* zur *neuen Maria* ab. Wenn sie abends im Bett mit ihren Freunden aus Breslau chattete oder skypte, war sie die *alte Maria*. Wortgewandt, schlagfertig, beliebt. Wenn sie morgens im Klassenraum saß, übernahm ungewollt und ungefragt die *neue Maria* das Zepter. Zurückhaltend, unsicher, blockiert. Sie kam sich völlig gespalten vor. Andersartig und fremd.

Dabei war sie eigentlich eine Mischung aus Taja und Roxy, nur in Polnisch und in besser. Aber das konnte keiner sehen und egal, wie sie sich anstrengte, ihr altes Ich wurde immer verschwommener.

Die meisten Lehrer riefen sie im Unterricht nicht mehr auf. Außer Frau Sund. Unbeeindruckt davon, wie lange sie auf eine Antwort warten musste, ungerührt, ob sich Maria wand.

„Nimm's nicht persönlich", hatte sie zu ihr gesagt. „Sprechen lernt man nur durch Sprechen. Und im Sprachkurs sprichst du gut. Trust in you, vertrau dir."

Drei Stunden Sprachkurs in der Woche, den Frau Sund hielt. In diesem geschützten kleinen Raum sprach sie. Verstand. Lachte. Und bekam eine Ahnung, dass sie irgendwann einmal diese bescheuert schwere Sprache durchschauen könnte.

„Verlieb dich, Maria. Dann hast du die größte Motivation zu sprechen."

Maria zuckte die Schultern. „Ich habe Freund in Polen."

„Na, da kann man wohl nichts machen."

Aber in diesem Moment verstand Maria, dass sie eigentlich, ganz tief in ihrem Herzen, nie aus Polen wegwollte. Sie hatte einen anderen Plan für ihr Leben gehabt. Mit Tomek. In Breslau. Einem Kunststudium und Freunden. Es hatte keinen Sinn. Sie musste mit ihren Eltern reden. Sie mussten sich alles sagen. Sie mussten sich anschreien, weinen und verzeihen.

Maria wusste nicht viel. Aber eins wusste sie ganz genau. Unter gar keinen Umständen wollte sie zwischen diesen zwei Marias leben.

Seit sie mit Mama und Papiesch gesprochen hatte, wurde alles leichter. Sie würden ihr Versprechen halten, wenn Maria im Gegenzug ihres hielt. Sie würde bei den Großeltern wohnen und auf dem Lyceum ihren Abschluss machen. Es würde nicht ihr altes Gymnasium sein. Bedingung war, dass sie das deutschsprachige Elisabeth-Gymnasium besuchen würde. Das war schlau eingefädelt, denn nun hatte Maria eine eindringliche und innige Motivation, Deutsch zu lernen.

Noch fünfundvierzig Minuten. So lang wie eine Schulstunde. Zeit stand nie still, im Gegenteil, sie raste. Wie schnell waren die zwei Jahre vergangen. Und doch hatte sie das Gefühl, kaum gelebt zu haben. Die vorhersehbaren abgezählten Schulwochen, angefüllt mit ödem Lernen. Lernen bis zu den nächsten Ferien, die sie in Breslau verbrachte. Und dann verflogen die herbeigesehnten Ferientage doppelt so schnell und Maria weinte schon zwei Tage vorher über den nahenden Abschied. Keiner ahnte von der Zweischneidigkeit ihres Lebens, bis sie es nicht mehr ausgehalten hatte. Niemand kann dem anderen in den Kopf gucken, dachte Maria. Wir sehen nur das, was uns der andere sehen lässt. Und die Stillen, die Nerdigen, die, die nicht so ein Tamtam machen, die werden übersehen. Nebensächliche, unbedeutende, belanglose Existenzen.

Maria lächelte. Sie würde nach Polen zurückkehren. Mit einem größeren Lebensradius als vorher. Vielleicht würde sie später sogar in Deutschland studieren. An der Kunstakademie Berlin. Oder in Wien, Paris oder Bologna. Bestimmt würde sie den Kontakt zu einigen aus der Klasse halten.

Ihr Deutsch war tatsächlich ganz passabel geworden, auch wenn es sich immer noch ungewohnt für sie anfühlte. Sie freute sich auf die Abschlussfahrt an die Nordsee und am meisten darüber, dass sie sich wieder freuen konnte. Aufrichtig und mit keiner Handbreit dazwischen. Da fiel ihr ein, dass sie Mile noch den Stick mit polnischer Punkmusik geben wollte. In der Nervosität heute Morgen hatte sie es glatt vergessen, obwohl sie ihn gestern bis spätnachts noch bespielt hatte. Sie hatte es Mile versprochen. Und Versprechen zu halten, war eben eine Gewohnheit in ihrer Familie. Kein großes Ding.

FÜNFUNDVIERZIG
MINUTEN

Irgendwann gewinnen auch die lächerlichen kleinen Dinge so an Bedeutung, dass man sie genauso wenig wie die großen aushalten kann. Mein Mann ist gestorben. Das war eines der großen Dinge. Hätte ich es nicht verdrängt, dann hätte es mich erschlagen. Als ich noch nicht angeknackst war, habe ich die kleinen Dinge ähnlich wie Roxy ohne groß nachzudenken aus dem Weg geräumt. Mal mehr, mal weniger entschlossen. Über sinnlose Anordnungen der Schulleitung habe ich mich hinweggesetzt, wie zum Beispiel keine Telefonate mit Eltern außerhalb der Schule. Oder auch:

Die Schüler haben sich während der Pausen nicht im Schulgebäude aufzuhalten.

Vor Schulbeginn dürfen die Schüler nicht ins Schulgebäude.

Nach Schulschluss auch nicht.

Keine Kuchenbasare.

Keine Toilettengänge während des Unterrichts.

Kein Schulball.

Keine Chats mit Schülern oder digitaler Austausch …

Die Liste der *Absicherungen gegenüber dem Schulamt und Ministerium*, die unsere Direktorin, nachdem sie vor fünf Jahren den Thron bestiegen hatte, erstellte, war endlos. Ebenso wie ihre bemerkenswerte Fähigkeit, dieser Schule ganz verhohlen ihre Seele zu nehmen. Es dauerte eine ganze Weile, bis ich anfing, das zu begreifen. Vielleicht gehörte ein bisschen Anarchismus dazu, eine Schule zu leiten, ganz bestimmt jedoch Rückgrat und einen Arsch in der Hose. Sie hatte keines davon. Mir war klar, dass Schule, so wie alle menschgeschaffenen Institutionen, ein festgelegtes starres Regelsystem hatte, vielleicht sogar haben musste, um zu funktionieren. Aber es machte mich irre, wenn Menschen sich zum Sklaven ihrer eigenen Regeln machten. Nur weil ein paar aufgeblasene Krawattenträger, die höchstwahrscheinlich jahrelang keine Schule von innen gesehen hatten, in den Ministerien das so festlegten, musste es noch lange nicht passen. Geschweige denn richtig sein. Jede Schule hatte eine eigene Dynamik, war ein einzigartiger Kosmos. Genauso wie jede Klasse, jede Familie, jeder Mensch. Ich war Lehrerin geworden, um Kindern zu helfen und nicht um Vorschriften einzuhalten, die mir dabei im Weg standen. Zornig schnippte ich mit Daumen und Zeigefinger meinen Apfel weg. Er kullerte zum Rand des Tisches und ich beugte mich vor, damit er nicht herunterfiel.

„Also, ich schwör, Frau Sund, wenn ich nicht gleich aufs Klo darf, platz' ich."

Erschrocken hielt ich in der Bewegung inne.

„Wow, Matze, ich habe dich gar nicht gesehen."

„Hab' ich gemerkt. Also, darf ich jetzt?"

Ungeduldig trippelte er von einem Bein aufs andere. Ich musste unweigerlich grinsen. Matze war manchmal noch so ein Kind. Dabei war er mit seinen achtzehn Jahren der Älteste in der Klasse. Optisch war ihm das ohne Frage anzusehen. In den letzten zwei Jahren war aus dem kleinen dicklichen Matze ein hochgewachsener Hüne mit breiten Schultern und Oberlippenbärtchen geworden. Aber er wirkte trotz seiner Massigkeit immer noch kindlich und naiv. Ich hatte plötzlich einen Kloß im Hals. Es hatte viel Anstrengung gebraucht, Matze an den Punkt zu bringen, an dem er jetzt war. Und permanente Überredungskunst. In erster Linie meiner Kollegen.

„Also bei mir macht der gar nichts. Für gar nichts kann ich dem doch keine Fünf geben, nur weil du nicht willst, dass er sitzenbleibt."

„Sieh's doch mal so, wenn er nicht versetzt wird, hast du ihn noch mal ein ganzes Jahr vor dir sitzen. Und du glaubst doch nicht, dass er bis nächstes Jahr wirklich lineare Gleichungen geschnallt hat. Vielleicht braucht er die auch gar nicht beim Radlader fahren?"

Es lag mir viel daran, dass Matze in meiner Klasse blieb. Das System hatte einfach keine optimale Lösung für ihn. Aber in meiner Klasse, zahlenmäßig einmalig klein, hatte er eine Chance. Auf Kosten der anderen? Vielleicht. Ich sah es nicht so. Ich wusste nur eins sicher. Matze sollte nicht der Verlierer sein. Die Klassenkonferenz beschloss schlussendlich Jahr für Jahr die Weiterversetzung von Matthias Kremser. Vielleicht Matze zuliebe, vielleicht mir zuliebe oder einfach nur, weil sie froh waren, wenn er endlich die Schule verlassen würde. Dieses Jahr nun war es so weit.

„Entschuldige. Ich war in Gedanken. Klar kannst du gehen, aber beeile dich. Ist nicht mehr viel Zeit bis zur Abgabe.“

Ich stand auf und reckte mich. Matze überragte mich um Kopfhöhe. In froher Erwartung, gleich raus gehen zu dürfen, schien er gar nicht richtig zuzuhören.

„Trödel nicht zu lange rum, hörst du?“, mahnte ich ihn noch einmal eindringlich. Ich begleitete ihn zur Tür. Matze hatte manchmal einen Drang, komische Dinge zu machen, so wie durch Fenster zu klettern, sich unter Tische zu legen oder sich offenbar witzig gemeinten Kratzgeräusche auf Tischen zu widmen. Aber diesmal öffnete er sehr manierlich die schwere Aulatür und stapfte auf den Flur hinaus.

MATZE

Endlich raus. Erleichtert fühlte Matze die Anspannung von sich abfallen. Er lief den Flur entlang und pfiff leise vor sich hin. 255 Wörter. Das musste ihm erstmal einer nachmachen. Seinen Deal mit der Sund hatte er immerhin erfüllt. Mindestens 250 Wörter. Fünf mehr. Er war clever und hatte alles mitgezählt, sogar seinen Namen. Dreimal hatte er die Wörter gezählt und war jedes Mal auf eine andere Zahl gekommen. 255 war die Mitte und hörte sich ganz gut an. Die Sund hatte bestimmt keine Zeit, bei allen Aufsätzen die Wortzahl zu überprüfen. Da würde sie ja allein schon bei Sillas ewigen Romanen den halben Nachmittag zubringen. Wenn er nachher wieder reinging, würde er noch mal nachzählen, vielleicht waren es ja sogar 265 Wörter. Da konnte man sich ja nie ganz sicher sein. Aber jetzt schwirrte ihm der Kopf von der ganzen Zählerei und dem Geschreibe, obendrein hatte er schon fast vier Stunden keine geraucht und merkte, wie er hibbelig wurde. Es war ja nicht so, dass er süchtig wäre, Bullshit, aber das Rauchen brachte ihn immer irgendwie runter. Vielleicht war es auch einfach die Ruhe, wenn er allein auf dem Schulklo saß und ihn niemand nervte, jedenfalls brauchte er in regelmäßigen Abständen sein Kippchen. Und jetzt, nach der ganzen Denkarbeit, brauchte er unbedingt auch frische Luft. Also lief er am Jungsklo vorbei und an den leeren Klassenzimmern. Schade, dass die Räume abgeschlossen waren, dachte er. Sonst hätte er sich auch dort verkriechen können und müsste nicht am Sekretariat vorbei. Auf Zehenspitzen tänzelte er an der geschlossenen Tür des Schulsekretariats entlang. Bloß nicht der Direktorin in die Arme laufen. Das wär's. Die hatte ihn sowieso schon immer auf den Kieker und konnte ihn nicht leiden. Seinen Vater auch nicht. Aber das beruhte auf Gegenseitigkeit.

„Die Pohl ist sowas von unfähig", hörte er seinen Vater schimpfen. „Krempelt die ganze Schule von oben bis unten um und kriegt nichts hin. Wenn bei uns auf'm Bau jemand so rummurksen würde, wäre er schon achtkantig gefeuert worden. Aber was so 'ne Direktorin ist, die kann sich ja 'ne Menge erlauben."

Matze wusste, weswegen sein Vater so sauer auf die Pohl war. Am liebsten hätte die nämlich gesehen, dass er nach der 9. Klasse abgegangen wäre.

„Das ist das Beste für ihn, Herr Kremser. Den Realschulabschluss wird er ganz bestimmt nicht schaffen. Dass er die Hauptschule abgeschlossen hat, war wirklich nur dem Wohlwollen der Lehrerschaft zu verdanken."

Aber sein Alter hatte auf Frau Sund gehört und nun, wie's aussah, würde er bald seinen Realschulabschluss in der Tasche haben. Dann würde ihm keiner als Blödi auf der Arbeit rumschubsen, denn er konnte ganz normal eine Lehre machen. Nicht so'n dämliches BVJ, wo die ganzen Bekloppten auf einem Haufen versammelt waren. Das nämlich wollte ihnen die Pohl einreden.

„So ein berufsvorbereitendes Jahr ist doch optimal für Matthias. Da kann er herauskriegen, was er werden will und noch mal Grundlagen festigen."

Aber er wusste schon längst, was er werden würde. Der Ausbildungsvertrag als Maurer war seit 'nem halben Jahr unterschrieben. Nüscht mit BVJ und Scheiß. Er wollte knechten und einen Haufen Geld verdienen. So sah's aus. Leise sang er in der Melodie von „Bruder Jakob" „Pohl ist hohl, Pohl ist hohl" vor sich hin und sofort besserte sich seine Stimmung wieder. Offensichtlich stimmte etwas nicht so richtig mit seinem Kopf, denn es war schon so, dass er innerhalb von fünf Minuten so fünfzigtausend verschiedene Stimmungen durchlaufen konnte. Kein Wunder, dass er sich manchmal nicht so richtig konzentrieren konnte.

Geschafft. Er hatte das Schulhaus verlassen und hockte sich auf die Bordsteinkante vorm Feuerwehrhaus. Hier war er versteckt vor sämtlichen Pohl- oder anderer Lehrer-Augen. Er schnippte eine Zigarette aus der zerknautschten Schachtel. Ging auch schon mal besser, dachte er genervt. Aber mit dem ersten tiefen Zug von seiner Zigarette verflog die Gereiztheit und er begann sich zu entspannen.

VIERZIG
MINUTEN

„Tschuldigung.“

„Was ist los, Philipp? Willst du etwa schon abgeben?“

Ich spürte die Hitze, die begann, vom Boden aufzusteigen. Vielleicht doch ganz gut, dass die Prüfungen so zeitig anfingen, dachte ich. Gleichzeitig streifte mich ein kühler Luftzug vom Fenster. Meine Handflächen waren immer noch feucht von dem Anflug der Panikattacke, aber ich versuchte, mich zusammenzureißen. Philipp sah auch etwas blass aus und kleine Schweißtropfen standen ihm auf der Stirn. Muss keine Freude sein, so’n Haufen Pickel zu haben, dachte ich, ein wenig angeekelt. Aber seine Stirn sah wirklich wie ’ne Pickelkraterlandschaft aus. Einige standen kurz vor dem Ausbruch. Plötzlich kam mir das kleine Wortgeplänkel nach einer Meinungsverschiedenheit mit meiner Tochter in den Kopf.

„Du bist manchmal wie deine Schüler, Mama.“

„Danke für das Kompliment, Tochter.“

„Wusst’ ich doch, dass du das so siehst.“

Ein Lächeln legte sich auf mein Gesicht. Philipp erwiderte es nicht. Das hatte ich auch nicht erwartet, aber auch nicht diese sonderbare Kühle, die von ihm ausging. Verschlossener Blick, mürrische Miene. Philipp hatte ungewöhnlich helle Haut, bestimmt war er ein richtiger Stubenhocker. Ich wusste von seiner Mutter, dass er ein Computernerd war und sogar selbst programmierte. Philipp gehörte zu den zurückhaltenden Schülern. Er äußerte nur selten seine Meinung und meldete sich fast nie im Unterricht. Er fiel nicht auf, nicht positiv und nicht negativ. Eigentlich war er die Sorte Schüler, die den meisten Lehrern am angenehmsten war. Mir nicht. Ich hatte lieber eine lebhafte Klasse vor mir, die mitdachte, als eine stille, die sich langweilte. Bei Philipp wusste ich nicht, ob er das eine oder das andere machte. Aber er erledigte seinen Kram und fehlte selten. Mit ihm zu reden, ermüdete mich immer irgendwie. Er ließ sich jedes Wort aus der Nase ziehen und gab mir das Gefühl, lästig zu sein. Im Grunde genommen war er ein unauffälliger, phlegmatischer, zu schnell in die Höhe geschossener junger Kerl, der genau das machte, was die anderen Burschen der Klasse machten, nur alles etwas langsamer und unspektakulärer. Ich musterte ihn aufmerksam. Dabei entging mir nicht, dass er nervös und angespannt wirkte.

„Nein, Frau Sund. Ich muss mal dringend aufs Klo."

Ich schüttelte den Kopf. „Da musst du dich noch einen Moment gedulden. Matze ist gerade draußen."

„Aber es ist dringend." Seine Stimme war lauter geworden und ich hörte Unwillen mitschwingen. In seinem Blick spiegelten sich gleichzeitig Ärger, Ungeduld, Nervosität und Fassungslosigkeit. Wirklich jetzt? Weil er nicht sofort aufs Klo konnte? Ich starrte ihn einen Augenblick an und überlegte, welche Absicht hinter seinen Worten wirklich steckte.

„So sind nun mal die Bestimmungen, Flip. Sicher kommt Matze gleich wieder. Dann darfst du gehen."

„Können Sie nicht mal 'ne Ausnahme machen?"

Er schien nicht lockerlassen zu wollen, also setzte ich meine *Legt euch nicht mit mir an Miene* auf. Keine Diskussionen mehr, sondern klare Anweisungen. Zeigen, wer der Boss ist. Grenze ziehen. Mein Bereich, dein Bereich – meine Kompetenz, deine Kompetenz. Einige aus der Klasse schauten schon her und bei Aaron sah ich ein kleines schadenfrohes Grinsen aufblitzen. Ob es mir oder Philipp galt, war mir gerade völlig egal.

„Setz dich hin. Sofort. Du störst die anderen beim Arbeiten. Sobald Matze da ist, kannst du gehen. Und jetzt beweg dich."

Philipp sah mich verblüfft an. So, als hätte er im Leben nicht erwartet, dass er den Raum nicht verlassen dürfe. Ich sah, dass er wieder anhob, zu sprechen.

„Setz. Dich. Hin."

Seine Miene verhärtete sich. Die Hände in den Hosentaschen vergraben, stand er regungslos vor mir und starrte mich mit unverhohlener Wut an. Aber schon im nächsten Moment hatte er sich wieder im Griff. Er zögerte einen Augenblick, dann drehte er sich um und zuckelte zurück zu seinem Platz. Das verstohlene „Fick dich", war mehr zu ahnen, als tatsächlich zu hören. Mir lief der Schweiß. Hörbar atmete ich auf. Was zu Hölle? Ein gesunder sechzehnjähriger junger Mann sollte seine körperlichen Bedürfnisse doch zumindest für eine kleine Weile im Griff haben können. Seine merkwürdig feindselige Beharrlichkeit ergab überhaupt keinen Sinn. Nicht an diesem Tag, nicht in dieser Situation. Offenbar wollte sich Philipp heute partout irgendwelche Machtspielchen liefern. Sein Verhalten erstaunte mich und etwas später wurde mir klar, warum. Es war das erste Mal, dass ich Philipp *unkontrolliert* gesehen hatte. Ein beklemmendes Gefühl überkam mich. Denn tatsächlich war nicht sein Verhalten das Problem, sondern dass er sich so verhielt. Ich musste mir eingestehen, dass mich diese plötzliche Verhaltensänderung verunsicherte.

Ein Blick auf die Uhr verriet mir, dass Matze jetzt schon fast 10 Minuten draußen war. Unruhig geworden, band ich meine Haare hoch. Das machte ich merkwürdigerweise oft, wenn mein Herz unruhig zu schlagen begann und die Anspannung stieg. Natürlich half Haare hochbinden nicht gegen Unruhe, aber es gab mir das Gefühl, die Dinge in der Hand zu behalten.

MATZE

Er nahm noch einen letzten Zug und schnippte seine Zigarette in hohem Bogen weg. Belustigt sah er, wie sie fast genau in der Mitte der Straße wieder aufkam. Dort würde sie wohl relativ unbeschadet von Autorädern liegen bleiben und ihn beim Vorbeilaufen immer an jetzt erinnern. Er mochte es nicht, wenn Dinge komplett aus seinem Leben verschwanden. Papa sagte, man könne sich seine Familie nicht aussuchen. Und dass man sich auch nicht aussuchen kann, ob man alkoholsüchtig wird oder nicht. Aber man kann sich aussuchen, ob man es bleiben will. Seit zwei Jahren durfte er Mama nun wieder sehen. Die wohnte jetzt in einer kleinen Wohnung in der Stadt und manchmal kochte sie sogar was für ihn, wenn er kam. Aber eigentlich brauchte sie das gar nicht, denn mittlerweile konnte er besser kochen als Papa. Er mochte es einfach, bei ihr zu sein. Wie sie versuchte, etwas Normalität herzustellen. Ihn ermunterte, zu erzählen und ihm über die Wange strich. Es war seltsam, dass er begann, sie in solchen Alltagsmomenten am meisten zu vermissen. Obwohl sie ja da war. Wahrscheinlich war das so, weil dieses *normale Leben* schon seit Jahren verschwunden war.

Vielleicht würde er heute nach der Prüfung hinfahren. Ihr berichten, wie super es gelaufen war. Ein breites Grinsen breitete sich auf seinem Gesicht aus, das von jähem Erschrecken abgelöst wurde. Fuck. Er musste ja wieder rein. Fuck, fuck, fuck. Und aufs Klo musste er auch noch mal dringend. F..., nein, Matze, reiß dich zusammen, fürs Fluchen hast du jetzt wirklich keine Zeit mehr.

DREISSIG
MINUTEN

Am liebsten hätte ich die Hände zu einem Trichter zusammengelegt und Matze zugerufen: „Mach hin. Beeil dich. Komm endlich. Komm! Jetzt!“

Die Unruhe ließ mich nicht los. Ein kurzer Blick zu Philipps Tisch zeigte mir, dass es ihm ähnlich ging. Vernichtend schaute er mich an. In seinen Augen glomm wütende Erregung. Ich zögerte kurz, dann wendete ich den Blick ab und tat, als würde ich in meine Unterlagen vertieft sein. Dabei kam ich mir etwas dumm vor, denn es war offensichtlich, dass das nur ein Ablenkungsmanöver war. Ein Versuch, um Philipps feindseligem Starren zu entkommen, das mir Unbehagen bereitete. Und um meinen Gedanken zu entfliehen, die sich im Moment ausschließlich um Matze kreisten. Um Matze, der in der 5. Klasse keine zehn Minuten stillsitzen konnte, in der 6. im Unterricht onanierte, in der 7. beim Rauchen auf dem Schulklo erwischt wurde, in der 8. Jonas aus der 10. einen Zahn ausschlug, in der 9. Pornos auf dem Handy schaute und im Januar dieses Jahres einen Schneemann im Schulflur zu platzieren versuchte. Die meisten in der Klasse mochten ihn nicht besonders, ebenso wenig mochten ihn die wenigsten Lehrer. Neulich hatte mich ein Kollege gefragt, warum ich Matze mit aller

Gewalt den Abschluss ermöglichen wollte. Und ich dachte, warum fragt man als Lehrer so etwas? Für alles im Leben brauchte man doch Zeit und Geduld. Tat ich ihm unrecht? Für die meisten meiner Kollegen war Matze eine Zumutung, ein klarer Fall für die Förderschule. Aber es gab keine Förderschulen mehr. Punkt. Wenn man jemanden fragen würde, ob Inklusion an unserer Schule wirklich funktionierte, wäre die Antwort wohl sehr eindeutig. Vielleicht gelang es an einigen Schulen wirklich. An denen, die ausreichend Platz und Kapazitäten hatten, ein Heer aus Pädagogen, Sozialarbeitern, Therapeuten und Geld. Unsere Schule hatte von allem viel zu wenig. Die Politik lief forsch voran, als würden sie die Realität nicht kennen. Und wir, die Lehrer, standen unter ständiger Beobachtung. Von den Ministerien, den Eltern und den Schülern. Es stimmte. Ich ließ Matze nicht ziehen. Denn für Kinder wie ihn gab es keine Schlupflöcher mehr. Die Gemeinschaftsschulen waren ihr einziges Schlupfloch geworden. Schule musste ein Ort sein, wo man sich sicher fühlte. Denn nur wenn man sich sicher fühlte, konnte man wachsen. Sich solidarisch verhalten. Mensch werden. Das war meine Notwehr gegenüber der Politik.

Es stand außer Frage, dass Matze einem ungeheuer auf die Nerven gehen konnte. Er schien ständig außer sich zu sein und selbst, wenn er was Normales tat, geriet das manchmal außer Kontrolle. Aber als er begann, seine Kindheit abzustreifen, wurde es besser. Die Verbundenheit zu seiner Klasse hatte stärkenden Einfluss auf seine Zuversicht. Auch auf meine. Die meisten meiner Kollegen kannten aus ihrem Fachunterricht nur den begriffsstutzigen und nervenzermürbenden Schüler Matthias Kremser, aber ich kannte auch *unseren Matze,* der seit der 5. Klasse ganz allein die Bücherstapel von Leihexemplaren der Klasse quer über den Schulhof bis zum Klassenzimmer schleppte, der mit mir abends den Klassenraum mit Folie abklebte, bevor wir ihn am nächsten Tag malerten, der unermüdlich Steine und Kies schleppte, um den Boden für unsere Sitzecke zu pflastern und mir unaufgefordert meine schweren Taschen ins Auto trug, wenn wir gemeinsam Schulschluss hatten. Ich wünschte mir, jemand könnte die Schubladen dieser Welt zunageln. Am allermeisten aber wünschte ich mir, dass Matze jetzt endlich zur Tür reinkäme.

MATZE

Die freundliche Vormittagssonne wirkte auf einmal nicht mehr ganz so freundlich. In Wahrheit war sie viel zu grell und störte Matze beim Nachdenken. Er runzelte die Stirn. Vielleicht hatte er die trübe Hoffnung, dass das helfe, irgendwie die Zeit anzuhalten. Er musste nochmal aufs Klo, da biss die Maus keinen Faden ab. So war er etwas kopflos losgerannt und bemühte sich nun, so leise wie möglich am Sekretariat und am Direx-Zimmer vorbeizuschleichen. Die Angst, jetzt noch erwischt zu werden, zerrte an seinen Nerven. Angespannt auf der Hut, ja kein lautes Geräusch zu machen, hielt er sogar den Atem an. An die Wand gepresst schlich er sich durchs Schulhaus. Unwillkürlich musste er lächeln. Was für eine aufregende, coole, fürchterliche, spannende erste Prüfung. Sein Gesicht musste vor lauter Luftanhalten und Aufregung und allem zusammen mittlerweile knallrot sein. Zumindest fühlte sich sein ganzer Kopf irrsinnig heiß an. Geschafft. Leise öffnete er die Tür zum Jungsklo. Heute war also doch sein Glückstag. Wer sagt's denn? Noch schnell pissen und dann zurück in die Aula. Jep. Mit sich und dem Lauf der Dinge höchst zufrieden betrat er den Raum. Ein kurzer Blick in den Spiegel. Ein Blick, der ihm vertraut vorkam. So hatte ihn manchmal Mutter angeschaut.

Hinter den blassblauen Augen sah er Unsicherheit. Einsamkeit und Verletztheit. Diese plötzliche Erkenntnis verblüffte ihn gewaltig, aber er hatte keine Zeit, darüber zu sinnieren. Für den Moment war alles in Ordnung, alles noch dran. Aufmunternd grinste er seinem Spiegelbild zu. Dann ging er zum Klo. Letzte Tür hinten links. Das war sein Ort, sein Revier, sein Rückzug. Er streckte die Hand nach der Türklinge aus und drückte sie herunter. Die Tür öffnete sich nicht. War sie abgeschlossen? Noch nie in seiner ganzen Schulzeit war diese Tür abgeschlossen gewesen. Matze war verstört. Er klinkte erneut. Heftiger, mit Gewalt. Es gab keinen Zweifel, die Tür war verschlossen. Normalerweise hängte der Hausmeister einen Zettel raus, wenn mal ein Klo verstopft war oder so. Das kam äußerst selten vor, weil die meisten Jungs in die Stehpinkelbecken pissten und sich das große Geschäft für zu Hause aufhoben. Sich beim Scheißen zu beeilen, ging gar nicht. Bei den Weibern war ständig irgendwas verstopft, aber die schmissen ja alles rein, Binden und Zeugs, so den ganzen Weiberkram. Echt eklig, dass Frauen untenrum bluten. Und dann waren die noch zickiger als sie sonst schon waren. „Ich hab' grad meine Tage", war die Ausrede schlechthin. Dann mussten sie keinen Sport machen, konnten im

Unterricht an die frische Luft, durften rumzicken und ihn noch mehr anmotzen als sonst. Mädchen waren die reinste Enttäuschung. Zumindest die meisten.

Wütend knallte Matze gegen die verschlossene Tür. Sie war eindeutig zu. Er verdrehte genervt die Augen, dann versuchte er sich zu konzentrieren. Etwas war faul an der Sache, das hatte er irgendwie im Gefühl. Heute Morgen war die Tür noch offen, jetzt war sie zu. Dafür gab es keine Erklärung, schon gar nicht, weil die ganze Schule heute wie ausgestorben und ihre Klasse die einzige hier war. Matze atmete tief durch. Mit geschlossenen Augen lehnte er sich an die Toilettentür und dachte nach. Er musste sich was einfallen lassen. *Wegen übergroßer Dämlichkeit durch die Prüfung gefallen.* In seinem Kopf machte sich bereits Enttäuschung breit, als er plötzlich einen Einfall hatte. Warum war er nicht gleich auf die Idee gekommen? Er war doch wirklich manchmal ein Vollidiot. Matze öffnete die Tür neben dem verschlossenen Klo und kletterte auf den Klodeckel. Von dort spähte er in „sein“ Klo. Es sah aus wie immer. Und doch auch nicht. An der Wand lehnte ein Rucksack. Irgendjemand hatte ihn dort platziert und dann die Tür abgeschlossen. Klotüren auf- und zumachen war ein Kinderspiel. Man nehme eine Münze und stecke sie in den Drehspalt. Dann brauchte man bloß ein bisschen Geduld und Geschick und schawupps war sie offen. Monstermäßig gut, lobte sich Matze selbst, als er die Kabine betrat. Triumphierend hob er den Rucksack hoch und stellte ihn aufs Klo. Verdammt schwer. Schleppte jemand Steine oder sowas mit in die Schule? Ungeduldig knipperte er den Verschluss auf und spähte hinein. Dann veränderte sich seine Miene schlagartig. Seine Augen weiteten sich vor Erstaunen und er schnappte nach Luft. „Ach du heilige Scheiße."

FÜNFUNDZWANZIG
MINUTEN

Ich konnte meinen Unmut über Matzes Trödelei nicht mehr verbergen und schaute demonstrativ auf die Uhr. Der Gedanke, dass Matze womöglich einfach nach Hause gegangen war, bereitete mir Kopfschmerzen. Blödsinn. Das würde er nicht tun. Er sah zufrieden aus, als er mich gefragt hatte, ob er aufs Klo darf. Zufrieden und ein bisschen Matze-oberschlau. Ich müsste mich wirklich sehr irren. Zögernd stand ich auf und ging zu Philipps Tisch.

„Du, Philipp."

Er hatte den Kopf nach unten gebeugt und tat, als würde er schreiben, dabei hatte er mich die ganze Zeit mit unverhohlener Wut angestarrt. Eine kleine Weile verharrte er reglos in dieser Haltung. Erst nach ein paar Sekunden hob er den Kopf und tat erstaunt. Offensichtlich wollte er das bescheuerte Starren nicht zugeben.

„Wenn Matze in fünf Minuten…" Ich stockte. Philipps wütender Gesichtsausdruck vor noch ein paar Minuten war gespannter Erwartung gewichen. Mir war nie aufgefallen, dass Philipp so schnell seinen Gemütszustand ändern konnte. Entweder hatte er sich sonst immer wahnsinnig unter Kontrolle oder er konnte seine Stimmung so schnell ändern, dass es gar nicht auffiel. Ich hatte ja bis vorhin auch nicht geahnt, dass er mir so hart verübeln konnte, dass ich ihm etwas abschlug.

„Ja? Wenn Matze in fünf Minuten …?“

„Genau. Also, wenn Matze in fünf Minuten immer noch nicht da ist, gehst du bitte raus und schaust, was los ist, ok? Du musst doch noch auf Toilette, oder?“

„Vier.“

„Wie bitte?“ Ich wusste nicht, was Philipp meinte.

„Jetzt sind es noch vier Minuten.“

An seiner Stimme konnte ich hören, dass er immer noch sauer war. Er schaute mir in die Augen. In seinem Blick konnte ich Anspannung sehen und Triumph. Ich bekam ein beklemmendes Gefühl. Es war mir klar, dass ich gegen die Prüfungsvorschriften verstieß. Aber was, um Hergottswillen, hätte ich denn tun sollen?

„Ja, Flip. Und gleich drei. Geh bitte leise raus, die anderen sind eh schon unruhig geworden. Und, BITTE, beeilt euch.“

Ich berührte ihn am Arm. „Beeilt euch, hörst du?“ Unwillig schüttelte er mich ab.

„Kann ich jetzt geh’n?“

Philipp stand bereits auf. Auf die paar Minuten kam es jetzt auch nicht mehr an. Verdammt und verdammt und dreimal verdammt. Ich fühlte mich elend. Ehrlich gesagt, das war der größte Mist, der heute überhaupt passieren konnte. Aber vielleicht wurde ja noch alles gut. Wenn sich die beiden sputeten. Und wenn niemand was von draußen mitkriegte. Und wenn ich das Prüfungsprotokoll etwas „minimierte“. Meine letzte Prüfung ...

„Ja, geh.“

Ich lief zurück zu meinem Platz. Aus den Augenwinkeln sah ich, wie Philipp die Aula verließ. Und beim Rausgehen den Finger streckte. Echt? Das auch noch?

MATZE

Er konnte einfach nicht glauben, was er da sah. Seine Augen waren immer noch kugelrund vor ungläubigem Erstaunen. Es war Philipps Rucksack, das stand außer Frage. Matze hatte das zerschlissene Ding eigenhändig schon mehrmals versteckt oder mit Fußtritten über den Schulhof gebolzt. Flip war ein ziemlicher Schwächling. Wehrte sich nie, sagte kaum was und hockte doch immer mit bei ihnen rum. Aber wenn das wirklich sein Rucksack war, und er war es, da war sich Matze sicher, was hatte er vor? Es gab nicht viel, was man mit einem Rucksack voll Munition und Waffen machen konnte. Matze merkte, wie etwas über ihn reinbrach und ihm die Luft nahm. Er verspürte den Drang, den Rucksack einfach stehenzulassen und wegzurennen, weit weg von diesem unerträglichen Gefühl, das sich wie ein wuchtiger Stein auf seine Brust gelegt hatte. Am liebsten hätte er sich selbst geohrfeigt, um sicher zu gehen, dass das nicht nur ein schlechter Traum war. In seinem Kopf fühlte sich alles durcheinander an. Der Wirbelsturm in seinem Gehirn machte, dass alle Gedanken nur so hin und herflogen. Verrückt. Das war so krass verrückt. Nervös kratzte er sich mit der linken Hand die Stirn. Sie fühlte sich feucht an, genauso wie seine Hand. Mit der rechten spürte er die kühle Glätte des Großkalibers. Es ließ ihn erschauern. Matze biss sich stumm auf die Unterlippe. Er müsste sich höllisch konzentrieren um nachdenken, aber irgendwie hatte er das Gefühl, dass ihm die Zeit davonrannte. Unwillig schüttelte er den Kopf. Das alles brachte ihn komplett durcheinander und lähmte seinen Verstand. Ratlos setzte er sich auf den Toilettendeckel. Er konnte nach wie vor nicht begreifen, was hier passierte. Und man durfte keine voreiligen Schlüsse ziehen. Wenn doch nur jemand hier wäre. Matze holte tief Luft. Was für eine Scheiße! Blöder elender Mist. Aber Fakt war: Das würde ihm im Leben keiner glauben.

ZWANZIG
MINUTEN

Mein Gefühl sagte mir, dass etwas ganz und gar nicht in Ordnung war, aber es war die Stimme der Vernunft, die meiner Klasse ansagte, dass sie noch zwanzig Minuten Zeit hätten.

„Noch zwanzig Minuten, Leute. Dann ist die Zeit endgültig rum.“

Vereinzeltes ungläubiges Stöhnen. Ich hörte Roxys verzweifeltes „What the fuck“ und Tonis genervtes „Jetzt habe ich mich verzählt.“ Es war unausweichlich, dass für manche auch die längste Zeitspanne nicht ausreichte, um fertig zu werden. Deswegen gab es sie, die Deadline. Ausgerechnet jetzt kam mir dieser Begriff in den Sinn. Deadline. So stand es im Wörterbuch. „Stichtag“ war das Synonym, aber das traf es nicht. Denn Deadlines hielten sich nicht an Tage. Es war die letzte Frist. Der letzte Aufschub. Galgenfrist, Gnadenfrist.

Die Sonne verfing sich in dem hellen Gold von Fionas Haar. Wie hübsch sie mit den kurzen Haaren aussah, dachte ich. Besonders. Sie war gerade beim Zählen der Wörter und ihre Lippen formten unhörbar die Laute. Ihre schmalen Finger glitten geschmeidig von Wort zu Wort.

Es beruhigte meinen Verstand, ihr beim Zählen zuzuschauen.

Ein Knall. Nicht sehr laut, aber unüberhörbar. Es klang wie eine Fehlzündung oder so was. Der Parkplatz lag an der anderen Seite der Schule. Noch ein Knall. Und noch einer. Aabids dunkelschwarzgeweitete Augen. Seine Stimme, unnatürlich hoch.

„Hier schießt jemand. Hier schießt jemand, Frau Sund."

Meine Klasse. 14 Statuen. Für den Moment erstarrt. Um im nächsten Moment durchzudrehen.

„Geht unter die Fenster. Macht schon. Unter die Fenster hocken. Toni, Aaron, schiebt zwei Tische vor die Tür. Mile, schau, ob alle Fenster geschlossen sind. Aabid. Ich habe gesagt, unter die Fenster."

Wie in Trance schloss ich die Tür ab. Drehte mich um und sah, wie sich meine Schüler unter die Fensterbänke kauerten. Alles schien wie in Zeitlupe zu geschehen. Annies Schultern zuckten und Elsa strich ihr wieder und wieder darüber. Taja hielt Fiona eng umschlungen. Nik hatte Aabid, der einfach sitzengeblieben war und die Hände über den Kopf gefaltet hatte, hochgezerrt und mit zu den anderen geschoben. Zusammen mit Maria rückte Roxy ein paar Tische wie eine kleine Schutzvorrichtung unter die Fenster und schubste Lilli, die immer noch wie versteinert dastand, darunter.

Charlie hatte Toni und Aaron geholfen vier Tische vor die Aulatür zu wuchten. Fassungslos sah ich, dass Silla immer noch an ihrem Tisch saß und schrieb. Einfach weiterschrieb. Aber ich war nicht die Einzige, die das sah. Mit ein paar kraftvollen Schritten war Charlie bei ihr und trug sie zu den anderen.

Ich überzeugte mich, dass meine Klasse (und was war mit Matze und Philipp?!) erst mal sicher waren. So sicher, wie sie in diesem Moment des absoluten Chaos sein konnten. Aarons ungläubiger Blick zu mir. *Hilf uns!*

Fieberhaft versuchte ich, das Codewort für Amoklauf ins Handy einzugeben. Wie war das noch mal? Koma? Oder Komak? Oder hatten wir uns dann doch für „Ich bin in der Cafeteria“ entschieden? So eine bekloppte Scheiße, sich jedes Jahr was Neues einfallen zu lassen.

KOMA – KOMAK – BIN IN DER CAFERIA – WAS IST PASSIERT?!

MELDUNG

*In einer Staatlichen Gemeinschaftsschule in K. nahm die Polizei gestern nach einem geplanten Amoklauf den 16-jährigen Philipp S. fest. Ein 18-jähriger Mitschüler fand den Rucksack des mutmaßlichen Täters mit zwei Waffen, Munition und einer Sturmmaske und alarmierte die Polizei. Diese konnte Philipp S. in Verwahrung nehmen. Offenbar aus Versehen lösten sich drei Schüsse, verletzt wurde niemand. Da die Lehrtätigkeit in der Schule aufgrund einer Abschlussprüfung nicht im Regulärbetrieb stattfand, war nur die Klasse des vermeintlichen Amokläufers in den Gebäuden anwesend. Einige Schüler*innen mussten wegen eines Schocks ins Krankenhaus eingeliefert werden und sind in psychologischer Betreuung.*

Philipp S. bewegte sich im Netz in einschlägigen Foren. Als Motiv seiner Tat gab er grundlegenden Hass auf Menschen an.

EPILOG

Liebe Silla,

hab vielen Dank für deine Postkarten, den ganzen Sommer lang. Sie klingen friedlich. Nun also Dublin. Ich stelle mir vor, wie du Charlie überredest, mit dir in die wunderschöne alte Bibliothek des Trinity Colleges zu gehen. Wie du stundenlang in sämtlichen Büchern stöberst und Charlie dir dabei zusieht. Und, wie ihr abends in einem winzigkleinen Pub das berühmte Guinness-Bier trinkt und du es Charlie zuliebe lobst. Weil er es mag, aber es dir in Wahrheit viel zu herb ist. Ihr wollt euch gegenseitig nicht enttäuschen. Das ist meine Lieblingsvorstellung im Moment.

Du hast geschrieben, dass die Welt doch ein freundlicher Ort sei. Ich habe dein Erstaunen mitgelesen. Auch das *doch*. Ich schätze, wir alle haben an diesem Tag im Mai ein Stückchen Seele verloren. Jetzt holst du es dir wieder zurück.

Wenn du diesen Brief liest, werde ich bereits in Wien sein. Aus irgendeinem Grund ist da ein kleiner Widerstand in mir „Stift Reichersberg“ zu verlassen. Die Zeit hier im Kloster verführt dazu, sich sicher zu fühlen. Sicherheit, keine Antwort zu kennen,

kennen zu müssen, auf die bohrende Frage nach dem WARUM und WARUM PHILIPP, die sich wie eine zementschwere Dunstglocke auf uns gelegt hat. Wir müssen sehr genau aufpassen, dass es keine Schuldzuweisungen gibt.

Vielleicht brauchen wir alle eine bessere Wahrnehmung für uns und für andere. Es fehlte mir die Vorstellung. Uns allen fehlte die Vorstellung. Wir sind verletzt und verletzbar. Auch Philipp. Vielleicht war er es am allermeisten. Nur, dass es niemand wahrgenommen hat. Er ist irgendwann völlig unbeachtet aus unserem Netz gefallen. Da gab es offensichtlich zu niemanden mehr einen Faden, eine Bindung. Als ich mit Philipps Eltern sprach, waren sie voller erschütternder Ungläubigkeit. Zu Hause war Philipp *ein guter Sohn, ihr Kind, eins von dreien.* „Nein, wir haben nichts bemerkt. Wir hatten ein Vertrauensverhältnis." Ich glaube ihnen. Bei seinen Eltern spielte er die *Rolle des guten Sohnes* und in der Schule die *Rolle des unauffälligen Philipp*. Aber vielleicht wollte er mehr als seine Rollen spielen. Möglicherweise wollte er zeigen, dass er *wer* ist. Und endgültig aus seinem Leben räumen, was ihn daran hinderte. An diesem Tag im Mai wollte nicht das Böse töten, sondern Kränkung, Schmach und Demütigung.

Es gibt fast keinen anderen Ort, wo so viel Gewalt herrscht, wie an Schulen. Aber auch so viel Verbundenheit. Daran will ich denken.

Du fragst, wie es mir geht? Die köstliche Stille, nach der ich mich so gesehnt habe, tut manchmal weh. Trauer, Angst, Seelenpein kommen in Wellen, zumindest ist es bei mir so. Manchmal überfällt mich die Angst in Momenten, in denen ich es am wenigsten erwartet hätte. Merkwürdige Über-Wachheit. Ich schlafe immer noch schlecht. So wie die meisten von uns. Ich bin froh, dass wir unseren Klassenchat noch haben. Digitaler rettender Engel, wer hätte das gedacht?

Ich will dir einen Auszug aus Aabids Aufsatz mitschicken.

Oft war ich so traurig, dass ich nicht mehr wusste, wie Lachen geht. Ich habe meine Schwester verloren. Meinen Vater und meinen besten Freund. Irgendwie auch mich. Ich musste meine Heimat verlassen und meine Sprache. Es gibt im Deutschen einen großen Unterschied zwischen den Verben müssen und wollen.

Manchmal fühlte ich mich hier so fern wie auf einer unbekannten Galaxie. Wie ich es schaffte? Ich war nicht allein.

Kann das die Lösung sein? Sich verbinden und verbunden zu fühlen? Auch wenn es nur ein einziger Mensch auf der ganzen Welt ist, für den *du* wichtig bist? Ich denke, ja. Deswegen habe ich auch großes Vertrauen, dass Aaron für sein und Elsas Baby mit einer Zärtlichkeit und Hingabe da sein wird, die alle in Erstaunen versetzen wird. Ich bin für beide zuversichtlich. Für uns alle. Wir sind traumatisiert, ja, aber wir sind auch näher beisammen. Diese Zeit wird uns stärker machen, bewusster. Auch wenn es jetzt noch nicht so scheint. Denn es ist ja immer der Moment, der unser Leben bestimmt und deswegen sehen wir oft erst im Nachhinein, dass das Leben manchmal klüger ist, als wir denken. Und die Welt besser.

Ja, und dreimal ja, kommt in Wien vorbei, sobald ihr Zeit und Muße habt, du und Charlie oder du allein. Man kann hier wunderbar in nostalgischen Kaffeehäusern sitzen, Sachertorte und derlei Köstlichkeiten essen und schwatzen. Oder schweigen.

Lass mich hören, wenn du Hilfe brauchst. Unbedingt. Die letzten Monate waren ein zu großer Brocken, den kann man nicht einfach so runterschlucken.

Alles Gute für dich, Silla.
Grüß deine Familie und Charlie, Roxy voran.

Herzlich, deine Frau Sund.

MEHR ÜBER
DIE AUTORIN

Schreiben und Leben sind für mich untrennbar miteinander verbunden. Ich schreibe, um mich zu erinnern, um das Leben zu begreifen, um mich zu verstehen. Ich schreibe über das, was ich kenne, erlebt habe oder mir Menschen erzählen. Es ist immer Fiktion und Wirklichkeit. Ich liebe das Meer, weil es dem Schreiben ähnelt. Beides löst in mir den Zwang aus, glücklich zu sein. Wenn ich nicht in meinen Gedanken am Meer, in Geschichten oder Tagträumen bin, lebe ich mit meinem Mann und Hund in Erfurt und arbeite als Autorin und freie Dozentin.

„Ich bin verwurzelt, aber ich fließe." (V. Woolf) – Jahrgang 1969, Studium der Germanistik und Slawistik, Erziehungswissenschaften, Arbeit als Pädagogin und Dozentin in Alma Ata, Weimar, Erfurt, 3 Lieblingskinder und unzählige Inspirationen durch meine großartigen Schülerinnen und Schüler, nach 25 Jahren doch geheiratet.